James Hadley Chase – Nur Streichhölzer

JAMES HADLEY CHASE

# NUR STREICHHÖLZER

Kriminalroman

MARTIN KELTER VERLAG – HAMBURG

**Verlags-Nr. 14**

Titel der amerikanischen Originalausgabe:
THE GUILTY ARE AFRAID
Übersetzt von E. und W. Elwenspoek

Genehmigte Taschenbuchausgabe für den Martin Kelter Verlag, Hamburg



Umschlag: Carrillo/Fischer
Satz und Repro: Mero-Druck Otto Melchert GmbH & Co., Geesthacht
Druck: WSOY, Juva, Finnland 1982
Mitglied der finnprind
ISBN-3-88832-013-5

Das erste, was mir in St. Raphael City auffiel, als ich aus dem Bahnhof kam, war ein blondes Mädchen in einem Bikini, mit einem Strohhut so groß wie ein Wagenrad und einer riesigen Sonnenbrille. Ihre Haut – die zeigte sie sehr freigiebig – war von einem seidigen Gold, und sie hatte eine Figur, auf die Varga stolz sein könnte, wenn er sie erfunden hätte.

Sie stieg in ein Cadillac Coupé. Sie ließ sich dabei Zeit, und diese Zeit nutzten nicht verheiratete und auch verheiratete Männer in der Nähe, um ihre Augen an dem Anblick zu weiden.

Meine Augen weideten eifrig mit.

Sie machte sich's hinter dem Steuer bequem und überblickte mit einer hochgezogenen Augenbraue ihr männliches Königreich. Als sie abfuhr, schien sie in meine Richtung verächtlich zu lächeln.

Der Gepäckträger mit meinem Koffer knuffte mich in die Seite.

»Wenn Sie deswegen schon die Augen so aufreißen, Mann«, sagte er, »dann steht Ihnen noch was bevor, wenn Sie erst an den Strand kommen. Wollen Sie ein Taxi?«

»Gibt's hier mehr von der Sorte?« fragte ich leicht benommen. »Wenn bei uns zu Hause ein Mädchen so viel von sich zeigen würde, landete sie im Gefängnis.«

»Viel zu viele«, sagte der Gepäckträger. »Das ist St. Raphael City. Hier gibt's alles, hier geht alles. Aber machen Sie sich nichts vor. Je mehr die Püppchen zeigen, um so weniger ist von ihnen zu haben. Bei denen zieht nur Geld. Wollen Sie ein Taxi?«

Ich nickte, zog mein Taschentuch und wischte mir über das Gesicht.

Es war halb zwölf Uhr mittags, und die Sonne brannte. Aus dem Bahnhof strömten Menschen zu wartenden Wagen, Taxis und Pferdekutschen. St. Raphael City ist ein Badeort, und ich hoffte inbrünstig, daß Jack daran gedacht hatte, mir ein Zimmer reservieren zu lassen.

Ein Taxi fuhr vor, und der Träger verstaute meinen Koffer. Ich bezahlte ihn, und er ging.

»Zum Adelphi Hotel«, sagte ich dem Fahrer, stieg ein und wischte mir wieder über das Gesicht.

Das Taxi kämpfte sich seinen Weg durch den Verkehr und bog nach zwei oder drei Minuten in die Hauptstraße zum Meer ein, einen imposanten, breiten Boulevard mit eleganten Geschäften, Palmen und Verkehrspolizisten in Tropenuniformen. Die Stadt sah reich aus. Große Cadillacs und Cabriolets säumten die Straße an beiden Seiten, alle in der Größe mittlerer Busse.

Während wir mit dem Verkehr dahinkrochen, saß ich vorgebeugt da und starrte durch die Scheiben auf die Frauen. Die meisten trugen Strandkostüme im Schnitt von Pyjamas, andere Büstenhalter und Shorts und manche französische Badeanzüge.

Der Fahrer bemerkte im Rückspiegel meinen interessierten Ausdruck und beugte sich zur Seite, um auszuspucken.

»Sieht ganz wie der Fleischmarkt am Samstagabend aus«, sagte er.

»Ich habe mich die ganze Zeit gefragt, an was es mich erinnert. Scheint aber ein ganz nettes Städtchen zu sein hier.«

»Meinen Sie? Ich gebe keinen Groschen dafür. Wenn Sie nicht gerade Millionär sind, hängt man sich besser auf, als hier zu leben. Hier gibt's mehr Millionäre auf den Quadratkilometer als in jeder anderen Gegend der Welt. Haben Sie das gewußt?«

Ich sagte, ich hätte es nicht gewußt, und fragte mich unbehaglich, ob ich genug Geld mitgenommen hatte. Ich wußte, daß jeder Versuch, Jack anzupumpen, aussichtslos war.

Wir fuhren einen Hügel hinauf, vom Meer wieder fort, und erreichten nach einiger Zeit eine stille Straße mit Orangenbäumen zu beiden Seiten. Dann fuhr das Taxi vor dem Hotel vor.

Ich sah mir den Kasten an, als ich ausstieg. Er hatte nichts Luxuriöses an sich. Es war ein Hotel, wie Jack es sich aussuchte. Wahrscheinlich war das Essen gut. Er hatte ein Talent, Hotels zu finden, in denen es gutes Essen gab.

Ein Boy kam heraus und nahm meine Koffer. Ich gab dem Fahrer einen Dollar und stieg die Stufen zu der Halle hinauf.

Sie war ziemlich mit Korbstühlen und ein paar verkümmernden Palmen in Messingkübeln ausgestattet. Wenn es auch nicht gerade großartig war, so war es doch zumindest sauber.

Der Empfangschef, ein Fettwanst, dessen Seidenkrawatte sein Doppelkinn stützen mußte, zeigte mir seine Zähne und reichte mir eine Feder.

»Haben Sie Ihr Zimmer vorbestellt, Sir?«

»Hoffentlich. Mein Name ist Lew Brandon. Hat Mr. Sheppey Sie nicht über meine Ankunft informiert?«

»Doch, Mr. Brandon. Ich habe Ihnen das Zimmer neben seinem

reserviert.« Er legte einen Finger auf einen Klingelknopf, und ein Hausdiener materialisierte sich. »Bringen Sie Mr. Brandon auf Zimmer 245.« Er zeigte mir wieder seine Zähne. »Mr. Sheppey hat Zimmer 247. Ich hoffe, es wird Ihnen bei uns gefallen, Mr. Brandon. Alles, was wir für Sie tun können ... Jeder Wunsch ...«

»Danke. Ist Mr. Sheppey da?«

»Nein. Er ging vor etwa einer Stunde fort.« Er gönnte mir ein scheues Lächeln. »Mit einer jungen Dame. Ich vermute, sie sind zum Strand gegangen.«

Das überraschte mich nicht. Jack hatte für Arbeit nicht viel übrig, und Frauen waren seine Schwäche.

»Wenn er zurückkommt, sagen Sie ihm, ich sei angekommen. Ich werde in meinem Zimmer sein«, sagte ich.

»Okay, Mr. Brandon.«

Ich, der Hausdiener und mein Gepäck quetschten uns in den altertümlichen Aufzug und wurden zwei Etagen hochgezogen.

Zimmer 245 war nicht größer als ein großer Kaninchenstall und so heiß wie ein Hochofen. Das Bett sah nicht aus, als ob sich ein Zwerg in voller Länge darin ausstrecken konnte. Die Dusche tropfte, und vom Fenster hatte man keinen Ausblick. Ich hoffte wenigstens, daß es billig sein würde. Etwas anderes hatte es zu seiner Empfehlung nicht aufzuweisen.

Nachdem der Hausdiener das Zeremoniell des Sonnenblendenherunterlassens und Wiederhochziehens, das Ein- und Ausschalten der Lampen hinter sich gebracht und zu seiner Überraschung festgestellt hatte, daß alles funktionierte, war ich ihn endlich los.

Ich klingelte nach dem Zimmerkellner und bestellte Eis und eine Flasche Vat 69. Dann riß ich mir die Kleider vom Leib und ging unter die Dusche. Aber als ich in das Zimmer zurückkam, brach mir wieder der Schweiß aus.

Ich labte mich an einem Schluck von dem Scotch, und gerade, als ich wieder unter die Dusche gehen wollte, hämmerte jemand gegen meine Tür. Ich schlang ein Badetuch um meine Hüften, schloß die Tür auf und öffnete.

Ein großer Mann mit einem roten, wettergegerbten Gesicht und Sommersprossen auf der Nase, die aussah, als wäre ihm mal ein Maultier draufgetreten, und der auf Kilometer nach Polente roch, drängte mich in das Zimmer zurück und schloß die Tür.

»Heißen Sie Brandon?« fragte er mit rauher Stimme.

»Stimmt auffallend. Was wollen Sie denn?«

Er zog seine Brieftasche und zeigte mir seine Polizeimarke.
»Sergeant Candy, Mordkommission«, erklärte er. »Kennen Sie Jack Sheppey?«
Ein unbehagliches Prickeln lief mir über das Rückgrat.
Es wäre nicht das erste Mal gewesen, daß Sheppey Ärger mit der Polizei hatte. Vor sechs Monaten hatte er einen Kriminalbeamten aufs Auge gehauen und dafür zehn Tage Haft kassiert. Vor drei Monaten hatte er einem Verkehrspolizisten eine gewischt und war dafür um 25 Dollar leichter geworden. Jack hatte für Polizisten nicht die Bohne übrig.
»Ja, ich kenne ihn. Ist er in Schwierigkeiten?«
»So kann man es nennen«, antwortete Candy. Er zog ein Päckchen Kaugummi, riß die Hülle ab und steckte den Gummi in seinen Mund. »Können Sie ihn identifizieren?«
Das fuhr mir wirklich in die Knochen.
»Hat er einen Unfall gehabt?«
»Er ist tot. Ziehen Sie sich irgendwas an, aber beeilen Sie sich. Ich habe einen Wagen unten. Der Inspektor will Sie sehen.«
»Tot?« Ich starrte auf das rote Gesicht. »Was ist passiert?«
»Das sagt Ihnen der Inspektor. Machen Sie zu. Er hat's nicht gern, wenn man ihn warten läßt.«
Ich zog Hemd und Hose an, strich mit dem Kamm flüchtig durch mein Haar, zog meine Jacke über und setzte mich auf das Bett, um Schuhe und Strümpfe anzuziehen.
Meine Hände zitterten etwas.
Jack und ich waren ausgezeichnet miteinander ausgekommen. Er hatte jeden Augenblick seines Lebens voll ausgekostet, jede Sekunde bewußt erlebt und viel mehr davon gehabt, als ich je haben würde. Es schien unmöglich, daß er tot sein konnte.
Als ich mit den Schuhen fertig war, goß ich mir noch einen Schluck Whisky ein. Ich hatte das Gefühl, daß ich ihn brauchte.
»Auch einen?« fragte ich Candy.
Er zögerte, leckte sich über die Lippen, kämpfte mit seinem Pflichtgefühl und unterlag.
»Nun, ich habe zwar nicht gerade Dienst . . .«
Ich goß ihm einen Schluck ein, der ausgereicht hätte, um ein Pferd samt dem Wagen umzuwerfen, und er kippte ihn in seine Kehle, als ob es Wasser wäre.
»Gehen wir«, sagte er.

Wir fuhren im Fahrstuhl hinunter. Als wir durch die Halle gingen, starrte mich der Empfangschef mit aufgerissenen Augen an. Auch der Hausdiener starrte. Wahrscheinlich dachten sie, ich wäre verhaftet worden.

Wir gingen die Stufen zu einem wartenden Wagen hinunter. Candy setzte sich hinter das Steuer, und ich stieg neben ihm ein. Wir fuhren schnell, hielten uns auf den Nebenstraßen.

»Wo wurde er gefunden?« fragte ich.

»Am Bay-Strand.« Candys schwere Kiefer arbeiteten, während er kaute. »Dort steht eine Reihe Badehütten zu vermieten. Der Aufseher fand ihn.«

»War es ein Herzanfall, oder was sonst?«

Candy drückte auf seine Sirene, als ein Cadillac versuchte, sich vor ihn zu drängeln. Der Cadillac wich zur Seite und verlangsamte beim Ton der Sirene sein Tempo. Als Candy vorbeifuhr, warf er dem Fahrer einen drohenden Blick zu.

»Er wurde ermordet«, antwortete er.

Ich saß ganz still, meine Hände zwischen den Knien zusammengepreßt, während ich den Schock überwand. Danach hatte ich nichts mehr zu sagen. Ich saß nur da, starrte geradeaus und hörte zu, wie Candy Töne ohne Melodie vor sich hinsummte. Wir brauchten keine fünf Minuten bis zum Strand. Candy fuhr schnell über eine breite Straße, die parallel zur Küste verlief. Schließlich erreichten wir eine Reihe rot-weiß gemalter Strandhütten und einen kleinen Parkplatz.

Die Hütten standen im Schatten von Palmen, und in der Umgebung standen die üblichen farbenfrohen Strandschirme. Auf der Straße parkten vier Polizeiautos. Ich konnte eine Menschenmenge von etwa 200 Personen, die meisten im Badekostüm, in der Nähe der Hütten stehen sehen. Ich entdeckte auf dem Parkplatz auch das Buick Cabriolet, das Jack und ich aus zweiter Hand gekauft hatten und an dem wir immer noch abbezahlten.

Wir drängten uns durch die Menge, die mich neugierig anstarrte. Als wir uns den Hütten näherten, sagte Candy: »Der Kleine da ist Inspektor Rankin.«

Der sah uns und kam uns entgegen.

Er trug einen leichten, grauen Anzug und einen weichen Hut, den er mit einer überlegt verwegenen Neigung über das rechte Auge gezogen hatte. Ein Mann, der sich den Fünfundvierzig näherte, mit einem glatten, harten Gesicht, eisgrauen Augen und einem kleinen Schlitz, den er als Mund benutzte. Sein Haar, weiß an den Schläfen, war frisch geschnitten. Er war schmuck und ordentlich und hart wie geschmiedeter Stahl.

»Das ist Lew Brandon, Inspektor«, erklärte Candy.

Rankin sah mich an. Seine Blicke waren so durchdringend wie Scheinwerfer. Er zog aus seiner Tasche ein Papier und hielt es mir hin.

»Haben Sie das geschickt?« fragte er.

Ich sah auf das Papier. Es war das Telegramm, in dem ich Jack mitgeteilt hatte, wann ich ankommen würde.

»Ja.«

»War er ein Freund von Ihnen?«

»Wir hatten geschäftlich zusammen zu tun. Er war mein Partner.«

Rankin starrte mich weiter an, rieb sich das Kinn und sagte: »Sehen Sie ihn sich erst einmal an. Dann können wir reden.«

Ich nahm mich zusammen, folgte ihm über den heißen Sand in die Hütte.

Ein paar bullige Männer stäubten auf der Suche nach Fingerabdrücken, Pulver auf die Fensterbretter. Ein hagerer, älterer Typ saß an einem Tisch, eine schwarze Tasche zu seinen Füßen, und füllte ein gelbliches Formular aus.

Ich bemerkte sie kaum. Meine Augen richteten sich sofort auf die Stelle, wo Jack neben einer Art Ruhebett auf dem Boden lag. Er war zusammengekauert, als ob er versucht hätte, von jemand wegzukommen, als er starb.

Von einer Badehose abgesehen, war er nackt. In der Höhlung zwischen seinem Hals und der linken Schulter war ein blaurotes Loch. Auf seinem sonnengebräunten Gesicht lag ein erschrockener Ausdruck.

»Ist er das?« fragte Rankin und beobachtete mich mit seinen eisgrauen Augen.

»Ja.«

»Gut.« Er sah den hageren Mann an. »Bald fertig, Doc?«

»Fast. Es ist ein eindeutiger Fall. Sieht beinahe wie eine professionelle Arbeit aus. Meiner Meinung nach ein Eispicker mit einem langen Dorn. Jedenfalls kannte er die richtige Stelle. Traf ihn gerade am entscheidenden Punkt. Der Stich wurde mit erheblicher Kraft geführt. Der Tod muß sofort eingetreten sein. Ich würde sagen, er starb vor einer Stunde.«

Rankin knurrte: »Sie können ihn fortbringen lassen, wenn Sie fertig sind.« Er wandte sich mir zu. »Gehen wir hinaus.« Er trat in den heißen Sonnenschein, blinzelte etwas in dem grellen Licht. Er winkte Candy zu sich heran. »Ich gehe in Brandons Hotel«, sagte er. »Sehen Sie, ob Sie hier was finden können. Der Arzt meint, es geschah mit einem Eispicker. Hughson kommt mit noch ein paar Leuten. Lassen Sie sie nach dem Eispicker suchen. Es besteht die Möglichkeit, daß der Mörder ihn weggeworfen hat. Aber ich bezweifle es.« Er sah auf seine goldene Armbanduhr, die er an der Innenseite seines schlanken Handgelenks trug. »Ich erwarte Sie um zwei Uhr dreißig in meinem Büro.«

Er winkte mir mit dem Finger zu, ging dann über den Sand davon, schritt durch die Menge, als ob sie nicht vorhanden wäre. Die Leute wichen vor ihm auseinander, während ich ihm folgte.

Als wir über den Parkplatz gingen, sagte ich: »Das Buick Cabriolet da gehört Sheppey und mir, Inspektor. Er ist damit hierhergekommen.«

Rankin blieb stehen, sah sich den Buick an, winkte dann einem seiner Leute.

»Sagen Sie Sergeant Candy, das Cabriolet da ist der Wagen, in dem Sheppey herkam. Überprüft ihn auf Fingerabdrücke und durchsucht ihn gründlich! Wenn ihr damit fertig seid, soll ihn jemand zum Adelphi Hotel bringen und dort lassen.« Er sah mich an. »In Ordnung?«

»Danke.«

Er ging zu einem Streifenwagen und stieg mit mir hinten ein. Rankin sagte zu dem Fahrer: »Zum Adelphi Hotel. Fahren Sie hinten herum, und fahren Sie langsam. Ich brauche Zeit, um mich zu unterhalten.«

Der Mann legte die linke Hand an die Mütze, schaltete den Gang ein und lenkte den Wagen in den Verkehr.

Rankin lehnte sich in die Ecke zurück, zog eine Zigarre aus der Tasche, schüttelte sie aus ihrem Metallbehälter, durchbohrte die Spitze und nahm sie zwischen seine weißen Zähne. Er zündete sie an, sog die Lunge voll Rauch, hielt ihn zurück und ließ ihn dann langsam durch die zusammengekniffenen Nasenlöcher ausströmen.

»Also, schießen Sie los«, sagte er. »Wer sind Sie, und wer ist Sheppey, und was hat das Ganze zu bedeuten? Lassen Sie sich Zeit, aber geben Sie mir ein vollständiges Bild.«

Ich zündete mir eine Zigarette an und berichtete ihm, daß Sheppey und ich in den letzten fünf Jahren in San Franzisko eine recht erfolgreiche Detektivagentur betrieben hatten.

»Ich hatte mit einem Auftrag drei Wochen in New York zu tun, während Sheppey in unserem Büro in San Franzisko zurückblieb. Noch in New York erhielt ich von ihm ein Telegramm, ich solle so schnell wie möglich nach St. Raphael City kommen. Er telegrafierte, wir hätten einen großen Auftrag, mit dem wir viel Geld verdienen könnten. Ich hatte meine Arbeit so gut wie abgeschlossen. Deshalb flog ich nach Los Angeles und fuhr mit dem Zug hierher. Heute morgen um halb zwölf kam ich an. Ich ging in das Hotel, stellte fest, daß Sheppey mir ein Zimmer reserviert hatte, und hörte, daß er nicht im Haus war. Ich duschte gerade, als Sergeant Candy mich abholte. Mehr kann ich Ihnen auch nicht sagen.«

»Er hat Ihnen nicht mitgeteilt, um was es sich bei dem Auftrag handelte?« fragte Rankin.

Ich schüttelte den Kopf.

»Jacky ist kein großer Briefschreiber. Ich nehme an, er hielt es für einfacher, mir alles zu erzählen, statt zu schreiben.«

»Haben Sie Ihre Lizenz bei sich?«

Ich gab ihm meine Brieftasche. Schnell und fachmännisch untersuchte er ihren Inhalt. Dann gab er sie mir zurück.

»Haben Sie eine Ahnung, wer der Auftraggeber ist, oder um was es sich bei dem Fall handelt?« fragte er.

»Nicht die geringste.«

Er musterte mich scharf.

»Würden Sie es mir sagen, wenn Sie es wüßten?«

»Möglicherweise. Aber da ich es nicht weiß, ist diese Frage illusorisch.«

Er zog die Augenbrauen hoch.

»Glauben Sie, daß er sich über den Fall Aufzeichnungen gemacht hat? Notizen über seine Ergebnisse?«

»Das bezweifle ich. Er hielt nicht viel von schriftlichen Arbeiten. Im allgemeinen arbeiteten wir zusammen, und ich verfaßte die Berichte.«

Rankin rollte seine Zigarre zwischen den Lippen. »Wie kommt es, daß Sie nach New York fuhren, wenn Ihr Büro in San Franzisko ist?«

»Das ist zufällig ein Klient, für den wir schon früher gearbeitet haben. Er war nach New York gezogen und wünschte von mir, daß ich den Auftrag übernehme.«

»Auch Sheppey war nicht in seinem üblichen Arbeitsgebiet. Glauben Sie, daß es auch in diesem Fall ein alter Klient war?«

»Das könnte sein, aber ich kenne keinen, der hierher gezogen ist.«

»Glauben Sie, daß er ermordet wurde, weil er in diesem Fall mehr herausgefunden hat, als er sollte?«

Ich zögerte. Mir fiel ein, daß der Empfangschef im Hotel erklärt hatte, Jack wäre mit einer Frau fortgegangen.

»Ich weiß es nicht. Im Hotel sagte man mir, eine Frau habe ihn abgeholt, und er habe mit ihr zusammen das Hotel verlassen. Er war hinter Frauen her. Das war sein großer Fehler. Er ließ jederzeit die Arbeit sausen, wenn er eine Frau sah, für die er sich interessierte. Das könnte so ein Fall gewesen sein, und vielleicht hatte ihr Mann etwas dagegen. Das ist eine Vermutung, aber er hatte schon immer wegen seiner Weiberaffären Schwierigkeiten.«

Rankin verzog das Gesicht. »Hat er sich auch mit verheirateten Frauen abgegeben?«

»Wenn sie gut aussahen, kümmerte er sich nicht darum, ob sie verheiratet waren oder nicht. Glauben Sie ja nicht, daß ich ihn schlecht machen will. Er war mein bester Freund, aber er hat mich öfter als einmal zur Raserei gebracht durch seine Art, wegen irgendeinem Flittchen seine Arbeit zu vernachlässigen.«

»Es passiert nicht oft, daß ein Ehemann sein Mißvergnügen mit einem Eispicker demonstriert. Das war die Arbeit eines Profis.«

»Vielleicht war der Ehemann einer. Haben Sie einen in Ihrer Kartei, der mit einem Eispicker arbeitet?«

»Ich weiß keinen. Aber wir leben in einer sehr reichen Stadt. Bei uns sind alle Sorten vertreten, darunter ein paar gefährliche. Noch ist keiner mit einem Eispicker erwischt worden. Aber alles passiert einmal zum erstenmal.« Er klopfte die Asche von seiner Zigarre. »Können Sie feststellen, worum es bei dem Fall ging, an dem er arbeitete? Das ist für uns der erste Schritt. Ich muß genau wissen, daß sein Tod nicht damit zusammenhängt.«

»Wenn er in seinem Zimmer keine Aufzeichnungen hinterlassen hat, habe ich keine Möglichkeit dazu«, antwortete ich wahrheitswidrig.

Ich wollte mich erst selbst überzeugen, daß Jacks Auftraggeber nichts damit zu tun hatte, ehe ich Rankin dahinterkommen ließ, daß ich den Namen in Erfahrung bringen konnte. Es war zwar keineswegs sicher, aber es bestand durchaus die Möglichkeit, daß Ella, unsere Sekretärin, die sich zu Hause in Frisko um unser Büro kümmerte, eine Ahnung hatte, wer der Auftraggeber war.

»Na schön«, sagte Rankin, beugte sich vor und befahl dem Driver: »Fahren Sie schneller!«

In weniger als fünf Minuten hielten wir vor dem Adelphi Hotel.

Zusammen durchquerten wir die Halle, wo der Empfangschef schon wartete. Sein Fettkinn bebte, und seine Augen quollen aus den Höhlen vor unterdrückter Aufregung.

»Gehen wir irgendwohin, wo man uns nicht hören kann«, sagte Rankin.

»Selbstverständlich, Inspektor«, dienerte der Empfangschef. Er führte uns in ein kleines Büro hinter dem Tresen. »Ist irgend etwas vorgefallen?«

»Nein, hier nicht«, antwortete Rankin. »Wie heißen Sie?«

»Edwin Brewer.«

»Um welche Zeit verließ Sheppey das Hotel?«

»Es muß gegen halb elf gewesen sein.«

»Er war mit einer Frau zusammen?«

»Ja. Sie kam zum Empfang und fragte nach ihm. Während sie mit mir sprach, trat Mr. Sheppey aus dem Fahrstuhl und kam zu ihr.«

»Nannte sie ihren Namen?«

»Nein. Mr. Sheppey kam, ehe ich sie danach fragen konnte.«

»Schienen sie miteinander bekannt zu sein?«

Brewer leckte sich nervös die Lippen.

»Nun, Mr. Sheppey war offenbar recht vertraut mit ihr.«

»Wie kommen Sie darauf?«

»Nun, er trat hinter sie und sagte: ›Tag, mein Zuckerpüppchen‹ und klopfte ihr mit der Hand – hm – auf den Rücken.«

»Wie reagierte sie?«

»Sie lachte darüber, aber ich konnte ihr anmerken, daß sie es nicht gern hatte. Sie war nicht der Typ, bei dem ich mir diese Freiheit herausnehmen würde.«

»Was war sie denn für ein Typ?«

»Sie hatte eine gewisse Vornehmheit. Es ist schwer zu erklären. Sie war einfach nicht der Typ, zu dem man so kühn ist.«

»Aber er war trotzdem kühn?«

»Das hat nichts zu sagen«, warf ich dazwischen. »Jack hatte vor niemandem Respekt. Wenn er in der richtigen Laune war, konnte er die Frau eines Bischofs in den Hintern kneifen.«

Rankin runzelte die Stirn.

»Können Sie diese Dame beschreiben?«

Brewer rieb sich nervös die Hände.

»Sie war sehr attraktiv, dunkel, mit einer guten Figur. Sie trug eine große Sonnenbrille und einen großen Hut. Von ihrem Gesicht war nicht viel zu sehen. Sie hatte eine marineblaue lange Hose und ein weißes Hemd an.«

»Wie alt?«

»In den Zwanzigern, aber ich bin nicht ganz sicher. Vielleicht fünfundzwanzig.«

»Würden Sie sie wiedererkennen?«

»Aber ja. Davon bin ich überzeugt.«

Rankin drückte seine Zigarre in dem Aschenbecher auf Brewers Schreibtisch aus.

»Wenn sie keinen Hut und keine Sonnenbrille, sondern zufällig gar keinen Hut und ein geblümtes Kleid trüge, glauben Sie, daß Sie sie dann trotzdem wiedererkennen würden?«

»Hm, vielleicht doch nicht.«

»Sie können also ihre Kleider identifizieren, aber nicht die Frau selbst?«

»Ja.«

»Damit ist uns nicht sehr geholfen. Also gut, lassen wir das«, sagte Rankin. »Was geschah, nachdem Sheppey sie begrüßt hatte?«

»Er sagte, er müsse in zwei Stunden zurück sein, und sie wollten losgehen. Dann gingen sie zusammen aus dem Hotel, und ich sah sie in seinem Wagen fortfahren.«

»Ließ sie ihren Wagen hier?«

»Ich habe keinen gesehen. Ich nehme an, sie kam zu Fuß.«

»Geben Sie mir den Schlüssel zu seinem Zimmer.«

»Soll ich Graves rufen? Das ist unser Hausdetektiv.«

»Nein. Ich lege keinen Wert darauf, daß der mir im Weg steht und vorhandene Spuren verwischt.«

Brewer verließ sein Büro und ging zum Schlüsselbrett. Wir folgten ihm hinaus. Vier alte Leute starrten herüber.

Brewer sagte: »Er muß seinen Schlüssel mitgenommen haben. Ich gebe Ihnen den Ersatzschlüssel.«

Er suchte einen Schlüssel heraus und gab ihn Rankin.

Als der den Schlüssel nahm, fragte Brewer: »Ist Mr. Sheppey irgend etwas geschehen?«

Die alten Leute beugten sich vor. Nun kam das, worauf sie die ganze Zeit gewartet hatten.

»Er hat ein Baby zur Welt gebracht«, antwortete Rankin. »Es ist, glaube ich, der erste Fall in der Geschichte der Menschheit, aber ich bin nicht absolut sicher. Berufen Sie sich also nicht auf mich.«

Er ging mit mir zum Fahrstuhl.

Die alten Leute starrten uns empört nach.

Als Rankin auf den Knopf drückte, der uns in den zweiten Stock befördern sollte, sagte er: »Ich hasse alte Leute, die in Hotels leben.«

»Sie werden selbst einmal alt«, entgegnete ich, »und die leben nicht nur aus Vergnügen in Hotels.«

»Ein sentimentaler Schnüffler«, sagte er zornig und zog seine Mundwinkel nach unten. »Und ich dachte, ich hätte schon alles in der Welt kennengelernt.«

»Haben Sie von dem Aufseher bei den Badehütten etwas über das Mädchen erfahren?« fragte ich, während wir an der ersten Etage vorbeikrochen.

»Ja, die gleiche Beschreibung. In der Hütte sind zwei Umkleideräume. Sie benutzte den einen und er den anderen. Wir fanden ihre Hose, ihr Hemd, ihren Hut und ihre Sonnenbrille. Seine Kleider waren in dem anderen Raum.«

»Dann hat das Mädchen ihre Kleider in der Hütte gelassen?« fragte ich lauernd.

»Das sagte ich Ihnen doch gerade. Es kann zweierlei bedeuten. Entweder sie wollte spurlos verschwinden und entschloß sich, das im Badeanzug zu tun. In dieser verdammten Stadt läuft jeder im Badeanzug herum. Oder sie ging schwimmen, und jemand hat sie auch umgebracht, nachdem er Sheppey erstochen hat. Meine Leute suchen jetzt den Strand ab. Ich glaube, daß sie sich aus dem Staub gemacht hat.«

»Hat niemand gesehen, wie sie die Hütte verlassen hat?« fragte ich, als der Fahrstuhl im zweiten Stock hielt.

»Nein. Aber wir forschen immer noch nach.«

Wir gingen durch den Gang zu Zimmer 247.

»Das war eine ziemlich gute Verkleidung, die sie trug«, fuhr Rankin fort, als er den Schlüssel in das Schloß schob. »Die Menschen in der Stadt sehen nicht nach Gesichtern, sondern auf Figuren.« Er drehte den Schlüssel um und schloß auf.

Wir sahen uns in dem Zimmer um. Es war etwas größer als meines, und ebenso heiß und stickig.

»Heiliger Bimbam«, brummelte Rankin.

Das Zimmer sah aus, als ob ein Wirbelsturm hindurchgefahren wäre. Alle Schubladen der Kommode waren herausgerissen. Jacks Besitz lag über den Boden verstreut. Seine Aktentasche war aufgeschlitzt, und die Papiere lagen überall herum. Das Bett war auseinandergerissen, die Matratze aufgeschnitten und die Füllung herausgezerrt. Selbst die Kissen waren aufgeschlitzt und die Federn durch das Zimmer gewirbelt worden.

»Ziemlich fixe Arbeit«, sagte Rankin. »Wenn es hier etwas zu finden gab, finden wir es bestimmt nicht mehr. Ich werde die Jungs hier hochschicken. Vielleicht sind ein paar Fingerabdrücke da, obwohl ich bereit bin, alles zu wetten, daß sie keine finden.«

Er zog die Tür wieder zu und verschloß sie.

*

Ich lag auf meinem Bett und lauschte auf die polternden Schritte im Nebenzimmer und das Murmeln von Rankins Leuten, die nach Spuren suchten.

Ich war deprimiert und fühlte mich verlassen. Jack hatte natürlich seine Fehler gehabt. Trotzdem war er ein Mann gewesen, mit dem man gut arbeiten konnte. Wir hatten uns vor über fünf Jahren kennengelernt, als ich im Büro des Distrikt Attorney als Sonderermittler arbeitete. Jack war damals Polizeireporter der *San Francisco Tribune.* Wir hatten uns angefreundet, und eines Nachts waren wir über einer Flasche Scotch zu dem Ergebnis gekommen, daß wir es beide satt hatten, uns von zwei vollgefressenen Kerlen, die hinter ihrem Schreibtisch saßen und kein anderes Vergnügen zu kennen schienen, als uns herumzuhetzten, bis uns die Zunge aus dem Halse hing, Befehle geben und schikanieren zu lassen.

Obwohl wir etwas angetrunken waren, fühlten wir uns beide gegenüber dem Risiko, die Sicherheit eines regelmäßigen Gehaltes gegen ein selbständiges Unternehmen einzutauschen, unbehaglich. Viel Kapital besaßen wir nicht – ich hatte fünfhundert mehr als

Jack –, aber wir hatten eine ganze Menge Erfahrungen und glaubten, es schaffen zu können.

In Frisco gab es eine ganze Reihe von Ermittlungsagenturen. Wir kannten die meisten und besonders gutgehende Unternehmen waren sie nicht. Nachdem wir uns durch die halbe Flasche Scotch hindurchgearbeitet hatten, entschlossen wir uns, die Schiffe hinter uns zu verbrennen und anzufangen.

Von Anfang an hatten wir Glück. Nach einem Jahr waren wir so weit, daß wir erträglich auskamen, und später fanden wir nie mehr einen Grund, unser Wagnis zu bedauern.

Ich fragte mich, wie die Arbeit ohne einen Partner wohl weitergehen würde. Ich fragte mich, ob ich mich nach einem anderen umsehen sollte. Auf der Bank lag genug Geld, um Jacks Frau abzufinden. Sie war ein törichter Rotkopf, die Jack manchmal die Wände hochgetrieben hatte, und ich war ziemlich überzeugt, daß sie die Möglichkeit bereitwillig ergriff, das Geld zurückzubekommen, das sie Jack damals für die Betriebseinlage geliehen hatte.

Ich wandte meine Gedanken von diesem Problem ab und Jacks Ende zu. Ich glaubte nicht, daß sein Tod mit dem Fall in Verbindung stand, an dem er gerade arbeitete. Vermutlich hatte er sich mit dem Mädchen irgendeines dunklen Ehrenmannes eingelassen, der sich dafür rächte. Ein Eispicker mit einem langen Dorn war, wie Rankin gesagt hatte, die Waffe eines Professionellen, und sie war professionell angewendet worden. Trotzdem mußte ich ausfindig machen, wer Jacks Auftraggeber gewesen war. Jack hatte gesagt, daß der Auftrag einen hübschen Gewinn abwerfen würde. Das mußte stimmen, sonst hätte Jack nicht San Franzisco verlassen und wäre so weit gereist. Das bedeutete, der Auftraggeber war ein vermögender Mann. Das half mir noch nicht sehr viel. Die meisten Männer, die in St. Raphael City lebten, mußten, soweit ich es beurteilen konnte, erhebliches Vermögen besitzen.

Ich mußte unbedingt sicher sein, daß der Auftraggeber in keiner Weise mit dem Mord in Verbindung stand, ehe ich Rankin seinen Namen preisgeben konnte. Nichts kann dem Ruf einer Ermittlungsagentur mehr schaden, als einen Klienten der Polizei in die Hände zu spielen. Das spricht sich schnell herum.

Sobald Rankins Leute verschwunden waren, wollte ich Ella anrufen, aber nicht vom Hotel aus. Wenn Rankin so schlau war, wie ich vermutete, hatte er einen Mann in die Telefonzentrale gesetzt, der darauf wartete, daß ich ein derartiges Gespräch führen würde.

Ich sah auf meine Uhr. Es war 12.45 Uhr. Ich begann hungrig zu werden. Seit dem vorhergehenden Abend hatte ich nichts Ordentliches mehr gegessen. Ich glaubte Zeit zu sparen, wenn ich sofort aß, während die Jungs nebenan so beschäftigt waren, daß sie keine Zeit hatten, sich darum zu kümmern, was ich tat. Ich schwang die Beine vom Bett und stand auf.

Als ich meinen Hemdkragen zuknöpfte, öffnete sich die Tür. Rankin sah herein.

»Puh, hier ist's wie in einem Ofen.«

»Ja. Ich wollte gerade essen gehen. Wollen Sie mich sprechen?« Er lehnte sich gegen den Türrahmen und kaute auf einer ausgegangenen Zigarre.

»Nichts zu finden.« Er deutete mit dem Daumen auf das Nebenzimmer. »Hunderte von Fingerabdrücken, die vermutlich belanglos sind. Wahrscheinlich haben wir die Prints von mindestens dreißig früheren Gästen. Fanden auch keine Aufzeichnungen über den Fall. Das hatte ich erwartet. Es war nichts da, das darauf schließen ließ, wer Sheppeys Auftraggeber ist.«

»Ich wette, daß derjenige, der das Zimmer vorher durchsucht hat, auch nichts fand. Jack schrieb keine Berichte.«

»Sie wissen immer noch nicht, wer der Klient ist?« fragte Rankin und musterte mich scharf.

»Keine Ahnung.«

»Dieser Quatsch, Sie müßten den Namen eines Klienten schützen, zählt nicht, wenn es um Mord geht. Sorgen Sie dafür, daß Sie den Namen herauskriegen, und erzählen Sie mir nicht, daß Sie das nicht können.«

»Ich würde Ihnen nichts vormachen, Inspektor. Wenn Jack keine Aufzeichnungen hinterlassen hat, dann bin ich ratlos.«

»Geben Sie mir die Adresse von Ihrem Büro. Sie müssen da doch eine Sekretärin oder sonst jemand haben.«

Ich nannte ihm die Adresse. »Wir haben eine Stenotypistin. Sie ist gerade erst siebzehn und das dümmste Geschöpf, das je ein Gehalt bezog. Wir haben ihr nie etwas gesagt.«

Rankin sah nicht so aus, als ob er mir glaubte.

»Wenn Sie festgestellt haben, wer der Auftraggeber ist, dann kommen Sie zu mir. Sollte ich innerhalb von vierundzwanzig Stunden nichts von Ihnen hören, dann komme ich zu Ihnen.«

Damit ging er und schloß die Tür hinter sich. Seine Drohung ließ er wie eine Wolke Giftgas hinter sich in der Luft hängen.

Ich beschloß, das Mittagessen ausfallen zu lassen. Ich hatte den Verdacht, daß Rankin die Polizei in San Franzisco anrief und sie veranlaßte, Ella einen Beamten auf den Hals zu schicken, ehe ich mich mit ihr in Verbindung setzen konnte.

Ich fuhr mit dem Fahrstuhl in die Halle, ging einen Block weit, ehe ich einen Drugstore fand, wo ich mich in der Telefonzelle einriegelte und mein Büro anrief.

Ich hatte Rankin nur die halbe Wahrheit über Ella gesagt. Es stimmte, sie war gerade erst siebzehn, aber keineswegs schwachsinnig. Sie war so gescheit, wie wir es nur wünschen konnten, und so scharf wie eine Rasierklinge.

Es tat mir gut, ihre junge, frische Stimme zu hören: »Hier Star Agency. Guten Tag.«

»Hier ist Lew«, sagte ich schnell. »Ich rufe von St. Raphael City an. Jack kam mit einem Auftrag hierher und telegrafierte mir, ihn hier zu treffen. Ich habe schlechte Nachrichten, Ella. Er ist tot. Jemand hat ihn erstochen.«

Ich hörte, wie sie einen spitzen Laut ausstieß. Sie hatte Jack gern gehabt, war verliebt in ihn gewesen.

»Jack ist tot?« fragte sie mit zitternder Stimme.

»Ja. Und nun hör zu, Ella, es ist wichtig. Die Polizei will wissen, worin sein Auftrag bestand und wer der Auftraggeber war. Jack hat es mir nicht gesagt. Weißt du es?«

»Nein. Er sagte nur, er habe einen Auftrag und führe nach St. Raphael City. Er wollte Ihnen telegrafieren, auch dorthin zu kommen, aber worum es bei dem Auftrag ging, sagte er mir nicht.«

Ich konnte hören, daß sie mit den Tränen kämpfte.

»Wie bekam er den Auftrag? Durch einen Brief oder einen Telefonanruf?«

»Ein Mann rief ihn an.«

»Nannte er seinen Namen?«

»Nein. Ich fragte danach, aber er wollte ihn mir nicht nennen. Er sagte, er wolle einen von Ihnen sprechen.«

Ich schob meinen Hut in den Nacken und blies die Wangen auf. Die Luft in der Telefonzelle war dick genug, daß man sich gegen sie lehnen konnte.

Es sah aus, als stände ich vor einem toten Punkt. Dann kam mir plötzlich ein Einfall. Ich erinnerte mich an Jacks Gewohnheit, zu kritzeln und zu malen, wenn er telefonierte. Wenn man ihm einen Bleistift und ein Telefon in die Hand gab, fing er an zu kritzeln.

Entweder malte er nackte Mädchen – und auf diesem Gebiet war er begabt –, oder er notierte Bruchstücke des Gesprächs, das er gerade führte. Es war ihm zur zweiten Natur geworden, während des Telefonierens zu kritzeln.

»Geh in sein Büro, Ella, und sieh dir seine Schreibunterlage an. Es besteht die Möglichkeit, daß er den Namen des Auftraggebers notierte. Du weißt, daß er immer kritzelte.«

»Ja, ich sehe nach.«

Ich wartete und fühlte, wie mir der Schweiß über den Rücken lief. Es war in der Telefonzelle so heiß, daß ich die Tür öffnen mußte, um etwas frische Luft hereinzulassen. In diesem Moment sah ich meinen Schatten. Er lehnte an der Milchbar und roch meilenweit nach Polente. Und an der übertriebenen Hingabe, mit der er in seine Kaffeetasse starrte, erkannte ich, daß er sich darauf konzentrierte, nicht aus Versehen in meine Richtung zu blicken.

Ich beschimpfte mich selbst, weil ich nicht daran gedacht hatte, daß Rankin mir einen Schatten anhängen würde. Der Bursche mußte erraten haben, daß ich in meinem Büro anrief.

Ellas Stimme.

»Auf der Unterlage ist ein Haufen Zeugs«, sagte sie. »Ich habe sie hier vor mir. Aber es ist nur ein Name dabei. Lee Creedy, in Blockbuchstaben.«

»Ist gut, Ella. Das kann etwas bedeuten, vielleicht aber auch nicht. Beseitige das Löschblatt unbedingt. Ich warte solange. Reiß es in Stücke und spüle es die Toilette hinunter. Jeden Augenblick kann einer von der Polizei kommen, und sie dürfen es nicht finden.«

Ich wartete drei Minuten, dann meldete sie sich wieder.

»Ich habe es weggeschafft.«

»Du bist ein kluges Kind. Nun hör zu. Ich habe der Polizei hier erklärt, daß du ein bißchen dämlich bist und wir dir nie auch nur das geringste gesagt haben. Verhalte dich so. Sage ihnen, daß Jack einen Telefonanruf bekam und dir sagte, er führe nach St. Raphael City, aber daß du nicht weißt, warum er angerufen wurde oder wer anrief. Alles klar?«

»Ja.«

»Laß dich nicht von ihnen einschüchtern. Wahrscheinlich werden sie grob und reden von Mithilfe, aber mach dir keine Sorge. Beharre auf deiner Aussage. Sie können nicht das geringste beweisen und bekommen es bestimmt bald satt.«

»Geht in Ordnung, Lew.«

»Noch etwas. Ich bitte dich nicht gern darum, Ella, aber ich kann es von hier aus nicht erledigen. Willst du Jacks Frau die Nachricht bringen? Sage ihr, ich werde ihr schreiben. Ich schicke den Brief noch heute abend ab. Ich kümmere mich auch um das Begräbnis. Wenn sie den ersten Schock überwunden hat, rufe ich sie an.«

»Kommen Sie denn noch nicht zurück?«

»Nein. Ich werde feststellen, warum Jack getötet wurde und wer ihn getötet hat. Willst du zu ihr gehen, Ella?«

»Ja, natürlich.« Dann sagte sie mit leiserer Stimme. »Es sind gerade zwei Männer gekommen, ich halte sie für Polizeibeamte . . .«

Die Leitung war tot.

Ich zog mein Taschentuch, wischte mir über das Gesicht und verließ die Zelle. Ich trat an die Milchbar und stellte mich neben den wartenden Kriminalbeamten. Er warf mir einen steinernen Blick zu und zeigte mir dann seinen Rücken.

Ich bestellte mir ein Sandwich und Kaffee.

Er trank seine Tasse aus, zündete eine Zigarette an und verließ dann mit übertriebener Nonchalance den Drugstore, stieg in einen schwarzen Lincoln und fuhr fort.

*

Kurz nach halb zwei kam ich ins Hotel zurück und ging direkt in mein Zimmer. Ich mußte an Jacks Zimmer vorbeigehen, und da ich die Tür offenstehen sah, blickte ich hinein.

Ein kräftig gebauter Mann in einem ausgebeulten Anzug stand beim Fenster, die Hände auf seine breiten Hüften gestützt, und sah sich in dem Raum um. Er starrte mich feindselig an.

Er sah aus wie ein ehemaliger Polizist. Ich hielt ihn für den Hausdetektiv.

»Haben sie ihre Zelte abgebrochen und sich davongemacht?« fragte ich und trat ein.

»Was wollen Sie hier?«

»Ich bin Brandon. Mein Zimmer ist nebenan. Sind Sie Greaves?«

Er wurde etwas entgegenkommender und nickte.

Das Zimmer war bis zu einem gewissen Grad aufgeräumt worden. Wenigstens hatte man die Federn zusammengekehrt, wenn auch noch ein paar herumschwebten.

Die Schubladen der Kommode waren geschlossen, die Füllung in die Matratzen zurückgesteckt und die Papiere aufgesammelt worden.

Jacks Besitz war in einer Ecke aufgehäufelt. Zwei abgestoßene Koffer, ein Regenmantel, ein Hut und ein Tennisschläger in einem Rahmen. Es war ein kümmerliches Häufchen. Nicht viel, um an die Stelle eines Mannes zu treten, der so gut ausgesehen, so kräftig und voller Humor gewesen war wie er.

»Sind Sie damit durch?« fragte ich und deutete darauf.

Greaves nickte wieder.

»Ich werde es seiner Frau schicken müssen. Kann das jemand für mich besorgen?«

»Joe, der Hausdiener, wird es tun, wenn Sie ihn darum bitten.«

»Wenn Sie nichts Besseres zu tun haben, kommen Sie mit in mein Zimmer. Ich habe da eine Flasche Vat 69, die sich vernachlässigt fühlt.«

Sein dickes Gesicht hellte sich auf. Es sollte mich nicht überraschen, wenn er nicht viele Freunde besaß.

»Ein paar Minuten habe ich schon Zeit.«

Wir gingen in mein Zimmer, und ich schloß die Tür.

Greaves setze sich auf den steifen Sessel und ich mich auf das Bett. Das Eis war schon lange geschmolzen. Ich machte mir nicht die Mühe, nach frischem zu telefonieren. Ich goß ihm drei Finger hoch Whisky in ein Glas und gönnte mir einen.

Ich studierte sein Gesicht, während er an dem Whisky schnüffelte. Die fetten Züge wirkten arglos, in seinen Schnurrbart mischten sich ein paar weiße Fäden. Seine Augen waren hart, mißtrauisch, mürrisch. Es konnte nicht viel Spaß machen, in einem Hotel dieser Klasse Hausdetektiv zu spielen.

»Wissen Sie schon, wer ihn ermordet hat?« fragte er, nachdem er einen bekömmlichen Schluck von seinem Glas genommen hatte.

»Falls die es wissen, haben sie es mir nicht verraten«, antwortete ich. »Haben Sie das Mädchen gesehen, mit dem er wegging?«

Greaves nickte.

»Ja. Hier arbeitet die Polizei nur mit den Detektiven in den großen Hotels zusammen. Kleine Fische wie mich ignoriert sie. Na schön, das soll mir recht sein. Wenn dieser geschleckte Rankin mit mir gesprochen hätte, ich hätte ihm was erzählen können. Aber nein, es mußte Brewer sein. Wollen Sie wissen, warum? Weil Brewer sich eine seidene Krawatte leisten kann. Deshalb.«

»Und was hätten Sie ihm sagen können?« fragte ich und beugte mich vor.

»Er wollte von Brewer eine Beschreibung des Mädchens«, antwortete Greaves. »Das zeigt, was für ein Polizist er ist. Brewer sah nicht mehr von ihr als ihre Kleider. Aber ich habe sie beobachtet. Ich konnte sehen, daß sie dieses Kostüm nur trug, weil sie später nicht wiedererkannt werden wollte. Ich entdeckte, daß sie eine Blondine ist. Entweder trug sie eine Perücke, oder sie hatte sich das Haar dunkel gefärbt. Ich weiß nicht was, aber ich weiß, daß sie blond ist.«

»Weshalb sind Sie so sicher?«

Greaves lächelte gequält.

»Weil ich Augen im Kopf habe. Sie trug kurze Ärmel, und die Härchen auf ihrem Arm waren blond. Sie hatte die Haut und den Teint einer Blondine.«

Ich war von seiner Überlegung nicht sonderlich beeindruckt. Die Härchen auf ihrem Arm konnten von der Sonne gebleicht worden sein. Das sagte ich aber nicht, weil ich ihn nicht verstimmen wollte.

»Ich bin darin geschult worden, auf Kleinigkeiten und Gewohnheiten zu achten, die Leute verraten. Und sie hatte so eine. Sie hielt sich fünf Minuten in der Halle auf. Die ganze Zeit spielte sie auf ihrem Oberschenkel Klavier.« Er stand auf, um es mir vorzumachen. »Mit der rechten Hand, verstehen Sie? So bewegte sie ihre Finger auf ihrem Oberschenkel.« Er schlug auf seinem Oberschenkel eine Tonleiter an. »Das tat sie die ganze Zeit, und das ist eine tiefsitzende Gewohnheit. Das war nicht gemacht. Sie war sich nicht bewußt, daß sie es tat.«

Ich nahm einen Schluck, während ich über diese Information nachdachte.

»Es würde der Polizei nicht leichtfallen, ein Mädchen zu finden, das diese Gewohnheit hat. Was meinen Sie?« fragte ich.

Greaves schnaufte.

»Man müßte sie zuerst in Verdacht bringen. Aber wenn man glaubte, man hätte sie, und man wäre sich nicht ganz sicher, dann wäre das der letzte Beweis.«

Ich nickte.

»Ja, das stimmt schon. Wofür halten Sie sie nach dem, was Sie von ihr gesehen haben?«

»Schwer zu sagen. Sie könnte Schauspielerin sein. Ich weiß

nicht. Vielleicht auch ein Modell oder eine Sängerin. Sie verstand ihre Kleider zu tragen und hatte ein sicheres Auftreten.«

»Werden Sie das alles Rankin erzählen?«

Greaves schüttelte den Kopf.

»Wenn ich mir die Mühe machen würde, zum Headquarters zu gehen, würde er mich nicht mal anhören. Er hat keine Zeit für kleine Fische wie mich. Zum Teufel mit ihm.«

»Haben Sie eine Ahnung, wie der Bursche, der Sheppeys Zimmer durchwühlte, hineingekommen ist?«

»Er hatte Sheppeys Schlüssel. Sheppey nahm ihn mit, vergaß ihn abzugeben. Ich vermute, daß der Bursche, der ihn umgebracht hat, den Schlüssel fand, sofort hierherkam, die Treppe hinaufschlich, in das Zimmer ging und es durchwühlte. Das verlangte Nerven, aber das Risiko war gering. Wir sind knapp mit Personal, und um diese Zeit am Vormittag war niemand hier oben.«

Ich zog eine meiner Karten und reichte sie ihm.

»Ich frage nicht nur zu meinem Vergnügen«, sagte ich.

Er las den Text, runzelte die Stirn, rieb sich seine dicke Nase und gab mir die Karte zurück.

»War er Ihr Partner?«

»Ja.«

»Ich wollte immer in Ihre Sparte überwechseln. Da ist mehr Geld drin als in meiner. Wie kommen Sie durch?«

»Wir konnten uns nicht beklagen, ehe das hier passierte. Jetzt muß ich den Laden zumachen, bis ich den Mörder gefunden habe.«

Er starrte mich an. »Das ist doch Sache der Polizei. Was können Sie schon dabei tun?«

»Es würde einen guten Eindruck machen, wenn ich einfach nach Frisco führe und so täte, als wäre nichts passiert. Glauben Sie nicht? Was wäre das für eine Reklame, wenn ich nicht alles dransetzen würde, den Mörder zu finden. Außerdem war Jack mein bester Freund. Ich kann mich gar nicht einfach hinsetzen und alles der Polizei überlassen.«

Greaves verzog den Mund.

»Dann seien Sie vorsichtig. Rankin ist nicht so übel. Der ist ein anständiger Polizist. Aber Captain Katchen ist eine Sorte für sich. Wenn's etwas gibt, was ihm verhaßter ist als ein Hoteldetektiv, dann ist es ein Schnüffler. Wenn er dahinterkommt, daß Sie Ihre Nase in sein Revier stecken, bekommen Sie Ärger. Und was für einen.«

Ich leerte mein Glas, wischte dann meine Handgelenke mit meinem Taschentuch ab. Die Temperatur im Zimmer lag bei 35 Grad.

»Welche Art Ärger?«

»Da war mal ein Privatdetektiv, der kam aus Los Angeles, um einen Selbstmord aufzuklären. Die Witwe war überzeugt, es wäre Mord gewesen. Also beauftragte sie den Mann, nachzuforschen. Katchen warnte ihn, aber er versuchte es trotzdem. Eines Tages fuhr er in seinem Auto und wurde von einem Streifenwagen gerammt. Sein Auto wurde demoliert und er mit einem gebrochenen Schlüsselbein ins Krankenhaus eingeliefert. Und dazu bekam er sechs Wochen für Trunkenheit am Steuer. Er schwor, die Polizisten hätten eine halbe Flasche Whisky über ihn ausgeschüttet, ehe sie ihn ins Krankenhaus brachten, aber keiner glaubte ihm.«

»Das klingt ja sehr freundlich. Danke für den Tip. Ich werde Katchen aus dem Weg gehen.«

Greaves leerte bedauernd sein Glas und setzte es ab.

»Kann ich Ihnen nur raten. Nun, ich muß jetzt runter. Um diese Zeit soll ich in der Halle sein und aufpassen, daß sich keiner der alten Herren ein Flittchen auf sein Zimmer schmuggelt. Es hat noch nie einer getan, aber der Direktor ist überzeugt, daß einer es eines Tages mal versucht. Dank für den Drink. Falls Sie mal Hilfe brauchen, ich werde tun, was ich kann.«

Ich versprach ihm, daran zu denken.

Als er das Zimmer verließ, fragte ich beiläufig: »Sagt Ihnen der Name Lee Creedy etwas?«

Er blieb stehen, um mich anzustarren, schloß die Tür dann wieder und lehnte sich dagegen.

»Er ist der wichtigste Mann hier in der Stadt.«

Es gelang mir, meine Aufregung nicht zu zeigen.

»Wie wichtig ist er denn?«

»Zunächst besitzt er runde hundert Millionen. Ihm gehört die Green Star-Reederei. Sie hat eine Tankerflotte, die zwischen Frisco und Panama hin und her pendelt. Er besitzt die Air Lift Corporation, die Charterflugzeuge zwischen hier und Miami betreibt. Er besitzt drei Zeitungen und eine Fabrik mit zehntausend Arbeitnehmern, die Elektrozubehör für Autos herstellt. Er besitzt Anteile am Kasino, Anteile an unserem Leichtgewicht Champion, am Ritz Plaza Hotel und am Musketeer Club. Das einzig wirklich elegante Nachtlokal in diesem elenden Nest, und mit elegant meine ich nicht nur teuer, obwohl es teuer genug ist. Man muß ein fünfstelliges Einkommen haben und vielleicht sogar einen Ahnennachweis liefern, ehe man da reinkommt. So wichtig ist er. Vielleicht besitzt er auch noch verschiedenes andere, aber es genügt wohl, um eine allgemeine Vorstellung von ihm zu bekommen.«

»Lebt er hier?«

»Er hat ein Haus draußen an der Thor Bay, etwa fünf Meilen entfernt an der Küste. Ein Grundstück von fünfzehn Morgen mit einer kleinen Hütte von rund fünfundzwanzig Schlafzimmern, einem Schwimming-pool, der Platz für einen Flugzeugträger hat, sechs Tennisplätzen, einem Zoo mit Löwen und Tigern, vierzig Mann Personal, die alle über ihre eigenen Füße fallen, um ihn bedienen zu können, und einem kleinen Hafen, der für seine Viertausendtonnenjacht gerade groß genug ist.«

»Verheiratet?«

»Klar.« Greaves zog die Nase kraus. »Erinnern Sie sich an Bridgette Bland, die Filmschauspielerin? Das ist sie.«

Ich erinnerte mich dunkel, sie in einem Film mal gesehen zu haben. Wenn sie die Frau war, an die ich dachte, dann hatte sie bei den Filmfestspielen in Cannes eine kleine Sensation verursacht. Es hatte großes Aufsehen erregt, als sie auf einem Pferd in die Halle des Majestic Hotels ritt, dem Empfangschef die Zügel zuwarf, ehe sie zum Aufzug schlenderten, um sich in ihre Fünfzimmersuite bringen zu lassen. Sie hatte zwei Jahre beim Film durchgehalten, ehe sie in der Versenkung verschwunden war. Wenn ich sie nicht mit einer anderen verwechselte, dann stand sie in dem Ruf, unbezähmbar und unerträglich zu sein.

»Was ist mit Creedy?« fragte Greaves.

»Nichts Besonderes«, antwortete ich. »Sein Name fiel irgendwo. Irgend jemand nannte ihn. Ich wollte nur wissen, wer er ist.«

Greaves starrte mich nachdenklich an, nickte dann, öffnete die Tür und ging.

Ich streckte mich auf dem Bett aus.

Jack hatte gesagt, daß in dem Auftrag viel Geld steckte. Wenn sein Auftraggeber etwa Creedy gewesen war, dann mußte Geld damit zu verdienen gewesen sein. Aber warum sollte ein Mann in Creedys Stellung einen unbekannten Agenten, der 300 Meilen von seinem Wohnort herkam, engagieren? Mit seinem Bankkonto konnte er sich die Pinkertons oder irgendeine andere weltberühmte Agentur leisten.

Ich wühlte mit den Fingern in meinem feuchten Haar. Ein Mann wie Creedy mußte von Sekretären, Raußschmeißern, Bodyguards und Jasagern umgeben sein, deren Aufgabe darin bestand, Leute wie mich von ihm fernzuhalten. Es würde nicht leicht sein, an ihn heranzukommen. Und es würde nicht leicht sein, ihn zu fragen, ob er Jack engagiert hatte und warum.

Ich trank einen Schluck Whisky, um in die richtige Stimmung zu kommen. Dann nahm ich den Telefonhörer auf.

»Verbinden Sie mich mit Greaves«, sagte ich zu dem Mädchen in der Zentrale.

Es gab eine Verzögerung, dann war Greaves am Apparat.

»Ich muß ein Telefongespräch führen«, sagte ich. »Wie sauber ist eure Zentrale?«

Er brauchte keine Zeichnung, um zu verstehen, was ich damit meinte.

»Kein Grund zur Sorge. Eine Weile hing hier ein Polyp herum, aber jetzt ist er weg.«

Ich bedankte mich, verlangte dann wieder die Zentrale. Als sich das Mädchen meldete, sagte ich, ich wünschte mit Lee Creedy verbunden zu werden.

Sie bat mich zu warten, und nach einer Weile meldete sich eine männliche Stimme. »Hier bei Mr. Creedy.«

»Verbinden Sie mich mit Mr. Creedy«, sagte ich.

»Wenn Sie bitte Ihren Namen nennen wollen, Sir, werde ich Sie mit Mr. Creedys Sekretär verbinden.«

»Mein Name ist Lew Brandon, und ich will nicht Mr. Creedys Sekretär, sondern Mr. Creedy persönlich sprechen.«

Ich glaubte nicht, daß es wirken würde, und das tat es auch nicht.

»Wenn Sie einen Moment am Apparat bleiben, Sir, verbinde ich Sie mit Mr. Creedys Sekretär.«

Es knackte ein paarmal, dann meldete sich eine Stimme, scharf genug, um damit Brot zu schneiden. »Hier Hammerschult. Wer spricht?«

»Lew Brandon. Verbinden Sie mich mit Mr. Creedy.«

»Augenblick, bitte.«

Durch angestrengtes Lauschen konnte ich sein schweres Atmen wahrnehmen und hören, wie er in einem Buch blätterte, vermutlich in einem Adreßbuch. Der Bursche war vorsichtig. Er wurde nicht grob, ehe er nicht genau wußte, mit wem er sprach.

»Mr. Brandon?« fragte er dann schon viel aggressiver. »Was wünschen Sie denn?«

»Das wird Ihnen Mr. Creedy sagen, falls er will, daß Sie es erfahren. Verbinden Sie mich jetzt, und vergeuden Sie meine Zeit nicht weiter.«

Ich legte einen drohenden Ton in meine Stimme, ließ sie hart klingen. Es half nichts, aber es dämpfte ihn etwas.

»Es ist nicht möglich, daß Sie Mr. Creedy sprechen«, behauptete er. »Wenn Sie mir andeuten können, worum es sich handelt, kann ich es ihm mitteilen, und vielleicht ruft er zurück.«

Ich wußte, ich steckte in einer Sackgasse. Darum spielte ich meine letzte und nicht zu starke Karte.

»Sagen Sie ihm, ich sei Teilhaber der Star Agency in San Franzisko. Er wartet darauf, daß ich mich bei ihm melde.«

»Wirklich?« Das klang überrascht und weniger sicher. »Also gut, Mr. Brandon, ich werde mit ihm sprechen, und wir rufen zurück. Geben Sie mir Ihre Nummer.«

Ich gab ihm die Nummer des Hotels und legte auf.

Ich trank den Whisky in meinem Glas und schloß die Augen. Vermutlich mußte ich eine Stunde warten, vielleicht noch länger. Ich reckte mich und schlief nach einer Weile ein.

Von dem durchdringenden Klingeln des Telefons zuckte ich so heftig zusammen, daß ich fast vom Bett rollte.

Ich griff nach dem Hörer und sah dabei auf meine Armbanduhr. Ich hatte vielleicht 15 Minuten geschlafen.

»Mr. Brandon?«

Ich erkannte Hammerschults Stimme.

»Ja?«

»Mr. Creedy erwartet Sie um drei Uhr heute nachmittag.«

Ich traute meinen Ohren nicht.

»Um drei Uhr?«

»Ja. Seien Sie bitte pünktlich. Mr. Creedy hat verschiedene Termine für heute nachmittag und kann Ihnen nur wenige Minuten widmen.«

»Das wird völlig genügen«, sagte ich und legte auf.

Sekundenlang starrte ich zur Decke. Dann schwang ich die Beine auf den Boden.

Creedy mußte Jacks Auftraggeber gewesen sein. Es gab keinen anderen Grund, daß ein Mann in seiner Stellung sich die Mühe machte, mich zu empfangen.

Ich sah auf meine Uhr.

Mir blieb knapp eine Stunde, um zu seinem Haus zu kommen.

Ich öffnete meinen Koffer, um meinen besten Anzug auszupakken.

*

Lee Creedys Besitz befand sich am äußersten Ende der eine Meile langen schmalen Halbinsel, die bis in die Mitte der Thor Bay ragte.

Vom Bay Boulevard hatte man einen guten Blick darauf. Ehe ich in die Privatstraße einbog, die über die Halbinsel zu dem Besitz führte, verlangsamte ich das Tempo, um mir alles gut anzusehen.

Das Haus war massiv, drei Stockwerke hoch, mit großen Fenstern, breiten Terrassen, einem blauen Ziegeldach und weißen Wänden, die von blühenden Schlingpflanzen bedeckt waren. Die Rückseite des Hauses schien direkt oberhalb von Klippen zu liegen. Von dort aus mußte man einen prachtvollen Blick auf beide Teile der Bay haben.

Ich fuhr in unserem Geschäftsbuick. Die Polizei hatte ihn vor dem Hotel stehenlassen. Eine der Türen hatte einen bösen Kratzer, und eine Nabenkappe war eingedrückt. Ich wußte nicht, ob die Polizei dafür verantwortlich war oder ob Jack auf seiner Fahrt von Frisco herunter irgend etwas angefahren hatte. Es war durchaus möglich, daß Jack den Schaden verursacht hatte. Er war nie ein besonders guter Fahrer gewesen, schnitt die Kurven zu stark und riskierte zuviel.

Ich bog vom Bay Boulevard in die Straße auf der Halbinsel ein. Etwa 100 Yards weiter kam ich an ein großes Schild.

*Privatstraße. Nur Besucher des Thor Estate dürften weiterfahren.*

Eine Viertelmeile weiter erreichte ich eine der rot-weiß gestrichenen Schranken, die an den europäischen Staatsgrenzen jede Straße blockieren. Daneben stand ein kleines, weißes Wachhaus.

Zwei Männer in weißen Hemden und weißen Cordbreeches, glänzenden, schwarzen Schaftstiefeln und Schirmmützen blickten mir entgegen. Beide sahen wie ehemalige Polizeibeamte aus, trugen .45er Colts an ihren Hüften.

»Ich habe eine Verabredung mit Mr. Creedy«, sagte ich über die herabgelassene Scheibe.

Einer der beiden kam zu mir. Seine Polizistenaugen fixierten mich, und an seinem kurzen Nicken erkannte ich, daß weder der Buick noch ich seine Billigung fanden.

»Name?«

Ich sagte ihn.

Er sah auf einer Liste nach, die er in der Hand hielt, winkte dann dem anderen Wächter zu, der die Schranke hob.

»Geradeaus. Biegen Sie an der Kreuzung links ab, und parken Sie Ihren Wagen auf Platz sechs.«

Ich nickte und fuhr an. Ich bemerkte, daß sie mich beide anstarrten, als wollten sie sich vergewissern, mich das nächste Mal wiederzuerkennen.

Nach einer halben Meile erreichte ich ein massives Eichentor. Es war 15 Fuß hoch, mit schweren Eisenbolzen beschlagen und stand offen. Dann erreichte ich eine sandbedeckte Privatstraße, fuhr durch einen Hain und an prächtigen Gärten mit weiten Flächen kurz geschorenen Rasens, Blumenbeeten, versenkten Rosengärten und Fontänen vorüber.

Auf einem der großen Beete arbeiteten chinesische Gärtner. Sie pflanzten Begonien.

An der Kreuzung bog ich wie angewiesen nach links, rollte auf einen großen asphaltierten Platz, der durch weiße Linien in Parkstellen aufgeteilt war. An manchen Plätzen standen Eichenschilder mit leuchtenden Goldbuchstaben.

Ich ließ den Buick auf Platz sechs, stieg aus und sah mir schnell ein paar der Schilder an. Schild eins: Creedy, Nummer sieben: Mrs. Creedy, Nummer dreiundzwanzig: Hammerschult. Es waren noch viele andere Namen da, die mir nichts besagten.

»Feine Sache, was?« sagte jemand hinter mir. »Bedeutende Leute. Die nehmen sich so wichtig, daß sie doch daran eingehen.«

Ich drehte mich um.

Ein untersetzter, beleibter Mann in einer weißen Wächteruniform, die Schirmmütze in den Nacken geschoben, grinste mich freundlich an. Sein Gesicht war rot und verschwitzt, und als er näher kam, roch ich seine Whiskyfahne.

»Es muß in der Welt alle möglichen Sorten geben.«

»Da haben Sie schon recht, aber der Quatsch hier ist doch nur vergeudetes Geld.« Er deutete mit der Hand auf die Schilder. »Als ob es ihnen etwas ausmachen würde, wo ihre Wagen parken.« Er fixierte mich. »Suchen Sie jemand Bestimmtes?«

»Den alten Creedy«, antwortete ich.

»Tatsächlich? Den lasse ich Ihnen gern. Von dem habe ich reichlich genug. Heute ist mein letzter Tag hier, und ich bin froh darüber.« Er beugte sich vor und klopfte mir leicht auf die Brust. »Warum landet immer alles Geld bei den größten Lumpen? Dieser Creedy hier – nie ist er mit was zufrieden. Seine Schuhe glänzen ihm nicht genug, der Wagen ist ihm nicht poliert genug, die Rosen sind ihm nicht groß genug, sein Essen ist ihm entweder nicht heiß oder nicht kalt genug. Er ist nie glücklich, nie zufrieden. Immer murrt er, schimpft oder flucht und macht einen verrückt. Wenn ich den zehnten Teil seines Geldes hätte, wäre ich glücklich wie ein Schneekönig, aber ihm ist nie etwas recht.«

Ich warf einen Blick auf meine Uhr. Es war vier Minuten vor drei.

»So ist es nun mal«, sagte ich, »da kann man nichts machen. Ich würde mich gern weiter darüber unterhalten, aber ich soll um drei bei ihm sein, und man hat mir gesagt, er nimmt es übel, wenn man ihn warten läßt.«

»Das kann man wohl behaupten. Aber bilden Sie sich nicht ein, daß Sie ihn auch um die Zeit sehn, die er für Sie bestimmt hat, nur weil Sie pünktlich sind. Es gab Leute, die mußten drei und vier Stunden warten. Trotzdem sind Sie willkommen. Für meine Person würde ich lieber einen Aussätzigen treffen.« Er zeigte mir die Richtung. »Die Stufen da rauf und dann links.«

Ich wollte schon gehen, als mir plötzlich etwas einfiel.

»Haben Sie für heute abend gegen sechs schon was vor?«

Er grinste. Da werde ich feiern. Zwanzig Monate war ich bei dem alten Schuft. Ich muß eine Menge trinken, um alles zu vergessen, was ich in der Zeit erlebt habe. Warum fragen Sie?«

»Ich habe selbst einen Grund zum Feiern«, antwortete ich. »Vielleicht machen wir es zusammen. »Trinken Sie denn richtig?«

»Bei besonderen Gelegenheiten schon. Dies könnte eine sein.«

»Nun, warum nicht. Mein Mädchen schätzt es nicht, wenn ich trinke. Darum wollte ich einen einsamen Zug tun. Aber in Gesellschaft ist es mir noch lieber. Also gut. Wo und wann?«

»Sagen wir – sieben. Wissen Sie eine nette Kneipe?«

»Sams Cabin. Jeder kann Ihnen sagen, wo es ist. Ich bin Tim Fulton. Wie heißen Sie?«

»Lew Brandon. Bis heute abend.«

»Okay.«

Ich nahm drei Stufen auf einmal, wandte mich nach links und schritt über die prächtige Terrasse zum Haupteingang.

Ich hatte noch eine Minute Zeit, als ich an der Kette für die Glocke zog.

Die Tür öffnete sich sofort. Ein alter Mann, dem nur wenig an zwei Metern fehlte, dünn und aufrecht, in dem traditionellen Aufzug eines Hollywood-Butlers, trat mit einer leichten Verbeugung zur Seite und ließ mich in eine Halle, die groß genug war, um sechs Fernlastzügen mit Anhängern als Garage zu dienen.

»Mr. Brandon?«

Ich nickte.

»Wollen Sie mir bitte folgen.«

Ich wurde durch die Halle in den Sonnenschein geführt, der in den Patio strahlte, durch französische Türen und einen Gang zu einem Zimmer, das 15 tiefe Polstersessel, einen Teppich, der so dick und weich war, daß ich glaubte, ich ginge auf Schnee, und ein paar Picasso-Gemälde an den Wänden enthielt.

Sechs erschöpft wirkende Geschäftsleute, mit Aktentaschen in den Händen, saßen in Abständen auf die Sessel verteilt. Sie starrten mich gleichgültig an und schienen schon lange zu warten.

»Mr. Creedy wird Sie bald empfangen«, versprach der Butler und ging so leise und glatt davon, als ob er auf Rädern rollte.

Ich setzte mich, balancierte meinen Hut auf den Knien.

Um drei Minuten nach drei wurde die Tür aufgestoßen, und ein noch jugendlich wirkender, großer, hagerer Mann mit einem dieser Kinne, wie hochgestellte Wirtschaftsführer sie haben, und kurz geschnittenem Haar, in einer schwarzen Jacke und einer graugestreiften Hose und einer schwarzen Krawatte, trat in die Türöffnung.

Die sechs Geschäftsleute richteten sich alle auf, packten ihre Aktentaschen und reckten die Nase vor, wie Pointer ihre Schnauzen, wenn sie ein Wild stellen.

Seine kalten, unfreundlichen Blicke liefen über sie hinweg und blieben an mir hängen.

»Mr. Brandon?«

»Ganz richtig.«

»Mr. Creedy ist bereit, Sie zu empfangen.«

Als ich aufstand, sagte einer der Männer: »Sie werden entschuldigen, Mr. Hammerschult, aber ich warte jetzt seit zwölf Uhr. Sie sagten, ich sei der Nächste, den Mr. Creedy empfängt.«

Hammerschult starrte ihn finster an. »Sagte ich das? Mr. Creedy ist anderer Meinung«, konterte er. »Mr. Creedy wird vor vier Uhr nicht frei sein Hier bitte«, fuhr er zu mir gewandt fort, führte mich durch einen Gang in einen kleineren Vorraum, durch zwei Türen, die beide gepolstert waren, zu einer anderen, massiven, aus solidem poliertem Mahagoni.

An diese Tür klopfte er, öffnete sie, sah hinein und sagte: »Hier ist Brandon, Sir.«

Dann trat er zur Seite und winkte mir, einzutreten.

Der Raum erinnerte mich an die Bilder, die ich von Mussolinis berühmtem Arbeitszimmer gesehen hatte.

Er war 20 Meter lang, wenn nicht noch länger. Am anderen Ende stand zwischen zwei großen Fenstern, die einen schönen Ausblick auf die See und den rechten Arm der Thor Bay boten, ein Schreibtisch, der groß genug war, um darauf Billard zu spielen.

Von ein paar tiefen Sesseln, zwei Rüstungen und zwei Ölgemälden, die Rembrandts sein konnten, abgesehen, war der Raum spärlich eingerichtet.

Hinter dem Schreibtisch saß ein kleiner, gebrechlich wirkender Typ, die Hornbrille auf die Stirn geschoben. Von einem dünnen Rand grauer Haare abgesehen, war er kahl, und sein Schädel sah hart und knochig aus.

Er hatte ein hageres, schmales Gesicht mit einem sehr dünnlippigen, fest zusammengepreßten Mund. Erst als ich der vollen Kraft begegnete, die in seinem Blick lag, erkannte ich, daß ich wirklich vor einem großen Mann stand.

Er schonte mich nicht, und ich hatte das Gefühl, von Röntgenstrahlen durchleuchtet zu werden.

Er ließ mich durch den ganzen Raum kommen und fixierte mich scharf. Ich merkte, daß mich feiner Schweiß bedeckte, als ich seinen Schreibtisch erreichte.

Er lehnte sich in seinen Sessel und betrachtete mich wie eine Schmeißfliege, die einem in die Suppe geraten ist.

Es folgte eine lange Pause. Dann fragte er mit einer weiblichen Stimme: »Was wollen Sie?«

Inzwischen mußte ich seinen Überlegungen zufolge völlig weich geworden sein und bereit, vor ihm auf Knie und Hände zu fallen und die Stirn auf den Boden zu schlagen. Also schön. Ich gebe zu, ich war etwas aufgeweicht, aber lange nicht so, wie er sich wünschte.

»Ich heiße Brandon«, sagte ich, »und ich bin von der Star Agency in San Franzisko. Vor vier Tagen haben Sie meinen Partner engagiert.«

Das hagere Gesicht vor mir blieb so nichtssagend wie die Hinterseite eines Überlandomnibusses.

»Was bringt Sie auf die Idee, daß ich das getan hätte?« fragte er.

Daran erkannte ich, daß er seiner Sache nicht sicher war und erst das Gelände erkunden wollte, ehe er seine schwere Artillerie einsetzte.

»Wir führen eine Liste über alle unsere Auftraggeber, Mr. Creedy«, log ich. »Ehe Sheppey unser Büro verließ, hat er in einer Aktennotiz festgehalten, daß Sie ihn engagiert haben.«

»Und wer soll diese Sheppey sein?«

»Mein Partner und der Mann, den Sie engagiert haben, Mr. Creedy.«

Er legte die Ellbogen auf den Schreibtisch und seine Fingerspitzen gegeneinander. Auf den Bogen, den er so bildete, stützte er sein knochiges Kinn.

»Ich muß wöchentlich zwanzig oder dreißig Personen engagieren, um unwichtige Arbeiten für mich zu verrichten«, sagte er. »Ich erinnere mich nicht an einen Mann namens Sheppey. Was haben Sie damit zu tun? Was wollen Sie?«

»Sheppey wurde heute morgen ermordet«, antwortete ich und hielt seinem durchdringenden Blick stand. »Ich nehme an, Sie wünschen, daß ich die Arbeit beende, die er für Sie übernommen hat.«

Er klopfte mit den Fingerspitzen gegen sein Kinn.

»Und was für eine Arbeit sollte das sein?«

Da war sie: die Sackgasse. Ich mußte ja früher oder später hineingeraten. Aber ich hatte gehofft, ihn durch einen Bluff aus seiner Deckung herauszulocken zu können. Es hatte nicht geklappt.

»Darüber wissen Sie mehr als ich.«

Er lehnte sich wieder in seinem Sessel zurück, trommelte etwa vier Sekunden lang mit den Fingerspitzen auf der Schreibtischplatte, sein Gesicht nach wie vor ausdruckslos, aber ich merkte, daß seine Gedanken arbeiteten. Dann streckte er einen knochigen Finger aus und drückte auf den Knopf.

Sofort ging rechts von seinem Schreibtisch eine Tür auf, und Hammerschult erschien so schnell, daß er vor der Tür darauf gewartet haben mußte, gerufen zu werden.

»Hertz«, befahl Creedy, ohne ihn anzusehen.

»Sofort, Sir«, sagte Hammerschult und verschwand.

Creedy trommelte weiter, hielt seinen Blick gesenkt.

Schweigend warteten wir vielleicht eine Minute, dann wurde an die Tür geklopft. Sie öffnete sich, und ein mittelgroßer, untersetzter Mann kam herein. Sein rechtes Ohr war geknickt und in seinen Schädel hineingedrückt. Irgendwann in seinem Leben mußte ihn irgend jemand mit einem Ziegelstein, vielleicht auch mit einem Vorschlaghammer, getroffen haben. Seine Nase war knochenlos und breit. Seine Augen waren klein, und in ihnen lag das wilde Glimmen, das man vielleicht in den Augen eines gereizten und bösartigen Orang Utans finden kann. Schwarze Haare ragten über seinen Kragen hinaus. Er trug lohfarbene Flanellhosen, ein weißes Sportjackett und eine dieser grellbunten, handgemalten Krawatten.

Leise und flink trat er neben den Schreibtisch.

Creedy wies mit dem Kinn auf mich.

»Sehen Sie sich diesen Mann an, Hertz«, sagte er. »Ich wünsche, daß Sie ihn nicht vergessen. Mag sein, daß Sie sich seiner annehmen müssen. Es ist unwahrscheinlich, aber vielleicht ist er dümmer, als er aussieht. Vergewissern Sie sich, daß Sie ihn wiedererkennen.«

Hertz drehte sich mir zu und musterte mich.

»Den kenne ich wieder, Chef«, sagte er rauh, ging hinaus und schloß die Tür lautlos hinter sich.

Es folgte eine Pause, dann fragte ich: »Und was soll er mit mir tun? Butter aus mir machen?«

Creedy nahm seine Brille ab, zog ein weißes Seidentuch und begann die Gläser zu polieren. Dabei starrte er mich an.

»Ich habe für Ermittlungsagenten nichts übrig«, sagte er. »Ich halte sie für schäbige, kleine Leute, die eine Neigung haben, Erpresser zu werden. Ich habe Ihren Mr. Sheppey nicht engagiert, und es wäre mir auch nie in den Sinn gekommen. Ich würde Ihnen raten, sofort aus der Stadt zu verschwinden. Ein Mann in meiner Stellung wird häufig von Leuten dieser Art belästigt. Es spart Zeit und Mißverständnisse, Sie mit Hertz bekannt zu machen. Er ist ein bemerkenswerter Charakter. Er lebt in der Vorstellung, daß er mir verpflichtet sei. Wenn ich zu ihm sage, daß mir ein Mann lästig wird, dann macht er es zu seiner Aufgabe, den Mann zu überreden, mir nicht lästig zu fallen. Ich habe nie nachgeforscht, wie er das tut, aber mir ist kein Fall bekannt, daß es ihm mißlungen wäre. So ist die Lage, Mr. Brandon. Ich kenne Ihren Mr. Sheppey nicht. Ich habe ihn nicht engagiert. Ich habe nicht den Wunsch, mit Ihnen etwas zu tun zu haben. Sie können jetzt gehen, falls Sie nicht glauben, daß Sie noch etwas von Bedeutung sagen können.«

Ich lächelte ihn an. Sein durchdringender Scheinwerferblick, die Größe des Raumes und die respektgebietende Atmosphäre beeindruckten mich nicht mehr. Ich war wütender als jemals vorher in meinem Leben, und das bedeutet eine ganze Menge.

»Ja, ich habe noch etwas zu sagen«, entgegnete ich, stützte meine Hände auf seinen Schreibtisch und starrte ihm ins Gesicht. »Erstens, Mr. Creedy, hielt ich Sie zunächst für klüger, als Sie sind. Ich wußte nicht sicher, daß Sie Sheppey engagiert hatten. Jetzt bin ich davon überzeugt. Zufällig kritzelte Sheppey Ihren Namen auf seine Schreibtischunterlage. Das war der einzige Hinweis, den ich besaß. Ich hatte es für möglich gehalten, daß jemand ihm gegenüber Ihren Namen erwähnte und er während dieser Unterhaltung den Namen hinkritzelte, wie das seine Art war. Jetzt weiß ich es besser. Als ich Sie heute mittag anrief, war ich fest überzeugt, daß Sie mich nicht empfangen würden. Ein Mann mit Ihrem Geld empfängt nicht irgendeinen kleinen Ermittlungsagenten, es sei denn, daß er ihn entweder mit einem Auftrag betrauen will oder ihm etwas im Kopf herumgeht, was ihn nachts nicht schlafen läßt. Als Sie mir vor sechs bedeutend aussehenden Geschäftsleuten, von denen einer seit drei Stunden wartet, den Vorrang gaben, verriet das mir, daß in ihrem Kopf Dinge herumgehen, die Sie nicht nur nachts wachhalten, sondern Sie im höchsten Maße beunruhigen. Offensichtlich konnten Sie nicht länger als drei Minuten warten, ehe Sie hören wollten, wieviel ich wirklich wußte. Als Sie feststellten, wie wenig das war, riefen Sie Ihren gezähmten Gorilla und hielten ihn mir unter die Nase. Sie hofften, mich damit so einzuschüchtern, daß ich in mein Hotel zurückrasen, meinen Koffer packen und wie der Blitz verschwinden würde. Das war nicht sehr geschickt, Mr. Creedy. Sie sollten inzwischen gelernt haben, daß manche Menschen nicht leicht einzuschüchtern sind. Zufällig gehöre ich auch dazu.«

Seine knochigen Finger waren noch mit seinem Taschentuch und seiner Brille beschäftigt.

»Ist das alles?« fragte er.

»Nicht ganz. Ich bin jetzt sicher, daß Sie Sheppey engagierten. Während er für Sie arbeitete, fand er etwas heraus, daß irgend jemand nicht gefiel. Deshalb wurde er umgebracht. Meiner Überzeugung nach besitzen Sie den Schlüssel, der die Polizei zu seinem Mörder führen könnte. Aber Ihrer Stellung entsprechend wünschen Sie nicht, in einen Mordfall verwickelt zu werden. Wenn Sie darin verwickelt würden, müßte auch der Grund bekannt werden, weshalb Sie Sheppey holten. Ich habe die Erfahrung gemacht: wenn ein Millionär sich herabläßt, einen Mann zu engagieren, der dreihundert Meilen von der Stadt des Millionärs entfernt wohnt, verlangt der Millionär, daß dieser Mann eine ziemlich stinkige Geschichte anfassen soll, von der niemand, der in der Stadt lebt, etwas erfahren darf. Sheppey ist tot. Er war ein guter Freund von mir. Wenn die Polizei seinen Mörder nicht findet, dann kann ich es vielleicht. Auf jeden Fall: Ihr Mr. Hertz oder nicht, ein Mr. Creedy oder nicht, ich werde alles tun, um es zu versuchen.« Ich richtete mich auf und stieß mich von dem Schreibtisch ab. »Das ist alles. Sie brauchen Ihren Lakai nicht zu bemühen, ich finde hier allein raus.«

Ich drehte mich um und ging durch den großen Raum.

Creedy sagte mit einer weiblichen Stimme: »Behaupten Sie nicht, daß ich Sie nicht gewarnt hätte, Mr. Brandon.«

Ich öffnete die Tür und trat in den Vorraum, wo der Butler wartete.

Während er mich zum Ausgang führte, klapperten Creedys letzte Worte in meinen Ohren nach wie eingedrückte Pingpongbälle.

*

Ich war überzeugt, daß Creedy meinen Partner engagiert hatte. Aber ich wußte immer noch nicht, ob Sheppey ermordet worden war, weil er bei seiner Arbeit für Creedy etwas aufgedeckt, oder weil er sich das Mädchen irgendeines Schlägers aufs Korn genommen hatte. Im stillen verfluchte ich seine Schwäche für Weiber. Die Aufgabe, seinen Mörder zu finden, wurde dadurch zusätzlich erschwert.

Ich war froh über meine Verabredung mit Tim Fulton. Unzufriedene Angestellte sind häufig die Quelle für nützliche Informationen, und die hatte ich dringend nötig.

Als ich vor dem Hotel anhielt, sah ich einen Polizeiwagen, der wenige Meter vor mir parkte.

Ich stieg aus dem Buick.

Die Tür des Streifenwagens wurde aufgestoßen, und Candy tauchte auf. Mit großen Schritten kam er auf mich zu.

»Captain Katchen möchte Sie sprechen«, sagte der Sergeant. »Kommen Sie!«

»Und wenn ich keine Lust habe, mit ihm zu sprechen?« entgegnete ich lächelnd.

»Kommen Sie!« wiederholte er. »Wenn nicht freiwillig, dann unfreiwillig, ganz wie Sie wollen.«

»Hat er gesagt, was er will?« fragte ich, während ich neben ihm zu dem Streifenwagen ging.

»Wenn mir der Beweis gefehlt hätte, daß Sie fremd in unserer Stadt sind, dann hätte mich diese dämliche Bemerkung restlos überzeugt«, antwortete Candy, während er seinen schweren Körper in den Rücksitz hievte.

Hinter dem Lenkrad saß ein uniformierter Polizist. Er drehte sich um, um mich prüfend anzusehen.

Ich setzte mich neben Candy, und der Wagen raste los.

»Das soll wohl heißen, daß euer Captain seinen Untergebenen nicht verrät, warum er etwas will, sondern nur, daß er es will?«

»So dumm sind Sie gar nicht«, sagte Candy. »Und wenn Sie aus dem Headquarters nicht als Krüppel für den Rest Ihres Lebens rauskommen wollen, dann reden Sie nur, wenn Sie gefragt sind. Geben Sie schnell und wahrheitsgemäß auf alle Fragen Antwort, und benehmen Sie sich auch sonst so wie in der Kirche.«

»Woraus zu schließen wäre, daß euer Captain ein temperamentvoller und eigenwilliger Herr ist.«

Candy griente.

»Das kann man wohl behaupten. Ich würde sagen, Captain Katchen verliert schnell die Ruhe. Was meinst du, Joe?«

Joe, der Fahrer, spuckte aus dem Fenster.

»Nicht schneller als ein Bär, der ein Furunkel am Hintern hat«, antwortete er.

Candy lachte.

»Joe redet immer so, außer wenn der Captain dabei ist. Dann sagt er keinen Ton. Stimmt's, Joe?«

Joe spuckte wieder aus dem Fenster.

»Ich bin mit meinem Essen zufrieden und habe sowieso nur noch acht Zähne im Mund.«

»Sehen Sie, er weiß Bescheid.« Candy nahm eine Zigarette aus der Tasche und zündete sie an. »Seien Sie also vorsichtig, und reißen Sie nicht den Mund auf.«

»Habt ihr den Mörder schon gefunden?« fragte ich.

»Noch nicht, aber den kriegen wir. In den letzten zehn Jahren hatten wir fünf Mordfälle in unserer Stadt und haben noch nicht einen der Mörder erwischt. Das muß zur Abwechslung mal anders werden, und das ist gerade der richtige Fall dafür. Was denkst du, Joe?«

»Nein, es liegt nicht daran, daß uns die richtigen Männer fehlen. Die haben wir. Gute, schlaue Detektive, die eine Spur erkennen, wenn sie eine vor sich haben, aber irgendwie werden wir von einer Pechsträhne verfolgt. Ich würde nicht mein Gehalt darauf wetten, daß wir den Mörder finden, aber es könnte immerhin sein.«

»Da haben Sie's«, sagte Candy und lächelte mich an. Sein Lächeln erreichte aber seine Augen nicht. »Wie Joe ganz richtig sagt, er würde nicht sein Gehalt darauf wetten, aber finden könnten wir ihn.«

»Denkt Captain Katchen das auch?«

»Es hat noch nie jemand gefragt, was Captain Katchen denkt. Er ist verdammt zurückhaltend, wenn es darum geht, was er denkt. An Ihrer Stelle würde ich ihn auch nicht danach fragen.«

Wir legten schnell eine halbe Meile zurück, ehe ich wissen wollte: »Habt Ihr den Eispicker gefunden?«

Candy schüttelte den Kopf. »Nein. Der Inspektor glaubt, daß der Mörder ihn mitnahm. Wahrscheinlich hat er recht, aber auch darauf würde ich nicht Joes Gehalt wetten. Er kann ihn irgendwo vergraben haben. Da unten am Strand gibt es eine Menge Sand.«

»Ihr habt auch die Leiche des Mädchens nicht gefunden?«

Wieder schüttelte Candy den Kopf.

»Ich habe es auch nicht erwartet. Wir haben danach gesucht, weil eine geringe Chance bestand, daß auch sie umgebracht worden ist. Aber der Inspektor meint, sie hat sich aus dem Staub gemacht, unmittelbar ehe es Ihren Freund erwischte.«

»Vielleicht hat sie ihn getötet.«

Candy winkte ab.

»Der Stoß wurde mit großer Kraft geführt. Ich bezweifle, ob eine Frau dazu fähig ist.«

»So schwächlich sind Frauen nicht. Wenn der Dorn scharf und sie wütend genug war, kann es nicht so schwer gewesen sein.«

Candy warf seine Zigarette zum Fenster hinaus.

»Setzen Sie darauf nicht Ihr Gehalt.«

Der Wagen fuhr an den Bürgersteig und hielt vor dem Headquarters der Polizei an. Wir stiegen aus, gingen Stufen hinauf, durch eine doppelte Klapptür und einen fliesenbelegten Gang mit dem in allen Polizeigebäuden üblichen Geruch.

»Seien Sie vorsichtig«, warnte der Sergeant noch einmal. »Ich sage Ihnen das mehr in meinem eigenen Interesse als in Ihrem. Der Captain gerät leicht in Wut, und das ist dann für uns alle sehr unerfreulich.«

Er blieb vor einer Tür stehen, klopfte und wartete. Eine Stimme, so melodisch wie ein Nebelhorn, dröhnte: »Was ist los?«

Candy zeigte mir ein schwaches Lächeln und zuckte mit den Achseln. Er faßte nach der Klinke, öffnete die Tür und trat in ein kleines, schäbiges Büro voller Zigarrenrauch.

»Lew Brandon, Sir.«

Ein Berg von einem Mann saß hinter einem alten Schreibtisch. Der Captain war schon hoch in den Jahren, aber körperlich immer noch in guter Verfassung und hatte nicht viel Fett an sich. Sein schütteres, graues Haar lag in einer säuberlichen Welle über die niedrige Stirn geklebt. Sein Gesicht war massiv, ledern und brutal. Vor ihm auf der Platte ruhten zwei riesige, behaarte Hände, und er starrte mich an, während Candy die Tür hinter mir so behutsam schloß, als wäre sie aus Eierschalen, geräuschlos hinter mich trat und sich an die Wand lehnte.

»Brandon?« fragte Katchen und drückte heftig seine Zigarre aus. »Sieh da, der Schnüffler. Ja, der Schnüffler.« Er rieb sich über das Gesicht, während er mich weiter anstarrte. »Daß sich solches Ungeziefer auch bei uns breitmachen muß.« Er beugte sich vor und kniff seine kleinen Augen zusammen. »Wann fahren Sie wieder ab, Schnüffler?«

»Ich weiß es noch nicht«, erwiderte ich ungerührt. »In einer Woche vielleicht.«

»Vielleicht? Und was, zum Teufel, wollen Sie hier eine Woche lang treiben, Schnüffler?«

»Mir die Stadt ansehen, schwimmen, mit einem Mädchen ausgehen, mich ganz allgemein erholen.«

Das hatte er nicht erwartet. Er reckte seine Schultern.

»So. Sie beabsichtigen also nicht, Ihre dreckige Nase in einen Mordfall zu stecken, oder doch?«

»Ich werde Inspektor Rankins Fortschritte mit Interesse verfolgen«, sagte ich. »Ich bin überzeugt, daß er auch ohne meine Hilfe ausgezeichnet weiterkommen wird.«

Katchen warf sich in seinem Sessel zurück, daß die Lehne knarrte. »Das ist sehr vernünftig von Ihnen, Schnüffler.« Er fixierte mich wieder. »Ich sehe hier nicht gern Ungeziefer. Wenn ich welches erwische, trete ich mit dem Fuß drauf.«

»Das kann ich mir vorstellen, Captain.«

»Wirklich? Bilden Sie sich nichts ein. Mir können Sie nichts vormachen, Schnüffler. Wenn Sie anfangen, sich in den Fall einzumischen, werden Sie sich verdammt wundern.« Er hob seine Stimme zu einem Gebrülle und fauchte mich an: »Verstanden?«

»Ich bin nicht schwerhörig, Captain.«

Mit einem breiten, höhnischen Grinsen zeigte er mir seine Zähne.

»Kein Ungeziefer mit Mumm, Schnüffler. Um so besser. Sie sind gewarnt. Halten Sie Ihre Nase draußen, gehen Sie mir aus dem Weg. Vielleicht bleiben Sie dann am Leben. Wenn Sie jemals wieder hier reinkommen, werden Sie was erleben, das Sie nie wieder vergessen. Denken Sie daran. Und einen falschen Schritt, dann sind Sie hier wieder drin. Wir haben unsere Methoden, Ungeziefer zu behandeln.«

Seine kleinen Augen funkelten.

»Also, jetzt wissen Sie Bescheid. Noch einmal bekommen Sie es nicht gesagt. Ein falscher Schritt, und Sie sind wieder hier, und wenn Sie hier reinkommen, werden meine Leute Ihnen etwas beibringen, ehe Sie in eine Zelle fliegen.« Er sah Candy an. »Schaffen Sie das gelbe Ungeziefer da raus!« knurrte er. »Mir wird schlecht, wenn ich ihn sehe.«

Candy stieß sich von der Wand ab und öffnete die Tür.

Katchen deutete auf mich.

»Halten Sie Ihre Finger aus diesem Fall, oder . . .«

Ich machte einen Schritt zur Tür, blieb stehen. »Darf ich Ihnen eine Frage stellen, Captain?«

Er strich sich mit der Zungenspitze über seine dicken Lippen. »Was für eine Frage?«

»Hat Lee Creedy Sie angerufen und aufgefordert, mit mir zu sprechen?«

Er kniff die Augen zusammen und ballte seine großen Hände zu Fäusten.

»Was soll das heißen?«

»Mr. Creedy erteilte meinem Partner einen Auftrag. Während Sheppey daran arbeitete, wurde er ermordet. Mr. Creedy legt großen Wert darauf, daß diese Tatsache nicht bekannt wird. Er vermutet, daß er als Zeuge aufgerufen werden würde und vor Gericht aussagen müßte, weshalb er Sheppey engagierte. Darum nahm er sich die Zeit, sich mit mir zu unterhalten. Er führte mir einen Schläger namens Hertz vor und versuchte, mich dadurch einzuschüchtern. Nun bin ich neugierig, ob Mr. Creedy das Vertrauen in seinen Totschläger verloren hat und Sie aufforderte, seine Drohung zu unterstützen, um sicher zu sein, daß sie auch wirkt.«

Ich hörte, wie Candy tief Luft holte.

Katchens Gesicht nahm die Farbe einer Eierpflaume an. Langsam erhob er sich. Aufrecht stehend wirkte er überlebensgroß. Fast wie ein Phantom.

Er kam hinter seinem Schreibtisch hervor und auf mich zu.

Ich wartete reglos und hielt seinem Blick stand.

»Steckt also doch etwas Leben in dem Schnüffler«, sagte er. Seine Worte schienen zwischen zusammengebissenen Zähnen hervorzukommen. »Dann wollen wir mal so weitermachen.«

Seine offene Hand fuhr hoch und knallte seitlich gegen mein Gesicht. Ich hatte sie kommen sehen und war zurückgezuckt, nahm ihm dadurch einen Teil seiner Wucht, aber er war hart genug, daß mir der Kopf schwirrte und ich taumelte.

Der Captain wartete, bis ich mich wieder aufgerichtet hatte, dann schob er sein blutunterlaufenes Gesicht vor meines.

»Nur zu, Schnüffler«, zischelte er leise und bösartig, »wehre dich!«

Ich war versucht, ihm eins unters Kinn zu pflanzen. Sehr oft halten Burschen seines Kalibers einen Schlag unter das Kinn nicht aus. Aber ich wußte, daß er nur darauf wartete. Hätte ich auch nur gedroht, zurückzuschlagen, wäre ich Sekunden später in einer Zelle gelandet, mit drei oder vier seiner größten Kerle, um mir Gesellschaft zu leisten.

Ich rührte mich nicht. Die linke Wange, die er getroffen hatte, brannte.

Wir musterten uns sekundenlang. Dann wich er zurück und schrie Candy an: »Schaff den Lumpen raus, bevor ich ihn umbringe!«

Candy packte mich am Arm, riß mich aus dem Zimmer und schloß die Tür hinter uns. Er ließ mich los, trat zur Seite. Sein rotes, wettergegerbtes Gesicht war wütend verzogen.

»Ich habe es Ihnen doch gesagt, Sie Narr«, fauchte er. »Jetzt ist er erst wirklich in Fahrt. Machen Sie, daß Sie wegkommen!«

Ich betastete die schmerzende Stelle.

»Dem Affen würde ich gern mal allein im Dunkeln begegnen. Alsdann, Sergeant. Ich brauche wenigstens nicht unter ihm zu arbeiten.«

Es tat gut, zu sehen, daß die Sonne immer noch schien, daß die Männer und Frauen, die vom Strand zurückkamen, immer noch wie menschliche Wesen aussahen und sich immer noch so benahmen.

*

Sams Cabin befand sich an dem weniger eleganten Ende der Promenade von St. Raphael City. Es war ein großer Holzbau, der auf eisernen Pfeilern über das Wasser hinausgebaut war.

Davor lag ein Parkplatz, und obwohl es erst fünf Minuten vor sechs war, standen dort schon über 30 Wagen, wenn auch kein Cadillac oder Clipper darunter war.

Der Parkwächter war ein dicker, älterer Herr und lächelte fröhlich, als er mir sagte, Parken wäre hier gebührenfrei.

Ich ging über den schmalen Landungssteg zu dem Lokal und betrat die Bar. Die Theke verlief auf der einen Seite der ganzen Länge nach durch den Raum. Es war auch eine Frühstücksbar vorhanden, hinter der auf zwölf Spießen zwölf fette Hähnchen eifrig brutzelten.

Etwa acht oder neun Männer lehnten am Tresen, tranken Bier und griffen in die Schale mit den Gewürzgürkchen.

Durch die offene Doppeltür am anderen Ende des Raumes konnte ich auf eine von einem Geländer umgebene Veranda sehen, von der eine grüne Markise die strahlende Abendsonne abhielt. Draußen standen Tische, und dort hielten sich die meisten Gäste auf. Da ich hoffte, mit Fulton in ein ernsthaftes Gespräch zu kommen, entschloß ich mich, drinnen zu bleiben und mich von der Menge fernzuhalten. Ich ging zur Tür und warf einen Blick auf die Gäste, um mich zu überzeugen, daß er noch nicht da war, und als ich ihn nicht sah, wählte ich einen Ecktisch im Barraum neben einem großen, offenen Fenster und setzte mich.

Ein Kellner kam, wischte über den Tisch und nickte mir zu. Ich bestellte eine Flasche Black Label, Eis und zwei Gläser.

Drei Minuten nach sechs kam Tim Fulton. Er trug eine ausgebeulte, graue Flanellhose und ein am Hals offenstehendes Hemd. Seine Jacke hing ihm über die Schultern. Er sah sich um, erkannte mich und grinste. Dann kam er heran und sah die Flasche Black Label. »Hallo, Alter!« sagte er. »Sie haben also schon die Flagge gehißt. Konnten Sie nicht auf mich warten?«

»Die Flasche ist noch nicht offen«, sagte ich. »Setzen Sie sich. Wie fühlt man sich als freier Mann?«

»Sie haben ja keine Ahnung, wenn Sie nicht das gleiche durchgemacht haben wie ich. Ich sollte mich auf meine Zurechnungsfähigkeit untersuchen lassen, weil ich so lange dabeigeblieben bin.« Er schnippte mit dem Fingernagel gegen die Flasche. »Haben Sie die Absicht, die noch aufzumachen, oder ist sie nur zum Bewundern da?«

Ich goß ihm ein, warf einen Klumpen Eis in sein Glas und bediente mich selbst.

Wir stießen mit den Gläsern an, wie Boxer mit den Handschuhen, und nickten einander zu. Wir tranken. Nach meinem Gespräch mit Creedy und anschließend mit Katchen empfand ich den eisgekühlten Whisky als Wohltat.

Wir zündeten uns Zigaretten an, ließen uns tiefer in die Korbsessel sinken und grinsten.

»Ganz hübsch, wie?« fragte Fulton. »Wenn es etwas gibt, das mir besser gefällt als alles andere, dann ist es irgendwo herumzusitzen, wo man das Meer hören kann, und guten Whisky zu trinken. Ich kann mir nicht vorstellen, daß es einen Mann gibt, der sich etwas Besseres wünschte. Sicher, es gibt Zeiten, wenn eine Frau alles andere verdrängt. Aber wenn sich einer ausruhen möchte, dann will er keine Frau dabei haben. Ich werde Ihnen sagen warum: Frauen reden, Whisky tut's nicht. Mann, das war ein großartiger Einfall von Ihnen.«

Ich sagte, ich hätte unentwegt großartige Einfälle.

»Hier ist noch so einer«, fuhr ich fort. »Wenn wir ein paar Schlucke getrunken haben, könnten wir zum Beispiel die Hähnchen, die da braten, probieren.«

»Ja. Die Vögel sind die besten ihrer Art an diesem Teil der Küste«, sagte Fulton. »Zweifeln Sie daran nicht. Natürlich kann man zu Alfredo, ins Carlton, den Blue Room oder, wenn man Sie hineinläßt, auch in den Musketeer Club gehen. Da gibt's auch Hähnchen. Sie bekommen sie mit fünf Kellnern, silbernen Gabeln und Orchideen. Wenn Sie die Rechnung sehen, fallen Ihnen die Augen aus dem Kopf. Hier kriegt man sie einfach vorgesetzt, aber dafür sind sie auch gut. Und billig.« Er leerte sein Glas, stellte es hin und seufzte. »Ich bin zweimal in der Woche hier. Manchmal mit meinem Mädchen, manchmal allein. Ich muß lachen, wenn ich an all die reichen Dummköpfe denke, die sich in den Nepplokalen ausnehmen lassen und das Fünffache wie ich für etwas zahlen, das nicht so gut ist. Das Komische ist, keiner von ihnen würde wagen, sich hier blicken zu lassen, weil ihre reichen Freunde sonst denken könnten, sie müßten sparen, und in dieser Stadt ist Sparen eine unverzeihliche Sünde.«

Ich goß ihm neu ein und fügte meinem Glas einen Schluck hinzu, um bei ihm die Vorstellung zu wecken, ich tränke genausoviel wie er.

»Aber, und es gibt immer ein Aber«, er schüttelte den Kopf, »die Kneipe hier läßt auch nach. Vor einem Jahr kamen hier nur nette Leute her, die freundlich und friedfertig waren. Inzwischen wurde sie auch von den Schlägern entdeckt. Die schlagen sich ebenso gerne den Bauch voll wie wir. Draußen in der Bucht ist dieses Spielerschiff verankert, und das zieht sie an, wie stinkendes Fleisch Fliegen anzieht. Sam macht sich deswegen Sorge. Kürzlich habe ich mit ihm darüber gesprochen. Er meinte, daß seine früheren Gäste fortbleiben und von diesen Typen verdrängt werden. Aber er kann nichts dagegen tun. Vorigen Monat gab's hier eine Schlägerei, und einer zog ein Messer. Sam schaffte zwar schnell Ordnung, aber wenn so was passiert, haben die meisten Leute Angst und halten sich fern. Er fürchtet, noch eine Messerstecherei hier, dann steht sein Lokal im Ruf einer Schlägerkneipe.«

Ich sagte, das wäre zu bedauerlich, und sah mir die Männer an der Bar näher an. Sie waren groß, auffällig gekleidet und hatten wachsame Augen von Menschen, denen es egal ist, wie sie ihr Geld machen, solange sie genug verdienen.

»Buchmacher«, sagte Fulton, der meinen Blick bemerkt hatte. »Solange sie nüchtern bleiben, sind sie in Ordnung. Die Kerle, die Ärger verursachen, kommen erst nach Einbruch der Dunkelheit.« Er zündete eine neue Zigarette an, schob mir die Packung zu. »Und wie sind Sie mit dem Alten zurechtgekommen? Ein freundlicher Herr, nicht wahr?«

»Ja. Der mit seinem großen Zimmer und seinen Scheinwerferaugen. Es wäre mir zuwider, wenn ich für den arbeiten müßte.«

»Da haben Sie recht. Ich habe mir jetzt einen hübschen, kleinen Job gesucht, bei dem ich eine alte Dame einkaufen fahren muß, ihr die Tasche tragen und so ganz allgemein helfen, ihr das Leben zu erleichtern. Sie ist 'ne nette Frau, und nach Creedy kann ich bei ihr wahrscheinlich meine Magengeschwüre ausheilen.«

»Da wir gerade von netten Damen reden«, sagte ich. »Wer ist denn diese Figur Hertz?«

Fulton zog eine Grimasse. »Wollen Sie mir meinen Abend verderben? Warum? Sind Sie dem begegnet?«

»Er war bei Creedy, als ich reinkam. Scheint mir ein ziemlich zäher Bursche zu sein. Was ist er denn? Wie kommt so ein Bursche zu Creedy?«

»Er kümmert sich um Leute«, antwortete Fulton. »Hin und wieder benutzt Creedy ihn auch als Bodyguard.«

»Wozu braucht Creedy einen Leibwächter?«

Fulton zuckte mit den Achseln.

»Diese reichen Schwachköpfe kommen doch immer auf ausgefallene Ideen. Sie bilden sich ein, andere wollten sie erschießen oder erstechen. Und wenn sie mit einem Bodyguard rumlaufen, werden sie von anderen Menschen für bedeutend gehalten. Reine Schau. Genau wie die Schilder auf dem Parkplatz. Sie geben an, bis sie daran eingehen. Aber deswegen keine falschen Vorstellungen von Creedy. Der ist hart. Er sieht vielleicht nicht danach aus, doch der ist ebenso hart und gefährlich wie die Schlägertypen, die hier auftauchen. Praktisch hat er die Stadt in der Hand. Das Spielschiff in der Bucht da draußen war sein Einfall. Er rechnete damit, es würde Touristen anziehen, und das war richtig gerechnet. Daß es auch das finstere Gangstergesindel anzog, ist ihm völlig gleichgültig. Die Hälfte des Schiffes gehört ihm und folglich auch die Hälfte des Gewinns.«

»Und ist Hertz so zäh, wie er aussieht?«

Fulton nickte.

»Ohne jede Frage. Auf halbe Sachen läßt Creedy sich nicht ein. Wenn er sich einen harten Burschen engagiert, dann ist er auch hart. Und das ist Hertz, doppelt und dreifach. Ich habe Angst vor ihm. Ich bin überzeugt, der hat mehr als einen auf dem Gewissen.«

Wenn es stimmte, was Fulton mir da sagte, dann fiel mir die Wahl zwischen Katchen und Hertz direkt schwer.

»Haben Sie von dem Mann gelesen, der heute morgen am Bay Beach ermordet wurde?« fragte ich.

»Ja, in der Abendzeitung. Warum fragen Sie?«

»Er war mein Partner. Ich vermute, daß er irgendwann in den letzten Tagen Creedy aufgesucht hat. Sie haben ihn nicht zufällig gesehen?«

Fulton zeigte Interesse.

»Er war bei dem Alten? Das ist möglich. Ich war den größten Teil der Woche am Tor. Wie sah er aus?«

Sorgfältig beschrieb ich Sheppey. Er hatte flammendrotes Haar gehabt, und ich war ziemlich sicher, falls Fulton ihn gesehen haben sollte, hatte er ihn nicht vergessen.

»Natürlich«, sagte er, »ich kann mich an ihn erinnern. Ein großer Mann mit rotem Haar. Stimmt. Logan ließ ihn durch. Ich stand an der Schranke und verstand seinen Namen nicht.«

»Wissen Sie genau, daß Sie ihn gesehen haben? Das ist wichtig. Es kann sein, daß Sie es vor Gericht beschwören müssen.«

Fulton leerte sein Glas und sagte dann: »Natürlich kann ich das beschwören. Er kam vergangenen Dienstag. Ein großer, rothaariger Mann mit kurzem Haarschnitt. Er trug einen grauen Flanellanzug und fuhr ein Buick Cabriolet.«

Das genügte völlig. Der Wagen beseitigte meine letzten Zweifel. Ich hatte also recht gehabt. Jack hatte Creedy aufgesucht. Nun mußte ich den Grund herausfinden. Aber das war nicht so leicht.

»Sie sagen, daß er ermordet wurde?« fragte Fulton und sah mich neugierig an.

»Ja. Die Polizei glaubt, daß er sich mit dem Mädchen von irgendeinem schweren Jungen eingelassen hat, der ihn dann fertigmachte. Das könnte sein. Er hatte ein große Schwäche für Frauen.«

»Mußten Sie deswegen zur Polizei?«

»Ja. Captain Katchen kann sich auch sehen lassen.«

»Das stimmt. Hin und wieder kam er auch zu Creedy. Etwa viermal im Jahr. Wahrscheinlich, um seinen Anteil zu kassieren. Sie würden sich wundern, wieviel Nachtklubs und Hurenhäuser hier existieren, weil der die Augen zudrückt.«

»Was haben Nachtklubs und Hurenhäuser mit Creedy zu tun?«

»Ich sagte Ihnen doch, er besitzt den größten Teil der Stadt. Vielleicht kassiert er nicht unmittelbar bei den Ratten, die sie unterhalten, aber er bekommt die Miete, und Katchen kriegt seinen Anteil.«

»Er ist doch verheiratet, oder nicht?«

»Wer? Creedy? Soviel ich weiß, war er viermal verheiratet. Es kann aber noch öfter sein. Seine jetzige Frau ist Bridgette Bland, eine frühere Filmschauspielerin. Haben Sie die mal gesehen?«

»Einmal, glaube ich. Wenn ich mich recht erinnere, sah sie ganz gut aus.«

»Tut sie noch. Aber ihrer Stieftochter kann sie nicht das Wasser reichen. Die ist das Aufregendste, was mir begegnet ist. Und auf dem Gebiet kenne ich eine ganze Menge.«

»Wohnt sie bei ihrem Vater?«

Fulton schüttelte den Kopf. »Jetzt nicht mehr. Früher ja, aber die andere wollte es nicht länger haben. Jedesmal, wenn der Alte eine Party gab, stand Margot – das ist die Tochter – allein im Rampenlicht, und kein Mensch kümmerte sich um die andere. Das mochte sie nicht. Darum gab es dauernd Streit, und schließlich packte Margot ihre Koffer und zog aus. Sie hat ein Apartement am Franklyn Boulevard. Soviel man hört, vermißt der Alte sie. Ich habe sie auch vermißt. Sie war der einzige Lichtblick in dem verdammten Haus. Bridgette war mir zuwider. Genau wie der alte Creedy nie zufrieden, immer nur maulen. Nachts unterwegs und den ganzen Tag im Bett.«

Nach und nach erfuhr ich allerlei. Da der Abend noch vor uns lag, hatte ich keinen Grund, ihn zu drängeln.

Es war gegen neun, als wir die Flasche Scotch leer hatten. Die Sonne war untergegangen.

Ich winkte dem Kellner, und nach einer Weile kam er zu uns. »Bringen Sie uns zwei Hähnchen mit allen Zutaten«, bestellte ich.

Er nickte und ging wieder.

Fulton und ich waren inzwischen angeheitert, in bester Stimmung.

Ich blickte durch das offene Fenster auf die Lichter von St. Raphael City. Von meinem Platz aus sah die Stadt hübsch und bunt aus.

»Kommt Creedy denn mit seiner jetzigen Frau gut aus?« fragte ich.

»Mit dem kann niemand auskommen«, antwortete er. »Außerdem nimmt ihn seine Geldmacherei so in Anspruch, daß er sich um Frauen nicht kümmert. Sie findet ihren Spaß woanders.«

»Hat sie einen Bestimmten?«

»Nun, der gegenwärtige Favorit ist ein athletischer, lockenköpfiger Fleischkloß, der sich Jacques Thrisby nennt. Er ist ein französischer Kanadier.«

Ich bemerkte, daß ein Mann an unseren Tisch getreten war. Einen Augenblick dachte ich, es wäre der Kellner. Ich hörte Fulton zu, dadurch reagierte ich etwas langsam. Außerdem hatte der Scotch einen leichten Schleier auf mein Gehirn gelegt.

Dann hörte ich Fulton scharf einatmen, wie jemand, der plötzlich vor Schreck keucht, und sah mich schnell um.

Direkt vor unserem Tisch stand Hertz und fixierte mich. Hinter ihm standen in einem Halbkreis vier Männer und versperrten den Fluchtweg. Sie waren groß, furchteinflößend und jagten mir einen Schauer über den Rücken.

Die Gespräche in dem großen Raum verstummten abrupt. Alle blickten in unsere Richtung.

Ich befand mich in einer schlechten Position. Mein Stuhl stand nur etwas von der Wand entfernt. Der Tisch stand zwischen mir und Hertz, und es war kein sehr großer Tisch. Fulton hatte einen günstigeren Platz. Er saß rechts von mir und hatte keine Wand hinter sich.

Offensichtlich bestand bei den Anwesenden in dem Lokal nicht der geringste Zweifel, daß es gefährlich wurde. Einige zogen sich schon zum Ausgang zurück.

Hertz sagte mit rauher Stimme: »Kennen Sie mich noch? Ich kann Schnüffler nicht leiden. Und schnüffelnde Lumpen schon gar nicht.«

Aus dem Augenwinkel sah ich einen riesigen Neger mit einer weißen Schürze und in Hemdsärmeln hinter der Bar hervortreten. Er kam durch den Raum, umging die vier Männer und stand schneller neben Hertz, als ich mit Worten schildern kann.

Ich packte die Tischplatte mit meinen Händen und machte mich bereit.

Freundlich sagte der Neger zu Hertz: »Wollen hier keinen Ärger, Boß. Wenn Sie und Ihre Freunde was Geschäftliches zu besprechen haben, tun Sie es bitte draußen.«

Hertz drehte den Kopf, schlug blitzartig zu.

Der Neger taumelte, stürzte dann auf Hände und Knie.

Ich stemmte mein Gewicht gegen den Tisch und stieß ihn kräftig gegen Hertz, der von dem Schlag, den er gerade geführt hatte, etwas aus dem Gleichgewicht geraten war.

Die Tischkante traf ihn am Oberschenkel, und er wankte zurück, gegen zwei der Männer, die ihn begleiteten.

Dadurch hatte ich Bewegungsraum. Ich sprang auf und packte

meinen Stuhl, schwang ihn in Schulterhöhe wie eine Sense und gewann dadurch ein noch größeres Aktionsfeld.

Auch Fulton war auf den Beinen und schwang seinen Stuhl über dem Kopf. Er ließ ihn auf einen Schläger niedersausen, der stöhnend zusammenbrach.

Zwei Rausschmeißer, der eine von ihnen ein Neger, stürmten mit Knüppeln durch die Tür neben uns. Die drei Begleiter von Hertz wendeten sich gegen sie. Damit standen Fulton und ich Hertz allein gegenüber.

Ich schmetterte den Stuhl Hertz auf den Schädel. Der Stuhlrükken zerbrach und ich hatte ein abgesplittertes Stück Holz in der Hand, das gegenüber einer Bestie wie Hertz nicht mehr wert war als ein Zahnstocher.

Hertz taumelte, stürmte dann knurrend auf mich los, seine rechte Faust zuckte hoch. Wenn ich zurückgetreten wäre, hätte er mich erwischt. Aber ich sprang vor, traf ihn mit einer Faust mitten aufs Kinn. Es gelang mir, sein Handgelenk mit beiden Händen zu erfassen. Durch eine halbe Drehung bekam ich seinen Arm über meine Schulter, riß ihn nach unten und schnellte hoch. Er schoß über mich hinweg und landete mit einem Krachen auf dem Fußboden, daß der ganze Bau dröhnte.

Ich fuhr herum und sah nach Fulton. Er lehnte an der Wand, hielt ein Taschentuch gegen sein Gesicht, die Knie gebeugt. Ich trat zu ihm, packte ihn am Arm und schrie: »Los, raus hier!«

Einer von den Schlägern erreichte mich. Ich wich dem Schlag mit dem Totschläger, den er gegen meinen Kopf führte, aus, rammte ihm meine Rechte gegen die kurze Rippe und trat ihm dann die Beine unter dem Körper weg. Ich ließ mir nicht die Zeit hinauszusehen, ob er fiel, sondern packte Fulton und zog ihn quer durch den Raum zur Tür.

Draußen waren wir nicht viel besser dran. Vor uns lag der schmale lange, hell erleuchtete Steg, zu beiden Seiten das Wasser und an seinem Ende der gleichfalls erleuchtete Parkplatz.

Fulton war schwer verletzt und schien kurz vor dem Zusammenbruch zu stehen. Jeden Augenblick mußten Hertz und seine Banditen hinter uns herkommen.

»Hauen Sie ab!« keuchte Fulton. »Ich kann nicht weiter. Hauen Sie ab, ehe die Sie erwischen!«

Ich hievte ihn um meine Schulter und schleppte ihn im Laufschritt auf den Parkplatz zu.

Schnelle Schritte hinter mir verrieten, daß ich nicht sehr weit kommen würde. Ich ließ Fulton los und drehte mich um.

Hertz kam über den Steg.

»Laufen Sie«, sagte ich zu Fulton, »ich übernehme den Gorilla!«

Ich gab ihm einen Stoß, und er taumelte weiter, während Hertz auf mich zukam. Er bewegte sich mit der Geschwindigkeit und Leichtfüßigkeit eines Berufsboxers. Ich wich zurück, schlug einen Kreis, damit das Licht von der Lampe über uns ihm in die Augen fiel. Ich beobachtete seine Fäuste. Sein Gesicht war vor Wut verzerrt. Das war mein Vorteil. Ein Mann in Wut ist nicht im entferntesten so gefährlich in einem Kampf wie jemand, der seinen kühlen Verstand behält. Ich tauchte unter einer Rechten weg. Er kam wie ein wütender Bulle auf mich zu, rannte in meine Faust, dann traf ihn meine Rechte seitlich am Hals. Er erwischte mich mit seiner Linken, und ich hatte das Gefühl, als hätte mich ein Vorschlaghammer getroffen. Ich wich so schnell von ihm zurück, wie er anstürmte, wehrte ihn ab, entkam einem vernichtenden Schlag, warf einen schnellen Blick über den Steg. Fulton war verschwunden. Es war an der Zeit, mich zurückzuziehen.

Aber ich hätte meinen Blick nicht von Hertz wenden sollen. Wenn er seine Schläge auch vorher signalisierte, so besaß er doch die Schnelligkeit eines Fliegengewichtlers. Er erwischte mich mit einem Haken am Kinn. Ich sah die Faust einen Sekundenbruchteil zu spät kommen, konnte aber durch Mitgehen einen Teil seiner Wucht abschwächen. Er traf mich hart genug, um mich in die Knie gehen zu lassen, aber nicht ausreichend, um mir den Kopf zu vernebeln. Als er sich auf mich stürzte, ließ ich mich ihm entgegenfallen, packte ihn um seine dicken Oberschenkel, stand auf und riß ihn hoch. Er rutschte über meinen Rücken und glitt über die Planken des Stegs.

Ich war auf den Füßen und rannte, ehe er sich gefangen hatte. Als ich den Parkplatz erreichte, rief jemand: »He, Brandon, hierher!«

Ich änderte meine Richtung, als ich Fulton mir vom Vordersitz meines Wagens zuwinken sah. Ich hörte Hertz auf dem Steg hinter mir. Der Motor lief schon. Ich kletterte hinter das Steuerrad, schaltete den Gang ein und trat aufs Gaspedal.

Hertz war inzwischen bis auf 20 Schritte näher gekommen, sein zerschlagenes Gesicht eine grimmige Maske ohnmächtiger Wut, als der Wagen davonschoß. Ich entging dem Tor des Parkplatzes um Zentimeter und raste auf den Boulevard hinaus. Mit hoher Geschwindigkeit bog ich in die nächste Seitenstraße, riß den Wagen an einer Querstraße wieder herum und mäßigte dann das Tempo.

»Sind Sie sehr verletzt?« fragte ich Fulton und sah ihn an.

»Ich werde es überstehen«, sagte er.

»Wo ist das nächste Krankenhaus? Ich bringe Sie dorthin.«

»An der dritten Ecke nach links, dann eine halbe Meile geradeaus.«

Ich beschleunigte. Fünf Minuten später fuhr ich vor dem Krankenhaus vor.

»Jetzt kann ich mir allein helfen«, sagte Fulton und stieg aus. »Es war dämlich von mir, meinen großen Mund aufzureißen. Ich hätte mich nicht mit Ihnen einlassen sollen.«

»Es tut mir leid. In diese Ungelegenheit wollte ich Sie nicht bringen. Sie können Hertz anzeigen. – Zeugen waren genügend anwesend.«

»Das würde mir nicht viel nützen. Ich bekäme nur noch mehr Ärger. Ich packe mein Zeug zusammen und verlasse die Stadt. Ich habe die Schnauze voll.«

Mit unsicheren Schritten ging er davon.

*

Erst als ich in der Stille meines Zimmers war und meine Schrammen gekühlt hatte, fiel mir ein, daß ich das Abendessen verpaßt hatte, und spürte meinen Magen. Ich bestellte mir ein paar Truthahn-Sandwiches mit Roggenbrot und ein eisgekühltes Bier. Während ich darauf wartete, streckte ich mich auf meinem Bett aus und überlegte, was ich an diesem Tag erreicht hatte. Ich war mir bewußt, daß ich meine Nase in ein Hornissennest gesteckt hatte, und fragte mich voller Zweifel, wie lange ich noch zu leben hatte, wenn ich das weiter betrieb. Früher oder später mußte ich Hertz wieder über den Weg laufen, und das nächste Mal kam ich nicht mit ein paar Schrammen im Gesicht und am Hals und einer leichten Schwellung unter dem rechten Auge davon. Ich dachte an Tim Fulton und schnitt unwillkürlich eine Grimasse.

Selbst wenn es mir gelang, Hertz zu schneiden, blieb immer noch Katchen. Wenn er den geringsten Verdacht schöpfte, daß ich meine Ermittlungen fortsetzte, würde er irgendeine Beschuldigung gegen mich frisieren, und damit saß ich drin. Ich machte mir keine Illusionen, daß ich dann ein Picknick vor mir hatte.

Wie es aussah, mußte ich irgendeine Art Schutz finden, wenn ich einigermaßen sicher weitermachen wollte, aber wie und wo ich den bekommen sollte, war mir ein Rätsel. Gab es jemanden in der Stadt, der mächtiger als Creedy war und Katchen zwingen konnte, mich in Ruhe zu lassen? Das schien unwahrscheinlich. Aber wenn es diesen Mann gab, und ich ihn auf meine Seite bringen konnte, war mein Problem gelöst.

Ich ließ diese Frage fallen und richtete meine Gedanken auf das, was ich entdeckt hatte. Ich wußte nun, daß Creedy Jack engagiert hatte. Creedys Geld stand hinter einem Teil der dunklen Machenschaften in dieser Stadt. Er war verheiratet, und seine Frau spielte mit einem Mann namens Jacques Thrisby herum. Er hatte auch eine Tochter Margot, die er liebte, und die ein Apartement am Franklyn Boulevard hatte. Ich griff nach dem Telefonbuch und stellte fest, daß ihre Wohnung in einem Apartementblock lag, der Franklyn Arms hieß. Als ich das Telefonbuch wieder hinlegte, klopfte es an die Tür. Ein Kellner brachte mir das Bestellte.

Als er fort war, stand ich vom Bett auf, setzte mich in den Lehnstuhl, aß meine Sandwiches und trank mein Bier.

Jemand hatte Jacks Besitz aus dem Nebenzimmer herübergebracht und in einem sauberen Stoß in einer Ecke aufgebaut. Dieser Anblick erinnerte mich daran, daß ich seiner Frau schreiben mußte. Nachdem ich fertig gegessen und mir eine Zigarette angezündet hatte, nahm ich ein Blatt Briefpapier des Hotels und schrieb ihr. Es dauerte bis halb elf, bis ich den Brief zu meiner Zufriedenheit fertig hatte. Ich bot ihr eine angemessene Summe als Entschädigung für den Verlust ihres Mannes. Vorsätzlich hatte ich einen niedrigen Betrag genannt, weil ich wußte, daß sie lange und erbittert feilschen würde, um mehr aus mir herauszuholen. Sie hatte mich nie leiden können, und mir war klar, wieviel ich ihr auch gab, sie wäre nie zufrieden gewesen.

Ich klebte den Umschlag zu und ließ den Brief auf dem Tisch liegen, um ihn am nächsten Morgen zur Post zu bringen.

Dann setzte ich mich hin und schloß Jacks Koffer auf. Ich durchsuchte seine Sachen sorgfältig, um mich zu vergewissern, daß sich nichts dazwischen befand, was seine Frau empören könnte. Das war ganz gut, denn ich fand Fotos und Briefe, die bewiesen, daß er sie seit etwa einem Jahr betrog. Ich zerriß sie in kleine Fetzen und warf sie in den Papierkorb.

Als ich die Kofferwandungen abtastete, fand ich unter der Stoffverkleidung verborgen ein Streichholzbriefchen, wie es Restaurants und Nachtklubs zu Werbezwecken verschenken. Dies war aber etwas Besonderes. Es war mit dunkelroter, geflammter Seide überzogen und trug auf der Außenseite in Gold die Aufschrift »Musketeer Club« und daneben eine Telefonnummer.

Ich drehte das Briefchen zwischen den Fingern und dachte daran, daß Greaves, der Hoteldetektiv, gesagt hatte, der Musketeer Club wäre nicht nur das teuerste, sondern auch das exklusivste Nachtlokal der Stadt. Wie waren diese Streichhölzer in Jacks Besitz gelangt? War er in dem Klub gewesen? Da ich ihn kannte, war ich überzeugt, daß er nie in ein derartig luxuriöses Lokal gegangen wäre, es sei denn aus geschäftlichen Gründen. Er ging viel zu sorgfältig mit seinem Geld um.

Die Streichhölzer immer noch in der Hand, richtete ich mich auf, überlegte einen Augenblick, verließ dann mein Zimmer und fuhr mit dem Fahrstuhl in die Halle hinunter.

Ich fragte den Empfangschef, ob Greaves im Hause wäre.

»Er wird sich jetzt in seinem Büro aufhalten«, sagte er und starrte auf mein dickes Auge.

Ich ließ ihn mit offenem Mund und wabbelndem Doppelkinn stehen und ging die Treppe zu Greaves Büro hinunter.

Es war eher ein Wandschrank als ein Zimmer. Ich fand ihn vor einem kleinen Tisch, wie er eine Patience legte. Er blickte auf, als ich an der Tür stehenblieb.

»Jemand hat Ihr Gesicht nicht gefallen«, sagte er, ohne sonderliches Mitgefühl zu zeigen.

»Ja«, bestätigte ich, beugte mich vor und ließ die Streichhölzer vor ihn auf den Tisch fallen.

Er betrachtete sie, runzelte die Stirn, sah mich an und zog seine Augenbrauen hoch.

»Woher kommt das?«

»Fand ich in Sheppeys Koffer.«

»Ich bin bereit, einen Dollar zu wetten, daß er niemals im Musketeer Club war. Er hatte nicht das Format, nicht das Geld und nicht den Einfluß, an den Rausschmeißern vorbeizukommen.«

»Keine Chance?«

»Nicht einmal eins zu zehn Millionen.«

»Vielleicht hat ihn jemand mitgenommen. Ist das möglich?«

Greaves nickte.

»Könnte sein. Ein Mitglied kann mitbringen, wen es will, aber wenn den anderen Snobs seine Gäste nicht gefallen, kann er seine Mitgliedschaft verlieren. So geht es da zu.«

»Könnte er es irgendwo anders herbekommen haben?«

Greaves zuckte mit den Achseln.

»Das ist das erste von der Sorte, das ich sehe. Die Leute, die in den Musketeer Club gehen, würden sich ihre lilienweißen Finger nicht schmutzig machen wollen, indem sie so ein Ding anfassen. Die hätten Angst, sie könnten sich daran infizieren. Ich würde sagen, daß ihn jemand mitnahm, und er brachte sich das mit zum Beweis, daß er drin gewesen war. Das wäre etwas, womit er angeben konnte, falls ihm Angeben lag.«

»Wissen Sie, wie ich an eine Mitgliederliste kommen kann?«

Er lächelte schief, stand auf, ging um seinen kleinen Tisch herum zu einem Schrank. Nachdem er ein paar Sekunden darin herumgekramt hatte, reichte er mir ein schmales Heft, das in verblichene, rotgeflammte Seide gebunden war und die gleiche Aufschrift trug wie das Streichholzbriefchen.

»Ich fand es in einem der Zimmer im Ritz Plaza und dachte, es könne eines Tages vielleicht von Nutzen sein. Es ist zwei Jahre alt.«

»Ich bringe Ihnen die Streichhölzer zurück«, sagte ich, nahm das Briefchen vom Tisch und schob sie mit der Mitgliedsliste in meine Tasche. »Danke.«

»Wo haben Sie das Veilchen her?«

»Von keinem, den Sie gern kennenlernen würden«, antwortete ich und ging in die Halle. Ich fand einen Sessel, der abseits von den alten Damen und Herren stand, und las die Namen in dem Heft durch. Es waren an die 500, die ich prüfen mußte. Etwa 497 sagten mir nichts im Gegensatz zu den restlichen drei: Mrs. Bridgette Creedy, Mr. Jacques Thrisby und Miss Margot Creedy.

Ich schloß das Heft und klopfte damit leicht auf meine offene Hand.

Ein paar Minuten blieb ich sitzen und dachte nach. Dann hatte ich aus dem Blauen heraus einen Einfall. Ich überlegte, entschied nach einem Augenblick oder etwas länger, daß er vielleicht nicht glänzend war, so schlecht vielleicht aber auch nicht, und stand auf.

Ich fragte den Hallenportier, wo der Franklyn Boulevard lag. Er

sagte mir, ich solle an der zweiten Ecke nach rechts und hinter der Verkehrsampel dann nach links abbiegen.
Ich bedankte mich und steuerte meinen Buick an.

*

Das Franklyn Arms erwies sich als einer dieser anspruchsvollen, hochgestochenen Apartmentbauten, die den Angehörigen der obersten Gesellschaftsschichten mit einem mehr als sechsstelligen Einkommen vorbehalten sind.
Dem Anschein nach enthielt der Block nicht mehr als 30 Apartments. Das Gebäude war drei Stockwerke hoch und hockte mit der Würde einer Herzoginmutter mitten in einem sorgfältig gepflegten Gelände mit Rasenflächen, einer Fontäne mit einer Nachbildung von Donatello's »Knabe auf dem Delphin«, Flutlichtern, um die architektonische Schönheit des Bauwerks auch bei Nacht zu unterstreichen, und vielen Blumenbeeten mit Edelrosen und himmelblauen Petunien.
Ich lenkte den Buick auf einen freien Platz zwischen einem Silver Wraith und einem Silver Dawn Rolls Royce, stieg aus, ging an einem Continental Bentley, einem Cadillac Coupé und einem Pakkard Clipper vorbei. In diesen Vehikeln allein war so viel Geld aufgefahren, um mich für zehn Jahre glücklich machen zu können.
Ich bahnte mir den Weg durch die Drehtür in eine eichengetäfelte Halle. Sie war mit in verchromten Kästen an den Wänden blühenden Nelken geschmückt und einem kleinen Springbrunnen, in dessen beleuchtetem Becken ein halbes Dutzend gut genährte und zufrieden wirkende Goldfische schwammen.
In der hinteren Ecke stand ein Empfangstresen mit einem großen blonden Mann in einem makellosen Smoking dahinter, dessen hübsches, feminines Gesicht eine gelangweilte und verächtliche Miene zur Schau stellte.
Ich ging zu ihm und zeigte ihm eins meiner freundlichen Lächeln.
Das war wahrscheinlich ein Fehler, denn er wich zurück, als ob ich ihm einen angefaulten Fisch unter seine aristokratische Nase gehalten hätte.
»Miss Creedy, bitte«, sagte ich.
Er fingerte an seiner tadellosen Krawatte, während seine brau-

nen Augen mich musterten. Er mußte auf den Cent genau wissen, was mein Anzug, mein Schlips, mein Hemd und mein Hut kostete. Das Ergebnis schien ihm nicht zu imponieren.

»Erwartet Miss Creedy Sie?«

»Nein. Wollen Sie sie anrufen und ihr sagen, ich hätte gerade mit ihrem Vater gesprochen und wäre ihr dankbar, wenn sie mir eine Minute opfern würde. Mein Name ist Lew Brandon.«

Er klapperte mit seinen schönen, manikürten Nägeln auf der polierten Platte, während er überlegte. An seinem angestrengten Ausdruck erkannte ich, daß er mit diesem Prozeß immer Schwierigkeiten haben würde.

»Es wäre vielleicht besser, wenn Sie ihr zuerst schreiben«, sagte er schließlich. Er hob einen Arm und zog seine massiv goldene Uhr zu Rate. »Für einen Besuch ist es schon etwas spät.«

»Hören Sie zu, mein Lieber«, sagte ich und gab meinem Ton plötzlich Härte. »Sie mögen sich für sehr schön halten, aber bilden Sie nicht ein, daß das immer so bleiben muß. Und jetzt rufen Sie Miss Creedy an, und überlassen Sie die Entscheidung ihr!«

Einen Moment starrte er mich überrascht und alarmiert an, ging dann in das Zimmer hinter dem Empfangspult und schloß die Tür hinter sich.

Ich zog eine Zigarette aus der Tasche und klebte sie an meine Unterlippe. Ich fragte mich, ob er nun die Hüter von Ruhe und Ordnung rief. Es wäre mir nicht gut bekommen, falls irgendein ehrgeiziger Polizist mich unter der Beschuldigung, der Elite von St. Raphael City lästig gefallen zu sein, ins Headquartier geschleift hätte. Aber zwei Minuten später erschien er wieder und sah aus, als ob er eine Wespe verschluckt hätte. Er deutete auf einen Fahrstuhl auf der anderen Seite der Halle und sagte nur: »Zweite Etage, Apartment sieben.« Dann warf er seine blonden Locken zurück und drehte mir den Rücken zu.

Nachdem ich durch einen langen, eichengetäfelten Korridor gewandert war, fand ich Apartment sieben. Vor der Tür blieb ich stehen. Ich konnte hören, daß dahinter im Radio etwas von Mozart gespielt wurde. Ich drückte auf den Klingelknopf, und bald darauf wurde die Tür von einer älteren, freundlich aussehenden Frau in einem schwarzen Seidenkleid und einer weißen Tändelschürze geöffnet.

»Mr. Brandon?«

»Ja.«

Ich lieferte ihr meinen Hut aus, als ich in die kleine Halle trat, die mit einem ovalen Tisch möbliert war, auf dem eine silberne Schale mit weißen Orchideen stand.

Das Hausmädchen öffnete eine Tür, sagte »Mr. Brandon« und trat zur Seite, um mich eintreten zu lassen. Ich kam in einen großen, weiß und aprikosenfarben gehaltenen Wohnraum. Wände, Vorhänge und die lederbezogenen Sessel waren in Apricot, der Teppich und Miss Creedy waren in Weiß.

Sie stand neben einem modernen Radio, sah mir entgegen, schlank und ziemlich groß, mit aschblonden Haaren, wie gesponnene Seide. Sie war in klassischer Weise auffallend schön, und ihre Augen waren von der Farbe und schienen aus dem gleichen Stoff wie jene riesigen, blauschwarzen Vergißmeinnicht, die man manchmal auf den besseren Blumenschauen findet.

Sie war hochbrüstig und langbeinig, mit Hüften, die Linie und den richtigen Umfang hatten. Sie trug ein weißes, tiefausgeschnittenes Abendkleid und um den Hals ein Brillantkollier, das sie wahrscheinlich zu ihrem einundzwanzigsten Geburtstag bekommen und in das Bankkonto ihres Vaters zweifellos eine merkliche Lücke gerissen hatte. Sie trug ellbogenlange Handschuhe und an einem Handgelenk eine brillantbesetzte Platinuhr. An ihrem kleinen Finger glänzte über dem Handschuh ein langer, flacher Rubin an einem dünnen Goldreifen.

Sie sah ganz nach dem aus, was sie war: jeder Zoll die Tochter eines Multimillionärs. Alles in allem konnte ich verstehen, warum es Mrs. Creedy schwergefallen war, ihr gegenüber zur Geltung zu kommen. Für sie mußte es eine Erlösung gewesen sein, als dieses Mädchen seine Koffer packte und das Haus verließ.

»Ich bitte Sie sehr um Entschuldigung, daß ich Ihnen mit meinem späten Besuch noch lästig falle, Miss Creedy«, begann ich. »Aber ich täte es nicht, wenn der Anlaß nicht sehr dringlich wäre.«

Sie reagierte mit einem kleinen Lächeln. Es war weder freundlich noch feindselig. Die Herrin des Hauses empfing einen Fremden in ihrem Heim. Sie zeigte gute Manieren, nicht mehr und nicht weniger.

»Hat es etwas mit meinem Vater zu tun?«

»Eigentlich nicht, entfernt vielleicht. Aber um ehrlich zu sein, ich fürchtete, Sie würden mich nicht empfangen, wenn ich mich nicht auf Ihren Vater berief.« Auch ich lächelte, aber es machte keinen Eindruck. Sie sah mich an, und ihre dunklen Augen waren von einer verwirrenden Festigkeit. »Ich bin der Leiter der Star Agency«, fuhr ich fort. »Ich komme in der Hoffnung, daß Sie bereit sind, mir zu helfen.«

Sie wurde etwas steifer und runzelte die Stirn. Trotz der Strenge, die ihr Gesicht zeigte, war sie unverändert schön.

»Soll das heißen, daß Sie Privatdetektiv sind?«

»Ganz richtig. Ich arbeite an einem Fall, und Sie könnten mir helfen, Miss Creedy.« Ich merkte, daß sie erstarrte.

»Ihnen helfen? Ich verstehe wirklich nicht, was Sie damit meinen. Warum sollte ich Ihnen helfen?«

»Aus keinem anderen Grunde, als aus dem, daß manche Menschen nichts dagegen haben, anderen hier und da zu helfen.« Ich versuchte es erneut mit dem jungenhaften Lächeln, wieder vergeblich. »Die Angelegenheit könnte Sie vielleicht interessieren, wenn Sie mir erlauben, sie Ihnen zu schildern.«

Margot Creedy zögerte, dann deutete sie auf einen Sessel. »Also gut«, sagte sie. »Setzen Sie sich doch.«

Ich wartete, bis sie auf dem Sofa gegenüber Platz genommen hatte, ehe ich mich auf dem Sessel niederließ.

»Vor fünf Tagen, Miss Creedy«, begann ich, »kam mein Partner Jack Sheppey von unserem Büro in Sanz Franzisko aufgrund eines Auftrages, den er telefonisch empfangen hatte, hierher. Der Auftraggeber nannte dem Mädchen, das unsere Telefonanrufe entgegennimmt, nicht seinen Namen. Ich war an dem Tag verreist. Sheppey fuhr ab, ohne den Namen des Anrufers zu hinterlassen, aber er notierte den Namen Ihres Vaters auf seiner Schreibunterlage.«

Während ich sprach, beobachtete ich sie und konnte feststellen, daß sie mir aufmerksam zuhörte. Langsam taute sie auf.

»Sheppey schickte mir ein Telegramm, in dem er mich aufforderte, auch hierherzukommen. Heute vormittag traf ich ein. Ich ging zu dem Hotel, in dem er wohnte, aber er hatte das Haus verlassen. Bald danach holte mich die Polizei, um ihn zu identifizieren. Er war in einer Badekabine draußen am Bay Beach ermordet worden.«

Ihre Augen weiteten sich.

»Ja, richtig, ich las es in der Abendzeitung. Es war mir nicht bekannt, daß er – Ihr Partner war.«

»Doch, das war er.«

»Sie sagen, daß er den Namen meines Vaters auf seine Schreibunterlage notierte?« fragte sie stirnrunzelnd. »Warum hat er das denn getan?«

»Das weiß ich nicht, es sei denn, Ihr Vater war der Auftraggeber, der ihn anrief.«

Darauf löste sie ihren Blick von mir und begann, den Rubinring um ihren Finger zu drehen. Mir schien, daß ihr plötzlich unbehaglich zumute war.

»Das hat Daddy bestimmt nicht getan. Wenn er einen Privatagenten wünscht, überträgt er das seinem Sekretär.«

»Wenn es sich nicht gerade um eine Frage von ungewöhnlich vertraulichem Charakter handelt«, warf ich ein.

Sie sah immer noch zur Seite. »Ich verstehe wirklich nicht, was das alles mit mir zu tun hat«, sagte sie. »Ich gehe in ein paar Minuten fort . . .«

»Heute nachmittag war ich bei Ihrem Vater«, erzählte ich weiter und bemerkte, wie sie zusammenzuckte. »Ich fragte ihn, ob er Sheppey engagiert hätte, und er verneinte. Und zwar sehr nachdrücklich. Dann rief er jemanden, der wie ein früherer Boxer aussah und sich Hertz nannte, und befahl ihm, mich genau anzusehen. Er deutete an, falls ich mich nicht um meine eigenen Angelegenheiten kümmere, würde Hertz mich entmutigen.«

Eine leichte Röte stieg in ihr Gesicht.

»Ich verstehe immer noch nicht, was das mit mir zu tun haben soll. Wenn Sie mich jetzt bitte entschuldigen wollen . . .«

Miss Creedy stand auf.

»Ich versuche, Sheppeys Schritten nachzuforschen«, sagte ich und erhob mich gleichfalls. »Anscheinend ging er in den Musketeer Club, und ich möchte feststellen, mit wem er dort war. Sie sind Mitglied des Klubs. Ich wollte Sie bitten, mich da einzuführen, damit ich ein paar Erkundigungen einziehen kann.«

Sie starrte mich an, als hätte ich ihr eine Reise zum Mond vorgeschlagen.

»Das ist ganz unmöglich«, sagte sie, und es klang, als ob sie es auch meinte. »Selbst wenn ich Sie in den Klub mitnähme – aber ich habe nicht die geringste Absicht, es zu tun –, würde man nicht erlauben, daß Sie irgend jemanden befragen.«

»Aber in Ihrer Gesellschaft, Miss Creedy«, entgegnete ich. »Nach allem, was ich hörte, ist der Klub außerordentlich exklusiv, aber ich bin überzeugt, daß man Ihnen antworten wird, wenn Sie die Fragen stellen.«

Sie musterte mich und biß sich auf die Unterlippe.

»Das ist unmöglich. Es tut mir leid, Mr. Brandon, ich muß Sie jetzt bitten, zu gehen.«

»Ich bin nicht leichtfertig zu Ihnen gekommen«, sagte ich. »Ein Mann wurde ermordet. Ich habe Grund zu vermuten, daß die Polizei sich nicht sehr bemühen wird, seinen Mörder zu finden. Ich bin mir bewußt, daß das eine sehr bedenkliche Äußerung ist, aber ich habe mit Captain Katchen von der Mordkommission gesprochen, und er hat mir mehr oder minder erklärt, er würde dafür sorgen, daß es mir leid täte, falls ich mich aus der Geschichte nicht raushielte. Ich gebe mich keiner Täuschung darüber hin, daß das keine leere Drohung ist. Vor nicht ganz einer Stunde wurde ich in eine Schlägerei verwickelt, weil ich Fragen stellte. Es gibt in der Stadt jemanden, der alles darauf anlegt, daß Sheppeys Tod vertuscht wird. Sheppey war mein Freund. Ich habe nicht die Absicht, zuzulassen, daß der Mord an ihm ungesühnt bleibt. Ich bitte Sie, mir zu helfen. Alles, was ich möchte . . .«

Sie streckte die Hand aus und drückte auf einen Klingelknopf neben sich an der Wand.

»Das alles hat mit mir nichts zu tun«, sagte sie. »Es tut mir leid, aber ich bin nicht in der Lage, Ihnen zu helfen.«

Die Tür öffnete sich, und das Hausmädchen kam herein.

»Tessa, Mr. Brandon will jetzt gehen.«

Ich lächelte sie an.

»Nun, wenigstens haben Sie mir nicht gedroht wie Captain Katchen, noch haben Sie mir bisher einen Totschläger auf den Hals geschickt wie Ihr Vater. Ich danke Ihnen, daß Sie mir Ihre Zeit geopfert haben, Miss Creedy.«

Ich ging in die Halle, nahm meinen Hut, öffnete die Tür des Apartments und trat in den Korridor hinaus.

Es war ein Schuß ins Dunkle gewesen, und er hatte nicht gesessen. Aber wenigstens hatte ich meine Zeit nicht vergeudet. Ich vermutete, daß Margot Creedy genau wußte, warum ihr Vater Sheppey engagiert hatte. Wenn das der Fall war, bedeutete es, daß Jack sich mit einer Familienangelegenheit befassen sollte. Ich entschloß mich, mir Bridgette Creedys Zeitvertreib Jacques Thrisby näher anzusehen. Vielleicht sollte Sheppey feststellen, wie eng diese beiden befreundet waren. Das wäre eine Erklärung. Es war natürlich, daß Creedy in diesem Fall schwieg und brutal wurde, wenn er daran dachte, vor Gericht aussagen zu müssen, er habe einen Privatdetektiv engagiert, um seine Frau zu beobachten. Das war etwas, was kein Mann gern bekannt werden ließ.

Es war zehn Minuten nach elf. Noch zu früh, um in mein Hotel zurückzukehren.

Ich stieg in den Buick, saß lange nachdenklich da. Dann fuhr ich in Richtung Bay Beach.

*

Als ich die Promenade entlangfuhr, konnte ich sehen, daß immer noch Leute in der Brandung badeten. Im Licht des Mondes schimmerte das Wasser wie Silber.

Nach zehn Minuten Fahrt erreichte ich Bay Beach. Dieser Teil des Strandes lag abseits des großen Betriebes, und ich stellte fest, daß die Badeanstalt geschlossen und die Reihe Kabinen im Schatten der Palmen im Dunkel lag.

Ich parkte den Buick in einer Seitenstraße unmittelbar hinter der Badeanstalt und ging zum Strand hinunter. Von ein paar Wagen abgesehen, die ziellos und ohne Eile über die Strandstraße rollten, war dieser Teil der Promenade so still und verlassen wie ein Bahnhofswartesaal am Weihnachtsmorgen.

Das Tor, das zum Strand hinunterführte, war verschlossen. Ich sah nach rechts und links, überzeugte mich, daß ich nicht beobachtet wurde, ergriff die Oberkante und schwang mich hinüber. Geräuschlos landete ich auf der anderen Seite im weichen Sand. Schnell glitt ich in den schützenden Schatten der Palmen und blieb dann stehen.

Ich hatte keine feste Vorstellung, weshalb ich an den Strand gekommen war. Ich hatte einfach nichts Besseres zu tun, und ich wollte noch einmal die Stelle sehen, an der Jack gestorben war.

Aus dem Schutz des Schattens spähte ich zu der Reihe Badekabinen hinüber.

Es bestand die Möglichkeit, daß Rankin einen Polizisten als Wache zurückgelassen hatte, und einem der hiesigen Gesetzeshüter wollte ich nicht in die Arme laufen. Aber von dem Streifen Strand war kein Laut und keine Bewegung vernehmbar, außer dem Murmeln der See und ab und wann einem Auto, das hinter mir und außer Sicht auf der Promenade vorbeifuhr.

Nachdem ich überzeugt war, daß mich niemand stören würde,

ging ich die Reihe der Hütten entlang, bis ich die vorletzte erreichte. Es war die, in der Sheppey tot gelegen hatte.

Ich drückte gegen die Tür, sie war aber verschlossen. Ich zog eine Taschenlampe und ein dünnes Stahlgerät aus meiner Hüfttasche und untersuchte das Schloß. Ich schob den Stahl zwischen das Schloß und den Türpfosten, drückte kräftig gegen die Füllung. Die Tür schwang nach innen.

Auf der Schwelle blieb ich stehen, spürte, wie die aufgespeicherte Tageswärme aus dem kleinen Raum mir entgegenschlug. Ich machte einen Schritt hinein, schaltete meine Lampe an und ließ den Strahl langsam durch den Raum wandern.

Es befanden sich zwei Schemel, ein Tisch und ein Ruhebett darin. In der Ecke, wo Sheppey gelegen hatte, war ein großer, dunkler Fleck auf dem Boden, bei dessen Anblick es mich kalt überlief.

Mir gegenüber waren zwei Türen, die in die Umkleidekammer führten. Die eine hatte Jack benutzt, die andere das Mädchen, das ihn begleitet hatte.

Wer mochte sie gewesen sein? War sie ein Köder, um Sheppey hier herunterzulocken? War er wild genug auf das Mädchen gewesen, um in eine derartige Falle zu gehen? Hatte sein Tod vielleicht doch nichts mit Creedy zu tun? War er dumm genug gewesen, sich mit dem Mädchen irgendeines Schlägers einzulassen, der sich dann gerächt hatte?

Wenn dieser Mann sie plötzlich überrascht hatte, wurde dadurch erklärt, warum das Mädchen seine Kleider in der Hütte zurückließ. Während er Sheppey tötete, war es wahrscheinlich hinausgelaufen und geflohen. Aber warum hatte sie keine Hilfe geholt? War nicht anzunehmen, daß sie versuchen würde, jemanden zu rufen, der den Mörder daran hinderte, Sheppey zu töten? Oder hatte es sich so schnell abgespielt, daß Jack schon tot war, ehe sie herauskam? Und sie einfach floh, als sie sah, was geschehen war.

Ich schob meinen Hut in den Nacken und strich mir mit der Hand über die Stirn.

Oder hatte sie ihn getötet?

Ich trat ganz in die Hütte und schloß die Tür. Ich wollte nicht, daß irgendein Schwimmer oder jemand in einem Boot meine Lampe durch die offenstehende Tür bemerkte.

Ich öffnete die erste Tür, die in die Umkleidekammern führte und blickte hinein. Es war ein winziger Raum mit einer Bank, vier Kleiderhaken und einem kleinen Spiegel. Während ich den Strahl der Lampe ringsherum gleiten ließ, fragte ich mich, ob Sheppey diesen Raum benutzt hatte. Ich rechnete nicht damit, irgend etwas zu finden. Die Polizei war schon hiergewesen, und der Raum war zu klein, als daß man irgend etwas übersehen konnte. Ich fand auch nichts.

Ich ging wieder hinaus und dachte: ich vergeude meine Zeit. Für mich gab es hier nichts, nicht einmal Atmosphäre. Vielleicht hätte ich mir nicht die Mühe gemacht, in die andere kleine Kammer zu sehen, aber plötzlich hatte ich das Gefühl, in der dunklen Hütte nicht länger allein zu sein. Reglos blieb ich stehen, lauschte, hörte mein eigenes Herz pochen. Mein Finger glitt auf den Knopf der Taschenlampe und dichte Finsternis umhüllte mich.

Sekundenlang hörte ich nichts. Dann, als ich schon glaubte, daß mir meine Phantasie einen Trick spielte, nahm ich einen Laut wahr, der mir ganz nahe zu sein schien. Ein ganz schwaches Seufzen. Das Geräusch, das einer macht, der langsam durch den offenen Mund ausatmet.

Das Geräusch war so schwach, daß ich es nicht gehört hätte, wenn ich nicht angespannt gelauscht hätte, oder wenn in diesem Augenblick etwas anderes hörbar gewesen wäre.

Ich fühlte, wie sich die Haare in meinem Nacken sträubten. Ich hätte gewünscht, eine Waffe bei mir gehabt zu haben. Zwei Schritte brachten mich an die Tür des Umkleideraumes. Ich hob die Taschenlampe und schaltete sie ein.

Der weiße Lichtstrahl warf einen Kreis auf den Bretterboden. Ich ließ ihn umherwandern, sah nichts und lauschte wieder.

Auf der Straße brauste dröhnend ein Wagen vorbei. Das war jemand, der es eilig hatte.

Ich richtete den Lichtstrahl auf die Tür der zweiten Umkleidekammer, griff nach der Klinke und schob die Tür vorsichtig auf.

Ich hob die Taschenlampe.

Sie saß auf dem Boden, sah mich an. Sie trug einen hellblauen Badeanzug, ihre goldene Haut glänzte von Schweiß. Der Blick ihrer Augen war leer. Von ihrer linken Schulter zog sich ein langer Streifen geronnenes Blut herunter.

Es war ein dunkles, hübsches Mädchen, mit langem, schwarzem, seidigem Haar, vielleicht 25, und der Figur eines Modells. Sie war viel zu jung, um zu sterben.

Blicklos starrte sie in den Strahl der Taschenlampe. Ich stand wie gebannt, von Grauen gepackt, mit jagenden Pulsen und trockenem Mund.

Dann begann sie sehr langsam zur Seite zu sinken.

Ich war unfähig, mich zu bewegen. Stand nur da und starrte auf sie.

Erst als sie in einer entsetzlichen, gespenstischen Stille auf dem Boden lag, beugte ich mich vor, um sie aufzufangen.

Aber es blieb vergebliche Mühe.

*

Sie lag auf der Seite, ihr dunkles Haar bedeckte ihr Gesicht. Neben ihr auf dem Boden entdeckte ich einen Eispicker mit einem weißen Kunststoffgriff. Das war der Beweis, daß dieses Mädchen auf die gleiche Weise wie Sheppey gestorben war, obwohl die Hand des Mörders dieses Mal nicht so sicher zugestoßen hatte, denn Jack war sofort tot gewesen.

Ich beugte mich über sie. Schweiß lief mir über das Gesicht und tropfte von meinem Kinn. Der Krampf, der durch ihren Körper lief, als sie sich auf dem Boden ausstreckte, verriet mir eindeutig den Augenblick, in dem sie gestorben war. Ich brauchte nicht nach ihrem Puls zu greifen oder ihr Augenlid zu heben, um zu erkennen, daß es für jede Hilfe zu spät war. Ich ließ das Licht meiner Lampe auf sie fallen. Es war nicht der geringste Anhaltspunkt vorhanden, der darauf hinwies, wer sie war. Sie hatte nur diesen Badeanzug an. Die Tatsache, daß sie sich gepflegt hatte, daß ihr Haar erst kürzlich gewaschen und frisiert worden war, daß ihre Nägel manikürt und dunkelrot lackiert waren und sie einen teuren Badeanzug trug, verriet mir nichts. Sie konnte ebensogut reich wie arm gewesen sein. Sie konnte ein Modell gewesen sein, aber auch eine der Tausenden berufstätigen Frauen von St. Raphael City.

In einem war ich sicher. Sie war das Mädchen, das Jack Sheppey im Hotel abgeholt hatte, jenes, von dem Greases überzeugt war, es wäre blond gewesen. Als mir einfiel, daß er vermutete, sie hätte entweder eine Perücke getragen oder ihr Haar gefärbt, hielt ich die Lampe näher, um mich davon zu überzeugen, daß er sich geirrt hatte. Und er hatte sich geirrt. Sie trug weder eine Perücke, noch hatte sie ihr Haar gefärbt. Daran gab es keinen Zweifel, und das bewies nur, wie gründlich ein ausgebildeter Hoteldetektiv danebenhauen kann.

Ich lenkte den Lichtstrahl auf ihre Arme. In dem hellen Schein schimmerten die weichen Härchen blond. Alles andere wäre unnatürlich gewesen. Ihrer Bräune nach zu urteilen, hatte sie seit Monaten die Sonne genossen. Natürlich mußten die Härchen auf ihren Armen gebleicht sein.

Ich richtete mich auf, zog mein Taschentuch hervor und wischte mir über das Gesicht.

Die Hitze in dem winzigen Raum war furchtbar. Ich stellte fest, daß ich mein Hemd durchgeschwitzt hatte und ging in den größeren Raum zurück.

Erst da fiel mir eine weitere Tür auf, die offenbar eine Verbindung zur benachbarten Kabine bildete. An der Tür befand sich ein Riegel, aber er war nicht zugeschoben.

Das ließ mich auffahren.

Ich erkannte, daß der Mörder durch diese Tür gekommen und gegangen sein mußte. Wahrscheinlich hielt er sich noch in der Nachbarhütte auf, wartete darauf, daß ich verschwand, und mehr denn je wünschte ich, eine Waffe bei mir gehabt zu haben.

Geräuschlos schlich ich durch den Raum, schaltete meine Taschenlampe wieder aus und legte ein Ohr gegen die Füllung dieser Tür. Ich lauschte lange, aber vernahm nichts. Ich tastete nach der Klinke, packte sie fest und drückte sie langsam herunter. Als ich sie ganz unten hatte, preßte ich leicht gegen die Tür, aber sie gab nicht nach.

Jemand war durch diese Tür in die Nachbarkabine gegangen und hatte hinter sich abgeriegelt.

Befand sich der Betreffende noch darin?

Ich trat zurück. Mein Mund war unerträglich trocken. Wahrscheinlich hatte er nicht noch einen Eispicker bei sich, aber womöglich eine Schußwaffe.

Dann vernahm ich ein Geräusch, das mich erstarren ließ und an meinen Nerven zerrte.

Aus der Ferne ertönte das Jaulen einer Polizeisirene, ein Heulen, das ständig lauter wurde und mir verriet, daß über die Promenade mit hoher Geschwindigkeit ein Polizeiwagen angerast kam.

Ich machte mir nicht vor, daß dieser Streifenwagen nur zum Vergnügen heulend durch die Nacht raste. Sie waren im Dienst, und ihr naheliegendstes Ziel war genau die Stelle hier.

Ich schaltete meine Taschenlampe wieder ein, zog mein Taschentuch und wischte die Türklinken in der Kabine ab. Wenn ich mich auch beeilte, tat ich es trotzdem gründlich. Ich wußte, wie wichtig es war, keinen Fingerabdruck zu hinterlassen. Als ich fertig war, sprang ich zur Tür, öffnete sie und blickte schnell nach rechts und links.

Der Strand war immer noch verlassen. Aber von dem Schatten, den eine Palmengruppe warf, abgesehen, gab es kein Versteck.

Der Ton der Sirene wurde viel lauter und kam immer noch schnell näher. Wenn ich den Weg nahm, den ich gekommen war, mußte ich ihnen todsicher in die Hände laufen. Es bestand auch keine Aussicht, mich hinter den Palmen zu verstecken. Sie mußten mich bestimmt entdecken, wenn sie zu der Hütte kamen. Damit blieb mir nur der Strand.

Wenn es sein muß, kann ich laufen. Es gab mal eine Zeit, in der ich ein paar imposante Pokale für die halbe Meile gewonnen hatte. Nicht gerade olympische Preise, aber doch schon nahe dran.

Ich zögerte nicht, startete quer über den Sand, wenn auch nicht in meinem schnellsten Tempo.

Ich hörte die Sirene sich den Weg über die Promenade freigellen. Ich sah mich nicht um. Ich mußte etwa 1000 Yards zwischen mich und die Mannschaft legen, oder sie hätten nach mir geschossen. Ich bildete mir nicht ein, daß sie mich nicht bemerkten. Gegen den weißen Sand und in dem hellen Mondlicht mußte ich auf Meilen hin sichtbar sein.

Ich hatte ungefähr 500 Yards zurückgelegt, als die Sirene mit einem Jaulen verstummte. Es war die Zeit zum Endspurt, aber das Laufen durch den weichen Sand war anstrengender, als ich geglaubt hatte. Ich fing an zu keuchen, und meine Beine schmerzten. Ich spurtete, aber eine besondere Leistung war es nicht.

Dann bemerkte ich, daß der Strand zur See hin abfiel und durch eine langgezogene Düne einen Abhang bildete.

In wenigen Sekunden mußten die Polizisten aus ihrem Wagen heraus und unten am Strand sein. Und dann mußte der Spaß anfangen. Wenn ich hinter die Düne gelangen konnte, ehe sie mich entdeckten, war ich sicher.

Ich schlug einen Haken und stürmte die Düne hinauf, lief wie nie zuvor in meinem Leben. Als ich die Höhe erreichte, schoß ich im Hechtsprung den Abhang hinunter und landete in einer Sandwolke dicht vor der Wasserlinie.

Hinter mir war kein Ruf zu hören, der mir verriet, ob ich bemerkt worden war. Einen Moment blieb ich liegen, rang keuchend nach Luft. Dann richtete ich mich auf, kletterte gebückt den Abhang hinauf, so daß ich gerade über den Rand der Düne äugen konnte.

Ich blickte zu den Badehütten.

Im Mondlicht stand ein Polizist mit dem Rücken zu mir. Die Tür zu der Hütte, in der das tote Mädchen lag, war offen. Und während ich hinsah, kam ein anderer Polizist aus ihr heraus. Er sprach ein paar Sätze mit seinem Kollegen, der draußen gewartet hatte und dann zur Promenade zurücklief.

Es konnte nur eine Frage von Minuten sein, bis der ganze Strand von Gesetzeshütern wimmelte. Keiner brauchte mir zu sagen, was passierte, wenn sie mich fanden.

Captain Katchen wußte genau, was er mit einem Fund wie mich anzufangen hatte. Er hatte mir schon gesagt, was mir dann bevorstand. Wenn er mich auch nicht in die Gaskammer bringen konnte, er konnte mich wochenlang festhalten, und das wollte ich vermeiden, sofern es sich machen ließ.

Im Schutz der Sanddüne fing ich wieder an zu laufen.

Als ich zwischen mich und die Badehütten eine Meile Abstand gebracht hatte, war ich ziemlich fertig, aber ich war nun auch weit genug entfernt, um mich wieder landeinwärts zu bewegen, denn es war unwahrscheinlich, daß ich noch gesehen werden konnte.

Ich trottete durch den Sand, versuchte meinen keuchenden Atem zu beruhigen. Über eine Treppe erreichte ich die Promenade.

Liebespaare saßen unter Palmen, aber sie waren zu sehr in ihre eigenen Angelegenheiten vertieft, um mich zu bemerken. Ich überquerte die Straße und machte mich auf den Weg zu meinem Wagen zurück. Es dauerte zehn Minuten, bis ich den Eingang der Badeanstalt wieder erreichte. Inzwischen hatte sich eine große Menge angesammelt, blockierte die Straße und starrte, wie Menschenmengen eben starren. Am Straßenrand parkten drei Polizeiwagen.

Das war allerdings nur der Anfang. Denn vier weitere kamen angerast. Ich sah Rankin aus einem aussteigen und eilig über die Promenade zu den Badehütten gehen.

Ich hatte das Gefühl, ich könnte alles ihm überlassen, schleppte mich zu meinem Wagen und fuhr in gemäßigtem Tempo durch Seitenstraßen, bis ich wieder zum Adelphi Hotel kam.

Ich ließ den Wagen auf dem Parkplatz stehen und nahm eine Bürste aus dem Handschuhfach, um alle Sandspuren von mir zu entfernen. Dann ging ich ins Hotel.

Es war kurz nach Mitternacht.

Der Nachtportier, ein älterer Mann mit rosigem Gesicht, lächelte mir zu, als er mir meinen Schlüssel reichte.

Er sagte, es wäre eine schöne Nacht und ob ich bemerkt hätte, wie der Mond auf dem Meer leuchtete. Er wollte nur freundlich sein, aber ich war nicht in der richtigen Stimmung. Ich grunzte nur irgend etwas, nahm den Schlüssel und ging zum Fahrstuhl.

Während ich auf die Kabine wartete, hörte ich das Telefon auf dem Empfangstisch läuten. Der Nachtportier nahm den Hörer auf, und als dann der Fahrstuhl kam und ich im Begriff war, einzusteigen, rief er: »Mr. Brandon, ein Gespräch für Sie! Wollen Sie es in Ihrem Zimmer annehmen oder dort drüben in der Zelle?«

»In der Zelle.«

Wer mochte mich wohl anrufen? Ich schloß die Tür der Zelle hinter mir und nahm den Hörer ab.

»Hallo, ja?«

»Ist dort Mr. Brandon?«

Eine Frauenstimme, klar, aber gedämpft und vertraut.

»Ja.«

»Hier ist Margot Creedy.«

Ich schob meinen Hut in den Nacken und überlegte kurz. Woher wußte sie, wo ich wohnte? Das war der erste Gedanke, der mir durch den Kopf schoß.

»Sehr freundlich von Ihnen, daß Sie mich anrufen, Miss Creedy.«

»Ich spreche aus dem Musketeer Club«, sagte sie. »Ich habe mir die Gästeliste angesehen. Mr. Sheppeys Name ist nicht darin zu finden.«

Ich war überrascht, aber nicht zu überrascht, um nicht zu antworten: »Er kann sich natürlich unter einem anderen Namen eingeschrieben haben.«

»Daran habe ich auch gedacht. Der Pförtner an der Tür sagte mir, daß seit Monaten kein rothaariger Mann in den Klub gekommen sei. Er ist in diesen Dingen sehr zuverlässig. Falls Mr. Sheppey in dem Klub gewesen ist, hätte er sich daran erinnert.«

Ich versuchte mir ins Gedächtnis zurückzurufen, ob in den Zeitungsberichten über den Mord gestanden hatte, daß Jack rotes Haar gehabt habe. Es schien mir nur zu wahrscheinlich.

»Demnach sieht es aus, als ob er nicht dort war.«

»Warum glauben Sie, daß er hier gewesen ist?«

»Ich fand ein Streichholzbriefchen des Klubs in seinem Koffer.«

»Das kann ihm natürlich auch jemand geschenkt haben.«

»Sicher. Jedenfalls vielen Dank für Ihre Hilfe, Miss Creedy. Ich bin Ihnen wirklich sehr . . .«

Ein leichtes Knacken in der Leitung. Sie hatte aufgelegt. Ich blieb noch eine ganze Weile stehen, starrte durch die Scheibe der Zelle und fragte mich, weshalb sie ihre Ansicht plötzlich geändert hatte und mir doch half. Dann hängte ich den Hörer ein, stieß die Tür auf und ging zum Fahrstuhl.

Jack war also nicht im Musketeer Club gewesen. Ich sah keinen Grund, weshalb ich an ihren Worten zweifeln sollte. Greaves hatte gesagt, es wäre unwahrscheinlich. Ich hatte Sheppeys Koffer durchwühlt und wußte, daß er keinen Smoking mitgebracht hatte. Ohne Smoking wäre er nicht an dem Pförtner vorbeigekommen, wenn zutraf, was Greaves über die Exklusivität des Klubs gesagt hatte.

Wo kamen aber dann die Streichhölzer her? Warum hatte Jack sie aufbewahrt? Er besaß nicht die Mentalität einer Elster. Er verwahrte nichts, es sei denn, es hatte irgendeinen Nutzen.

Ich verließ den Lift, ging durch den Korridor, schloß meine Tür auf und trat ins Zimmer. Ich schloß ab, warf den Hut auf das Bett und suchte aus Jacks Koffern die Streichhölzer heraus, setzte mich in den Sessel und sah mir das Briefchen näher an.

Es enthielt 25 Streichhölzer zum Abreißen. Jedes Hölzchen trug den Namen des Musketeer Clubs. Die Innenseite der Hülle zeigte eine Anzeige für eine dieser Keramikbrennereien, die überall wie die Pilze hochschießen, wo Touristen hinkommen.

Der Werbespruch lautete:

*Versäumen sie nicht einen Besuch in*

*Marcus Hahns Schule für Keramik.*

*Die Fundgrube für originelle Plastiken.*

*The Chateau, Arrow Point, St. Raphael City.*

Ich fragte mich, weshalb eine Reklame, die so offensichtlich auf Touristen abzielte, in die Streichhölzer des exklusiven Nachtklubs kam, der auf keinen Fall irgendeinen Touristen in seinen hohen Hallen duldete. Ich fragte mich, ob ich hier auf etwas gestoßen war, oder ob das nur eine dieser unerklärlichen Geschichten wäre.

Ich riß eines der Streichhölzer ab. Als ich es genauer betrachtete, fand ich, daß auf die Rückseite eine Zahl aufgedruckt war: C 541 136. Ich bog die anderen Streichhölzer vor und stellte fest, daß sie mit fortlaufenden Nummern bis C 541 160 versehen waren. Ich klemmte das abgerissene Streichholz wieder in das Briefchen, saß ein paar Minuten da und zerbrach mir den Kopf, was die Numerierung zu bedeuten haben mochte. Als ich zu keinem Ergebnis kam, steckte ich die Streichhölzer schließlich in meine Brieftasche.

Es war zwanzig vor eins. Ich hatte einen bewegten Tag hinter mir. Offensichtlich konnte ich nichts anderes tun, als auf den Morgen zu warten. Wenn ich Glück hatte, erfuhr ich aus den Zeitungen, wer das Mädchen im Badeanzug gewesen war. Bis dahin wollte ich schlafen.

Als ich aus dem Bett gestiegen war, klopfte es an der Tür. Hinter diesem Klopfen stand eine Reihe von Knöcheln, für die es keine Schwierigkeit gewesen wäre, jedem die Zähne in den Hals zu rammen, Knöchel, die keinem Angestellten des Hotels gehörten, wie man sie an den Händen der Hüter des Gesetzes erwartet.

Ich stand gebannt, meine Gedanken rasten. Hatte man mich gesehen, als ich den Strand verließ? Hatte ich in der Hütte doch Fingerabdrücke zurückgelassen?

Wieder das Klopfen, und eine Stimme grollte: »Los, aufmachen! Wir wissen, daß Sie da sind.«

Ich zog meine Brieftasche, nahm das Streichholzbriefchen heraus und schob es unter die Kante des Teppichs. Dann steckte ich meine Brieftasche ein, ging zur Tür, drehte den Schlüssel um und öffnete.

Candy stand vor mir. Seine Kiefer mahlten, seine dunklen Augen schimmerten feindselig. Hinter dem Sergeant standen zwei große Kriminalbeamte in Zivil mit steinernen Gesichtern und wachsamen Blicken.

»Kommen Sie!« sagte Candy ausdruckslos und gelangweilt. »Captain Katchen will Sie sehen.«

»Weshalb?« fragte ich, ohne mich zu rühren.

»Das wird er Ihnen schon sagen. Kommen Sie freiwillig, oder . . .«

Ich zögerte, aber als ich erkannte, daß meine Lage aussichtslos war, nahm ich meinen Hut vom Bett und folgte der Aufforderung.

*

Dem Nachtportier quollen die Augen aus den Höhlen, als er mich, von Candy und seinen beiden großen Brocken eskortiert, aus dem Fahrstuhl kommen sah. Es war das zweite Mal, daß mich die Polizei aus dem Hotel holte, und ich hatte so eine Ahnung, daß mich die Hotelleitung wahrscheinlich bitten würde, auszuziehen, falls ich von dieser Fahrt lebendig zurückkam.

Aber dessen war ich gar nicht so sicher. Ich hatte nicht vergessen, was Katchen bei unserer letzten Begegnung gesagt hatte, und war der deprimierenden Überzeugung, daß es nicht nur Bluff gewesen war.

Wir gingen durch die Halle und die Stufen zu dem wartenden Polizeiwagen hinunter. Die beiden Beamten in Zivil stiegen vorn ein, Candy und ich hinten.

Der Wagen brauste mit Vollgas ab, mit der üblichen jaulenden Sirene, und riß sich so schnell vom Bordstein los, daß es mir fast den Hals ausrenkte.

Candy saß neben mir wie ein Felsbrocken, der in der Sonne geschmort hatte. Ich konnte die Hitze seines Körpers spüren, und obwohl in der Dunkelheit des Wagens von seinem Gesicht nicht viel zu erkennen war, nahm ich doch die ständig mahlende Bewegung seiner Kiefer wahr, während er auf seinem Kaugummi kaute.

»Darf ich rauchen?« fragte ich, mehr oder weniger, um überhaupt etwas zu sagen.

»Lieber nicht«, sagte Candy. Seine Stimme klang fremd und kalt. »Ich habe Befehl, Sie gewaltsam zu holen.«

»Was ist denn dem Captain über die Leber gelaufen?«

»Das müssen Sie besser wissen als ich«, antwortete Candy. Und damit hörte jede Unterhaltung auf.

Ich starrte aus dem Fenster, fühlte mich nicht wohl in meiner Haut. Es bestand die Möglichkeit, daß mich jemand am Strand gesehen und meine Personalbeschreibung telefonisch durchgegeben hatte. Ich sah es schon vor mir, wie ich geröstet wurde. Wenn Katchen das Rösten kommandierte, hatte ich mich auf einiges gefaßt zu machen.

Keiner sagte ein Wort, bis wir vor dem Headquarters der Polizei vorfuhren. Dann griff Candy in seine Hüfttasche, zog ein paar Handschellen heraus.

»Ich muß Sie festklammern«, sagte er wie zur Entschuldigung. »Der Captain sieht gern, wenn alles seine Ordnung hat.«

»Verhaften Sie mich?« fragte ich und hielt ihm meine Handgelenke hin. Als sich der kalte Stahl um meine Haut schloß, steigerte sich meine Depression noch.

»Ich tue gar nichts«, erwiderte Candy und stieg aus. »Der Captain will sich mit Ihnen unterhalten. Um mehr geht es nicht.«

Wir gingen über den Bürgersteig und die Stufen hinauf zu dem Anmelderaum. Die beiden Zivilbeamten blieben im Wagen zurück.

Der Sergeant vom Dienst, ein großer Kerl mit fettem Gesicht, sah erst mich an, dann Candy, der den Kopf schüttelte und weiterging, durch einen Gang, ein paar Stufen hinauf, wieder durch einen Gang bis zu einer Tür an dessen Ende. Ich folgte ihm auf den Fersen.

Vor der Tür blieb er stehen, schlug einmal dagegen, drückte die Klinke hinunter und stieß sie weit auf. Er legte eine Hand auf meinen Arm und schob mich in den großen Raum, in dem sich ein Schreibtisch, sechs Stühle, ein paar Aktenschränke, Captain Katchen, Inspektor Rankin und ein hagerer Typ um die Vierzig, mit strohigem Haar, randloser Brille und dem Gesicht eines bösartigen Wiesels befanden.

»Hier ist Brandon«, sagte Sergeant Candy, trat zurück und überließ mir das Rampenlicht.

Ich trat zwei Schritte vor und blieb stehen. Katchen stand beim Fenster. Er sah mich an, wie ein Tiger ein fettes Lamm ansehen mag, das an seinem Käfig vorbeigeführt wird.

Rankin saß auf einem der Stühle, den Hut über sein eines Auge gezogen, eine brennende Zigarette zwischen den Fingern. Er drehte nicht einmal den Kopf zu mir herum.

Der Mann mit dem strohigen Haar betrachtete mich mit dem Interesse und der beruflichen Hingabe eines Bakteriologen, dem ein unbekannter Bazillus vorgelegt wird, der ein gefährlicher, todbringender Krankheitserreger sein konnte – oder auch nicht.

»Warum ist der Mann gefesselt?« fragte er mit sanfter Stimme.

Katchen schien plötzlich das Atmen schwerzufallen.

»Wenn Ihnen die Art und Weise nicht paßt, in der ich Verhaftungen vornehmen lasse, dann wenden Sie sich an den Commissioner«, sagte er bissig.

»Ist dieser Mann denn verhaftet?« fragte der Strohhaarige.

Obwohl er das Gesicht eines Wiesels und eine kultivierte Sprechweise besaß, wurde er schnell mein Favorit in dem vor mir stehenden seltsam zusammengewürfelten Trio.

Katchen richtete seinen bösen, starren Blick auf Candy.

»Nehmen Sie die verdammte Fessel ab«, sagte er wütend.

Candy trat zu mir, schob den Schlüssel in das Schloß, drehte ihn um, und die Handschellen fielen von mir ab. Da er Katchen seinen Rücken zuwandte, riskierte er, mir vorsichtig zuzublinzeln. Während er von mir zurücktrat, erlaubte ich mir in einer ausführlichen Pantomime, mir die Handgelenke zu reiben und gekränkt auszusehen.

»Setzen Sie sich, Mr. Brandon«, sagte der Strohhaarige. »Ich bin Curme Holding, vom Amt des District Attorney. Ich hörte, daß Captain Katchen Sie sprechen wollte, und dachte, ich könnte mich bei dieser Gelegenheit auch gleich mit Ihnen unterhalten.«

Meine Depression begann langsam zu weichen.

»Freut mich, Sie kennenzulernen, Mr. Holding. Mir scheint, ich habe einen gewissen Schutz nötig. Der Captain hat heute schon einmal mit mir gesprochen. Um so mehr freue ich mich, Sie zu sehen.«

»Captain Katchen würde zweifellos nichts tun, was seine Befugnisse überschreitet«, sagte er, aber es klang nicht so, als ob er es selbst glaubte.

Ich lächelte.

»Vielleicht hat der Captain Sinn für Humor. Ich nahm seine Worte ernst, doch vielleicht haben Sie recht. Man braucht sich bloß sein freundliches Gesicht anzusehen, um zu erkennen, daß er ein großer Spaßvogel ist.«

Katchen stieß tief aus seiner Kehle ein Knurren hervor und kam vom Fenster auf mich zu. Er sah aus wie ein Gorilla.

»Wollen Sie die Fragen stellen, Captain, oder soll ich das tun?« fragte Holding, und seine Stimme hatte plötzlich einen stählernen Klang.

Katchen blieb stehen. Seine Blicke wanderten von mir zu Holding, der ihn mit dem gelangweilten Ausdruck eines Mannes betrachtete, der sich einen sehr harten Gangsterfilm ansieht und ihn verlogen findet.

»Nachdem Sie sich schon eingemischt haben, können Sie das Verhör auch selbst leiten«, knurrte Katchen und quetschte mühsam jedes Wort einzeln heraus. »Ich werde mich an den Commissioner wenden. Ihre Dienststelle mischt sich verdammt oft ein. Es ist Zeit, daß dagegen etwas geschieht.«

Er verließ den Raum und warf die Tür krachend hinter sich ins Schloß.

Candy fragte: »Werde ich noch gebraucht, Mr. Holding?«

»Nein, danke, Sergeant.«

Ich hörte, wie die Tür aufging, aber drehte mich nicht um, um Candy nachzublicken. Im Gegensatz zu Katchens Abgang schloß sich die Tür leise hinter ihm.

»Nun, Mr. Brandon, wollen Sie bitte Platz nehmen«, sagte Holding und deutete auf einen Stuhl vor dem Schreibtisch. Er nahm in dem Schreibtischsessel Platz.

Als ich mich setzte, begegnete ich Rankins ausdruckslosem Blick. Er verriet mir nichts. Er war weder freundlich noch feindselig.

Holding nahm einen Bleistift von der Schreibunterlage, legte ihn in die Federschale, musterte mich durch den Schutz seiner schimmernden Brillengläser scharf.

»Captain Katchen tritt Ende des Monats in den Ruhestand«, sagte er. »Inspektor Rankin tritt an seine Stelle.«

»Gratuliere«, sagte ich.

Rankin fingerte an seiner Krawatte. Er sagte nichts.

»Inspektor Rankin hat diese Ermittlungen ausschließlich in der Hand«, fuhr Holding fort. »Damit beziehe ich mich natürlich auf die beiden Morde am Bay Beach.«

Ich erkannte die Falle, die darin lag.

Wenn ich ableugnen wollte, daß ich in der Badehütte gewesen war, als das Mädchen starb, war es an der Zeit, Überraschung zu zeigen und zu fragen, welcher zweite Mord begangen worden war. Aber ich kam diesem Gedanken schnell einen Schritt voraus. Nach allem war klar, daß sie einen Fingerabdruck von mir in der Hütte gefunden hatten, oder mich dort jemand gesehen hatte, der mich identifizieren konnte. Oder daß sie den in unmittelbarer Nähe parkenden Buick entdeckt hatten. Ich entschloß mich, etwas zu riskieren und offen zu sein.

»Da ich jetzt weiß, daß der Inspektor die Ermittlungen leitet«, sagte ich, »bin ich bereit, eine Aussage zu machen. Ich hätte es schon vor einer Stunde getan, aber Captain Katchens Drohungen haben mich daran gehindert. Er drohte mir, ich solle mich aus der Sache raushalten, aber das habe ich nicht getan. Als ich dann das Mädchen fand, erkannte ich sofort, daß Katchen mir den Mord an ihr anhängen konnte.«

Holding schien sich etwas zu entspannen.

»Dann waren Sie also der Mann, der gesehen wurde, wie er in die Hütte eindrang?«

»Davon weiß ich nichts, aber ich drang in die Hütte ein und fand sie sterbend vor.«

»Sagte sie noch irgend etwas?«

»Nein. Sie starb Sekunden, nachdem ich sie entdeckte.«

Rankin fragte: »Wollen Sie es nicht von Anfang an schildern?« Er beugte sich vor, nahm ein Notizbuch von dem Schreibtisch und öffnete es. »Warum gingen Sie dorthin?«

»Ich hatte keinen besonderen Grund dazu, außer, daß ich nichts anderes zu tun hatte und mir den Ort ansehen wollte«, antwortete ich. »Ich weiß, daß das seltsam erscheinen mag, aber mein Partner ist dort ermordet worden, und Ihre Leute waren da, als ich heute morgen hingebracht wurde.«

Er schien von dieser Erklärung nicht gerade restlos überzeugt gewesen zu sein, aber er akzeptierte sie. »Um welche Zeit kamen Sie dorthin?« fragte er.

Ich beantwortete die Frage und gab ihm eine genaue Darstellung dessen, was dort geschehen war. Ich berichtete, wie ich die Polizeisirene hörte und sofort erkannte, daß Katchen schließen würde, ich hätte sie ermordet, wenn man mich dort fand. Ich beschrieb ferner, wie ich entkommen war und um welche Zeit ich in mein Hotel zurückkam.

Rankin sah zu Holding hinüber, und dann verzog sich sein Mund plötzlich zu einem Lächeln, und das sah ganz menschlich aus.

»Kann ich Ihnen nicht übelnehmen«, bemerkte er. »Wahrscheinlich hätte ich in Ihrer Lage das gleiche getan. Aber ich würde Ihnen nicht empfehlen, es noch einmal zu riskieren.«

Ich versprach es.

»Wissen Sie denn, wieviel Glück Sie gehabt haben?« fragte er. »Sie hätten wegen Mordes festgenagelt werden können. Aber der Doktor hat erklärt, daß sie mindestens zwei Stunden, ehe Sie die

Kabine betraten, verletzt worden war. So lange hat es gedauert, bis sie starb. Das war an dem geronnenen Blut an ihrem Körper und auf dem Boden zu erkennen.«

»Woher wußten Ihre Leute, daß sie dort war?«

»Von ihr wußten wir nichts. Jemand sah Sie in die Kabine gehen. Er behauptete, er hätte sich den Schauplatz des Mordes angesehen, dabei entdeckte er Sie und rief das Headquarters an.«

»Wo kämen wir auch ohne den verantwortungsbewußten amerikanischen Bürgersinn hin«, sagte ich bewundernd. »Von dem Mörder natürlich keine Spur?«

Rankin schüttelte den Kopf.

»Dann stelle ich die Vierundsechzig-Dollar-Frage: Haben Sie eine Ahnung, wer es war?«

Rankin drückte seine Zigarette aus, lehnte sich zurück und wechselte mit Holding einen Blick.

Holding zuckte mit den Achseln.

»Ganz offensichtlich ist sie die Frau, die Sheppey heute morgen in seinem Hotel abholte. Was sie in der Zeit zwischen elf Uhr heute vormittag bis zur Zeit ihres Todes getan hat, ist uns schleierhaft. Sie trug noch den Badeanzug, den sie anhatte, als sie Sheppey verließ.«

»Haben Sie die Tote schon identifiziert?«

»Ein Mädchen namens Thelma Cousins wurde von ihrer Wirtin als vermißt gemeldet. Die Wirtin sagte, sie sei noch nicht zurückgekommen, seit sie heute morgen zur Arbeit fortging. Wir haben ihr die Leiche gezeigt. Sie behauptet, es sei Thelma Cousins. Wir holen noch einen zweiten Zeugen. Der Mann, für den sie arbeitete, befindet sich auf dem Wege hierher.«

»Wer ist das?«

Rankin gab mir die Information, bei der ich mich innerlich aufrichtete wie ein plötzlich Wild witternder Hühnerhund.

»Er heißt Marcus Hahn«, sagte er. »Ein undurchsichtiger Charakter, der eine Töpferei betreibt, draußen am Arrow Point, die er Schule für Keramik nennt. Das Mädchen arbeitete in seinem Ausstellungsraum.«

Ich mußte mich entschließen, ob ich ihnen etwas von den Streichhölzern, die ich in Jacks Gepäck gefunden hatte, sagen und auf die seltsame Verbindung zwischen diesem Streichholzbriefchen und dieser Schule für Keramik hinweisen sollte oder nicht.

Es war aber vielleicht noch nicht der richtige Zeitpunkt, mich ihnen vollständig anzuvertrauen. Ich mußte mich erst vergewissern, daß Rankin Sheppeys Mörder auch finden wollte. Zwar hatte er die Leitung der Ermittlungen, das hieß aber noch nicht, daß er auch freie Hand hatte. Er konnte von Katchen auf Creedys Befehl hin immer noch daran gehindert werden. Ich wollte ihm nichts in die Hand geben, solange ich nicht wußte, daß es ihm Ernst war.

Rankin sagte: »Wir wollen feststellen, was zwischen Sheppey und diesem Mädchen war. Ich wette, sie hatte einen Freund, der sie beide erledigt hat.«

Ich sah Holding an. Sein Gesicht verriet nichts, und er hatte angefangen, an der Federschale herumzuspielen.

»Es muß nicht schwer sein, ausfindig zu machen, ob sie einen Freund hatte«, sagte ich.

»Vielleicht weiß Hahn etwas.« Rankin blickte auf seine Uhr. »Wir gehen jetzt wohl am besten in die Leichenkammer. Er müßte jeden Moment kommen. Sind Sie einverstanden?« fragte er Holding.

»Ja, gewiß.«

Ich machte Anstalten aufzustehen, aber Holding winkte ab.

»Ich möchte doch noch einmal Ihre Aussage durchgehen, Mr. Brandon. Sie können schon gehen, Inspektor.«

Rankin erhob sich, nickte mir zu und verließ den Raum.

Nachdem er die Tür geschlossen hatte, folgte eine lange Pause, dann zog Holding eine Pfeife aus der Tasche und begann sie zu stopfen.

Ich sah darin ein Zeichen, daß es nun vertraulich wurde, nahm mein Päckchen Luckys aus der Tasche und zündete eine an.

»Sie hatten heute morgen eine Unterhaltung mit Captain Katchen?« fragte Holding, ohne mich anzusehen.

»Man könnte es so nennen. Sie war ziemlich einseitig, aber zum Schluß gelang es mir doch, zu Wort zu kommen. Ich kassierte für meine Mühe einen Schlag ins Gesicht, doch ich will mich nicht beschweren.«

»Es wurde etwas über Lee Creedy gesagt«, warf Holding ein und sah mich lauernd an.

»Es wurde etwas über Lee Creedy gesagt«, bestätigte ich und beobachtete ihn.

Seine kleinen Augen erforschten mein Gesicht.

»Erwähnten Sie seinen Namen gegenüber Katchen?«

»Ja.«

»Haben Sie den Eindruck, daß Creedy Ihren ehemaligen Partner für einen Auftrag engagiert hat?«

»Ja.«

Holding zündete seine Pfeife an, runzelte die Stirn, veränderte seine Stellung und blies Rauch aus.

»Sie haben aber keinen Beweis dafür?«

»Sheppey schrieb Creedys Namen auf seine Schreibunterlage, während er telefonierte. Ich weiß, daß der Mann, mit dem er bei dieser Gelegenheit sprach, ihn engagierte, hierherzukommen. Jack hatte die Gewohnheit, auf seiner Schreibunterlage zu kritzeln. Mir leuchtet nicht ein, weshalb er Creedys Namen aufgeschrieben haben soll, wenn nicht Creedy der Mann gewesen ist, der ihn engagierte.«

»Es sei denn, daß jemand Sheppey einen Auftrag gab, der mit Creedy im Zusammenhang stand. Ich meine, Sheppeys Auftraggeber konnte ihn aufgefordert haben, Informationen über Creedy zu beschaffen. Haben Sie an die Möglichkeit gedacht?«

»Ja. Aber sie paßt nicht in das Bild.«

Ich berichtete ihm, wie ich Creedys Haus angerufen und um einen Termin gebeten hatte, wie ich über die Köpfe von sechs Geschäftsleuten hinweg zu Creedy geführt worden war, wie man mich bedroht hatte und Fulton und ich von Hertz überfallen worden waren.

Holding hörte sich das alles mit ausdrucksloser Miene an und paffte an seiner Pfeife.

»Mir scheint, daß Creedy Sheppey engagierte. Und nachdem Sheppey ermordet wurde, gibt Creedy sich jetzt die größte Mühe, das zu vertuschen«, schloß ich.

Holding überlegte eine Weile und sagte dann: »Ich nehme an, daß Sie großen Wert darauf legen, den Mörder Sheppeys verhaftet zu sehen.

Ich sah ihn überrascht an.

»Als ich hörte, daß Sie hierhergekommen waren und mit Katchen gesprochen hatten«, sagte Holding, »rief ich das Büro des District Attorney in San Franzisko an und stellte ein paar Fragen nach Ihnen. Offenbar hat Ihre Agentur immer sehr gut mit den Behörden zusammengearbeitet, und man hat Sie in San Franzisko sehr geschätzt. Sie haben selbst ein paar Jahre im Büro des District Attorney dort gearbeitet und recht Gutes geleistet.«

Ich grinste.

»Ich möchte wetten, daß Ihnen das nicht der District Attorney gesagt hat.«

Holding ließ sich zu einem Lächeln herab. Es half nicht viel, um seinen wieselhaften Gesichtsausdruck zu mildern.

»Ich sprach mit meinem Kollegen in dem Büro. Er sagte, sie wären wegen Ihres Hangs zur Insubordination bekannt gewesen, aber wenn man Ihnen freie Hand ließ, hätten Sie als Ermittler sehr gut gearbeitet.«

»Das hat er Ihnen gesagt, weil er mir noch zehn Dollar schuldet.«

Ich fragte mich, wohin das alles führen solle.

»Wie würden Sie sich dazu stellen, selbst zur Aufklärung des Mordes an Sheppey beizutragen?«

»Daran arbeite ich jetzt schon – mit, ohne oder gegen die Erlaubnis.«

Holding nickte.

»Aber ohne einen gewissen Schutz werden Sie nicht sehr weit kommen.«

»Das weiß ich. Schutz ist etwas, das ich jetzt gut brauchen könnte.«

»Das ließe sich arrangieren.« Er rieb sein Kinn. »Das heißt, im gewissen Grad. Absolut garantieren kann ich nichts.«

»Wenn es reicht, mir Katchen vom Hals zu halten – mit Hertz werde ich schon fertig.«

»Für Katchen kann gesorgt werden. Sie werden Hertz schwierig finden. Sie dürfen ihn nicht unterschätzen.«

»Das tue ich nicht.«

Holding überlegte wieder und sagte: »Nun, das ist wohl alles, Mr. Brandon. Es ist spät geworden, Zeit für mich, schlafen zu gehen.«

Ich schüttelte den Kopf.

»Warum die freie Hand? Welche Kastanien hole ich für Sie aus dem Feuer?«

Ich bemerkte, wie sein Adamsapfel auf und nieder hüpfte, aber sonst blieb sein Gesicht reglos.

»Darum geht es nicht«, sagte er vorsichtig. »Mir scheint, daß Sie den Wunsch haben, für sich privat Ermittlungen anzustellen. Da Ihr Partner ermordet wurde, und Sie in gewisser Weise ein Kollege sind . . .«

»Sie müssen mir Besseres bieten, wenn ich mitspielen soll«, unterbrach ich mit Nachdruck.

Er begann wieder an der Federschale zu fingern, und als er sich genug Zeit gelassen hatte, die richtigen Worte zu finden, sagte er: »Ich bin nicht völlig überzeugt, daß es sich hier um eine Aufgabe für die Polizei handelt. Es könnte natürlich sein. Falls dieses Mädchen ein Verhältnis mit einem Schläger gehabt hat und der feststellte, daß Jack hinter ihr her war, und er sie beide tötete, dann ist es selbstverständlich ein Fall, den die Polizei bearbeiten kann. Aber wenn die Hintergründe tiefer liegen, wenn Creedy darin verwikkelt ist, dann werden wir nicht sehr weit kommen.«

»Macht Ihnen das Sorgen?«

Er sah mich scharf an.

»Also gut, ich werde die Karten auf den Tisch legen. Es wird für Sie schwer sein, die Situation zu verstehen, wenn ich das nicht tue.«

»Dann decken Sie Ihre Karten auf«, sagte ich, »einschließlich der, die Sie in Ihrem Ärmel haben.«

Er schluckte es.

»Innerhalb der nächsten Wochen muß sich die Stadtverwaltung wieder zur Wahl stellen«, sagte er und wählte seine Worte, als wären sie so zerbrechlich wie Eierschalen. »Die Opposition sucht natürlich nach einer Gelegenheit, den Griff, mit dem Creedy die Stadt umklammert hält, zu lockern. Falls Creedy in irgendeiner Weise in die Ermordung Sheppeys verwickelt ist, kann das der Opposition die Gelegenheit geben, nach der sie sucht. Die gegenwärtige Verwaltung ist nicht sonderlich beliebt, aber ungeheuer mächtig. Im Augenblick befindet sich alles auf des Messers Schneide. Ein Skandal, den die oppositionelle Zeitung groß ausschlachten kann, vermag die Entscheidung zu bringen.«

»Ich vermute demnach, Mr. Holding, daß Sie ein Anhänger der Opposition sind?«

»Ich glaube an Gerechtigkeit und Freiheit«, antwortete er und nahm die Pfeife aus seinem Mund.

»Sehr lobenswert, Mr. Holding«, sagte ich. »Wenn die Opposition an die Macht kommt, werden Sie vermutlich der neue District Attorney?«

Das veranlaßte seinen Adamsapfel zu einem großen Sprung. Er sah mich über den Rand seiner Brille an, kratzte sein rechtes Ohrläppchen, zögerte, ob er empört aussehen sollte, und ließ sich dann zu einem breiten, jungenhaften Lächeln herbei, das so falsch war wie die Wimpern eines Revuegirls.

»Ich nehme an, das wird der Fall sein, aber das hat natürlich nichts mit der vorliegenden Frage zu tun, nicht das geringste.«

»Wer schießt denn auf Creedy?«

»So würde ich das nicht nennen. Es ist ein offener Kampf zwischen der Creedy-Verwaltung und Richter Harrison, der die Opposition bei den Wahlen anführt.«

»Und in dieser Stadt wären Reformen vonnöten, wie?«

»Das kann man wohl sagen.«

»Und wo steht Rankin bei allem?«

»Der kann nicht sehr viel unternehmen, wenn sich dieser Fall auf einer Linie entwickelt, die den Interessen der gegenwärtigen Verwaltung widerläuft«, antwortete Holding. »Der Commissioner wird keine Ermittlungen ermutigen, die Creedy in Verlegenheit bringen. Er und Creedy sind gute Freunde.«

»Und Rankin hofft natürlich, daß er Captain wird, und muß seine Finger sauberhalten.« Als Holding auf diese Bemerkung nichts erwiderte, fuhr ich fort: »Es riskiert also keiner seinen Hals – außer mir, stimmt's?«

»Richter Harrison hat erheblichen Einfluß. Wir besitzen eine Zeitung mit einer großen Auflage. Natürlich müssen Sie vorsichtig sein, aber vorausgesetzt, daß Sie sich bei Ihren Ermittlungen im üblichen Rahmen halten, wird sich niemand einmischen.«

»Außer Creedy und Hertz.«

Holding klopfte seine Pfeife aus.

»Sie sagten doch, mit Hertz könnten Sie fertig werden?«

»Ja, das glaube ich schon. Aber ich behaupte nicht, daß meine Methoden im Rahmen des Üblichen liegen werden.«

»Das ist vielleicht ein Punkt, über den ich besser nichts weiß.«

Ich überlegte kurz. »Also gut, ich will sehen, was ich tun kann. Die Lage ist folgendermaßen: ich führe meine Ermittlungen fort, lege Ihnen meine Ergebnisse vor, und Sie überreden den Commissioner, eine Verhaftung zu veranlassen. Richtig?«

Holding wandte sich wieder der Federschale zu. Er schien viel Trost darin zu finden, sie vor sich herumzuschieben.

»Nicht ganz. Ich glaube, der beste Plan für Sie wäre, Ihre Ermittlungen abzuschließen und die Fakten dem Chefredakteur des *St. Raphael Courier* zu übergeben. Er ist ein Feuerkopf und wild darauf, alles zu veröffentlichen, was die Verwaltung trifft. Wenn es dann veröffentlicht ist, muß der Commissioner handeln.«

Ich grinste.

»Und Sie und Rankin halten sich da raus? Wenn also etwas schiefgeht, bleiben Sie unbehelligt, sind glücklich und zufrieden.«

Das gefiel ihm nicht.

»Solange die Verwaltung . . .«, begann er, aber ich fiel ihm ins Wort.

»Schon gut, schon gut.« Ich stand auf. »Ich mache es. Nicht, weil ich Ihnen Ihre Kastanien aus dem Feuer holen will, oder weil ich will, daß Richter Harrison seine Wahl gewinnt. Ich tue es, weil mein Partner ermordet wurde und so etwas in unserem Beruf schlecht ist.«

Mit weisem Ausdruck nickte er.

»Das kann ich verstehen.«

»Aber obwohl er mein Partner war und ich einen sentimentalen Anlaß habe, den Mörder zu finden«, fuhr ich fort, »kann ich nicht ewig von Luft leben. Wenn Ihre Partei die Wahl auf Grund dessen, was ich ausfindig mache, gewinnt, dann erwarte ich die Erstattung meiner Kosten.«

Er sah aus, als hätte er plötzlich in eine Quitte gebissen.

»Das dürfte sich machen lassen, aber es müßte zunächst bewiesen werden, daß Creedy in den Fall verwickelt ist.«

»Das versteht sich von selbst. Erhalte ich inzwischen von irgendeiner Seite Hilfe?«

»Rankin weiß, was ich mit Ihnen vereinbare. Wenn Sie den Inspektor von Zeit zu Zeit zu Hause anrufen, wird er Sie über seine Fortschritte unterrichten.«

»Wie heißt der Redakteur, von dem Sie sprachen, dieser Feuerkopf?«

»Ralph Troy. Sie können sich auf ihn verlassen. Geben Sie ihm die Fakten, und er wird sie drucken.«

»Aber erst muß ich die Fakten ausgraben.« Ich sah ihn an. »Nun, ich will sehen, was ich finde.«

Er reichte mir eine schlaffe Rechte.

»Viel Glück! Und seien Sie vorsichtig.«

*

Auf dem Weg hinaus überlegte ich, ob es schon zu spät wäre, noch einen Blick auf Marcus Hahn zu werfen. Ich war begierig, ihn mir anzusehen, ohne selbst von ihm gesehen zu werden.

Ich fragte den Sergeant vom Dienst, wo die Leichenkammer lag und erklärte, daß ich noch kurz mit Inspektor Rankin sprechen wollte, falls er noch dort wäre.

Der Sergeant beschrieb mir den Weg.

Ich folgte seiner Anweisung.

Der Eingang zur Leichenkammer lag jenseits des Hofes. Eine blaue Lampe über der Tür spendete ein gespenstisches Licht. Zwei Fenster des niedrigen Gebäudes waren erleuchtet. Leise überquerte ich den dunklen Hof und blickte durch eines der Fenster ins Innere.

Rankin stand neben einem Tisch, auf dem Thelmas Leiche, bis zum Hals von einem Laken bedeckt, lag. Ihm gegenüber stand ein schlanker Mann mit vollem, strohfarbenem Haar und einem ebensolchen Kinnbart. Er trug ein blau und gelb gewürfeltes Cowboyhemd, eine schwarze Hose, die eng um die Hüften lag und weit um seine Knöchel fiel, und mexikanische Stiefel mit hohen Hacken und silbernen Verzierungen.

Wenn man sich mit dem langen Haar und dem Bart abfand, konnte man ihn als gut aussehend bezeichnen.

Während er Rankin zuhörte, klatschte er mit einer dünnen Reitgerte seine Stiefel.

Auf einem Pferd hätte er vielleicht imposant gewirkt. Aber ohne Pferd sah er nicht anders aus als viele andere Angeber in Kalifornien.

Rankin schien den größten Teil der Unterhaltung zu bestreiten. Hahn nickte nur und äußerte hier und da ein Wort. An Rankins Ausdruck konnte ich erkennen, daß er nichts herausbekam. Schließlich zog er zum Zeichen, daß die Unterredung vorüber war, das Laken über das Gesicht des toten Mädchens, und Hahn ging durch den Raum zur Tür.

Ich trat schnell in den Schatten zurück.

Hahn kam heraus, überquerte mit langen Schritten den Hof, klopfte dabei mit seiner Reitpeitsche gegen sein Bein. Er verschwand durch die Tür, die zum Hauptausgang führte.

Ich ging zum Eingang der Leichenkammer, stieß die Tür auf und trat ein.

Rankin war gerade im Begriff, das Licht zu löschen, als er mich sah. Sein hartes, gespanntes Gesicht verriet Überraschung.

»Was wollen Sie denn?«

»War das Hahn?«

»Ja. Ein Gauner wie aus dem Buch, aber mit seinen Töpfen geht's ihm ganz gut. Mit diesem Schwindelunternehmen muß er ein kleines Vermögen verdienen.« Rankin unterdrückte ein Gähnen. »Wissen Sie, was er mir gesagt hat? Sie werden es nicht glauben.« Er berührte einen Arm des toten Mädchens. »Sie war nicht nur fromm, sondern gab sich auch nie mit Männern ab. Sie hatte nicht mal einen Freund, wenn man ihren Beichtvater nicht als ihren Freund bezeichnen will. Er war der einzige, in dessen Gesellschaft sie sich sehen ließ. Und dann auch nur, um ihm zu helfen, für die Armen zu sammeln. Der Arzt sagt, sie sei noch unschuldig. Ich spreche morgen mit dem Geistlichen. Aber ich nehme an, daß man Hahn glauben kann.«

»Und trotzdem gab sie sich mit Sheppey ab?«

Rankin verzog den Mund.

»War er wirklich so gut? Konnte er ein Mädchen wie Thelma für sich gewinnen?« fragte er.

»Ich würde es ihm nicht absprechen. Er hatte da seine eigene Technik, mir gefiel sie zwar nicht besonders. Für den frommen Typ hatte er nicht viel übrig. Vielleicht war nichts zwischen ihnen beiden. Vielleicht hat sie ihm geholfen, ihm Informationen beschafft.«

»Wären sie dann zusammen schwimmen gegangen? Und hätten sie dieselbe Kabine genommen, wenn es nur das war?«

Ich zuckte mit den Achseln.

»Keine Ahnung.«

»Nun, wenigstens sieht es so aus, als ob wir nicht nach einem Freund zu suchen brauchten.« Er ging zum Lichtschalter und drehte ihn. »Sind Sie mit Holding klargekommen?« Seine Stimme kam aus dem Halbdunkel. Das Licht der blauen Außenlampe warf einen silbernen Schein auf den Boden der Leichenkammer.

»Ja. Er sagte mir, ich könne Sie zu Hause aufsuchen, wenn ich Informationen wünsche.«

»Er hat Ihnen aber nicht gesagt, daß Sie ihn zu Hause besuchen können, wenn Sie was wissen wollen, oder doch?«

»Nein.«

Rankin trat neben mich.

»Das war zu erwarten. Er riskiert nie etwas.« Er legte eine Hand auf meinen Arm. »Passen Sie auf ihn auf. Sie sind nicht der erste, den er hintergeht. Er ist jetzt vier Jahre im Amt, und dort ist er ohne massive Hilfe weder hingekommen noch geblieben. Er hat ein gut entwickeltes Talent, andere sein Boot rudern zu lassen.

Er ist der einzige Lump, den ich je gekannt habe, der mit der Verwaltung jagt und mit der Opposition bellt. Also, seien Sie auf der Hut.«

Er ging aus der Leichenkammer, die Hände tief in die Jackentaschen geschoben, mit hängenden Schultern, den Kopf gebeugt.

Ich blieb noch einen Augenblick stehen und dachte über seine Worte nach. Selbst wenn er mir das nicht gesagt hätte, hätte ich Holding nicht getraut. Er war nicht umsonst mit dem Gesicht eines Wiesels geboren worden.

Ich verließ das ungastliche Gemach, schloß die Tür und ging schnell durch den Gang auf die Straße hinaus.

Es war 1.35 Uhr. Ich war sehr müde, und es tat mir gut, mich in den Polstersitz eines Taxis sinken zu lassen. Als ich zum Hotel zurückkam, schlug die Uhr zwei.

Der Nachtportier sah mich vorwurfsvoll an, als ich durch die Halle kam. Ich war zu erschöpft, um mich mit ihm abzugeben. Ich stieg in den Lift, fuhr in die zweite Etage, schlich durch den Gang zu meinem Zimmer. Ich schloß die Tür auf, öffnete sie und schaltete das Licht ein.

Dann fluchte ich unterdrückt.

Das Zimmer war in der gleichen Weise behandelt worden wie das von Sheppey. Die Schubladen der Kommode hingen heraus, die Matratze war aufgerissen, die Kissen waren zerschnitten. Meine Sachen waren aus meinem Koffer gezerrt und über den ganzen Fußboden verstreut worden. Sogar Jacks Sachen hatte man durcheinandergeworfen.

Ich ging schnell an die Stelle, wo ich die Streichhölzer versteckt hatte, schob einen Finger unter den Teppichrand und grinste.

Das Streichholzbriefchen war noch da.

Ich zog es hervor, ging in die Hocke und öffnete es. Das lose Streichholz, das ich zwischen die anderen geklemmt hatte, fiel heraus, und ich mußte es zwischen den zerstreuten Federn der Kissen mühsam herausfingern.

Wenn jemand nach diesen Streichhölzern gesucht hatte, dachte ich, dann ist er ohne sie weggegangen. Aber als ich das Streichholz umdrehte, war ich plötzlich gar nicht mehr so zufrieden. Es standen keine Ziffern auf der Rückseite. Ein schneller Blick belehrte mich, daß auch auf den anderen Streichhölzern keine Ziffern waren.

Ich richtete mich auf.

Jemand hatte Sheppeys Streichhölzer mitgenommen und andere

zurückgelassen, wahrscheinlich in der Hoffnung, daß ich die Ziffern auf der Rückseite der ursprünglichen nicht bemerkt hatte.

Ich ließ mich auf mein zerfetztes Bett sinken, zu groggy, um darüber nachzudenken.

*

Am nächsten Morgen schlief ich bis viertel nach elf.

Als ich den Nachtportier angerufen hatte, um ihm mitzuteilen, daß ich in meinem Zimmer nicht schlafen könne und weshalb, hatte er sofort die Polizei alarmiert, und ich bekam noch einen Besuch von Candy.

Von den Streichhölzern sagte ich ihm nichts. Ich ließ ihn sich selbst ansehen, was passiert war, und als er mich fragte, ob ich etwas vermisse, antwortete ich, soweit ich feststellen konnte, nichts.

Darauf bezog ich ein anderes Zimmer und überließ es ihm und seinem Fingerabdruckfachmann, nach Spuren zu suchen. Ich war fest überzeugt, daß sie keine fanden.

Sobald ich im Bett lag, erlosch ich wie ein Licht im Wind. Es war die heiße Sonne, die durch die Spalten der Jalousie fiel, die mich unbehaglich wärmte und mich schließlich weckte.

Telefonisch bestellte ich Kaffee und Toast, ging ins Badezimmer unter die Dusche, rasierte mich, legte mich dann wieder auf das Bett und wartete auf meinen Kaffee.

Es gab einiges, worüber ich nachdenken mußte. Bei den Ermittlungen hatten sich eine ganze Reihe loser Enden ergeben, denen nachgegangen werden mußte.

Gab es ein Bindeglied zwischen dem Musketeer Club und Hahns Schule für Keramik? War dieses Bindeglied eines der Dinge, auf die Jack gestoßen war? Spielte Marcus Hahn in diesem Fall eine Rolle? Hatte Creedy Jack engagiert, um seine Frau zu beobachten, und war Sheppey dabei auf etwas gestoßen, was mit seinem Auftrag nichts zu tun hatte? Was hatte er mit einem Mädchen wie Thelma Cousins in der Badehütte zu suchen?

Der Kaffee kam, ehe ich auch nur eine einzige Antwort auf diese Fragen fand. Während ich ihn trank, klingelte das Telefon.

Es war Rankin.

»Ich habe gehört, Sie hatten gestern nacht Besuch?«

»Ja.«

»Irgendeine Vermutung, von wem?« fragte der Inspektor.

Ich starrte zur Decke, als ich erwiderte: »Dann hätte ich Candy das schon gesagt. Sheppeys Zimmer wurde genauso durchwühlt, jetzt auch meins.«

»Passen Sie auf, daß Ihnen niemand mit einem Eispicker zu nahe kommt.«

»Die Möglichkeit ist drin.«

»Ich wollte Sie nur noch mal fragen. Sergeant Candy fand nicht das geringste. Haben Sie einen Verdacht?«

»Noch nicht. Ich zerbreche mir gerade den Kopf darüber. Wenn mir was einfällt, rufe ich Sie an.«

Es folgte eine Pause. Dann sagte er: »Ich habe mit dem Geistlichen gesprochen. Hahns Aussage stimmt. Thelma war genau so, wie er es schilderte. Sie ging nicht mit Männern aus, und der Geistliche behauptet, mit einem fremden Mann hätte sie sich nie eingelassen. Davon ist er fest überzeugt.«

»Sie hatte sich aber mit Sheppey verabredet.«

»Ja, das stimmt. Nun, ich werde der Sache nachgehen. Ich versuche auch, dem Eispicker auf die Spur zu kommen.«

»Keine Fingerabdrücke daran?«

»Nein. Einen Eispicker von der Sorte kann man in jedem Haushaltsgeschäft kaufen. Meine Leute erkundigen sich gerade. Wenn ich auf etwas stoße, werde ich Sie unterrichten.«

Ich bedankte mich. Wenigstens zeigte Rankin sich bereitwilliger zur Mitarbeit, als ich erwartet hatte.

Er erinnerte mich noch daran, daß ich zu dem Inquest über den Tod Sheppeys am späten Nachmittag erscheinen müsse, und legte auf.

Ich trank den Kaffee aus und rief dann Ella in meinem Büro an. Ich fragte sie, wie Jacks Frau die Nachricht aufgenommen habe. Sie sagte, für sie wäre es eine peinliche Stunde gewesen, sie glaubte aber, daß Sheppeys Frau inzwischen den ersten Schock überwunden habe.

»Sie muß heute morgen meinen Brief bekommen. Halte den Daumen auf der Kasse, Ella. Ich wette, daß sie sehr bald auftauchen und Geld verlangen wird. Sage ihr, daß ich ihr heute abend einen Scheck schicken werde.«

Ella versprach das zu tun.

Wir redeten noch über geschäftliche Dinge. Es hatten sich zwei Klienten gemeldet. Beide Aufträge klangen einträglich und interessant, aber mir lag in dieser Situation nichts daran, sie zu übernehmen.

»Versuche, ob Corkhill sie auf einer Basis fifty-fifty übernehmen will. Ich bleibe hier, bis diese Geschichte geklärt ist. Wirst du allein fertig?«

»Selbstverständlich.«

Darauf konnte ich bauen. Sie war so klug und geschickt, wie ich von einem Mädchen, das mein Büro in meiner Abwesenheit betreute, nur wünschen konnte.

Wir wechselten noch ein paar Worte, dann versprach ich ihr, in Kürze wieder anzurufen.

Inzwischen war es in dem Zimmer unerträglich heiß geworden.

Die Temperatur setzte mir zu, deshalb entschloß ich mich, an den Strand zu gehen und zu schwimmen, anschließend eine Weile in der Sonne zu liegen, um mich von ihr zu einem Plan inspirieren zu lassen.

Ich zog mich an, suchte meine Badehose aus dem Koffer und stopfte sie in die Tasche. Dann fuhr ich mit dem Lift ins Erdgeschoß.

Brewer, der fette Empfangschef, nahm meinen Schlüssel entgegen.

»Mr. Brandon«, begann er verlegen, »ich fürchte, daß . . .«

»Ich weiß, Sie brauchen mir nichts zu sagen. Die Nachfrage nach Ihren Zimmern ist plötzlich sehr groß, und Sie benötigen mein Zimmer.« Ich lächelte ihm zu. »Ich mache Ihnen keinen Vorwurf daraus. Also gut, ich werde mir was anderes suchen. Lassen Sie mir nur bis heute abend Zeit.«

»Es tut mir leid, aber wir haben eine ganze Reihe Beschwerden erhalten.« Er sah tatsächlich so aus, als ob es ihm leid täte. »Seit Ihrer Ankunft haben wir die Polizei innerhalb von vierundzwanzig Stunden viermal im Hause gehabt.«

»Ja, ich weiß. Ich kann mir vorstellen, was Sie dabei empfinden. Ich werde heute abend ausziehen.«

»Das ist sehr entgegenkommen von Ihnen, Mr. Brandon.«

Ich ging zu meinem Buick und fuhr zum Strand hinunter. Als ich dort ankam, war es gerade zwölf Uhr. Die Menschen begannen sich zu drängeln. Es gelang mir, einen Parkplatz für den Wagen zu finden, wühlte mich zu einer der Badeanstalten durch.

Die Sonnenschirme waren aufgespannt. Männlein und Weiblein bereits beim Spiel.

Ich zog mich um, stieg in der Badehose über muskulöse, gebräunte Körper hinweg, suchte mir zwischen Blondinen, Brünetten und Rothaarigen, die ihre Badekostüme auf ein Minimum beschränkten, meinen Weg, um ans Wasser zu kommen.

In meinem schnellsten Tempo schwamm ich rund 400 Yards weit hinaus. Ich fühlte das Bedürfnis, mich körperlich auszutoben. Dann drehte ich um und schwamm in gelassenem Tempo zurück.

Die Sonne brannte heiß, und auf dem Strand war noch weniger Platz zu finden.

Ich kam aus dem Wasser, blieb stehen, um mich nach einem Plätzchen umzusehen, wo ich mich nicht unbedingt an den Schultern anderer reiben mußte, aber es war nicht leicht. Dann sah ich ein Mädchen, das unter einem blauweißen Sonnenschirm saß und mir winkte.

Sie trug einen weißen Badeanzug und hatte eine übergroße Sonnenbrille auf. Ich erkannte ihr seidiges, blondes Haar, ihre Figur, ihr Gesicht.

Margot Creedy forderte mich auf, ihr Gesellschaft zu leisten.

Ich suchte mir einen Weg über zahllose sonnengebräunte Körper hinweg zu ihr. Sie sah zu mir auf und zeigte das gleiche Lächeln, mit dem sie mich bei unserer ersten Begegnung begrüßt hatte.

»Das ist doch Mr. Brandon, nicht wahr?« fragte sie, und es klang etwas atemlos. »Oder sind Sie nicht Mr. Brandon?«

»Nun, wenn ich es nicht bin, hat sich jemand in meine Haut gestohlen«, antwortete ich. »Und das hinter dieser riesigen Sonnenbrille dürfte wohl Miss Creedy sein.«

Sie lachte und nahm dieses Visier ab. Kein Zweifel, sie war eine ungewöhnliche Schönheit. An ihrer Figur, die in dem Badeanzug geradezu hinreißend war, konnte ich keinen Makel entdecken.

»Wollen Sie sich zu mir setzen, oder sind Sie in Gesellschaft?«

Ich ließ mich direkt neben ihr in den heißen Sand fallen.

Ich antwortete, ich wäre nicht in Gesellschaft, hätte auch keinerlei Verpflichtungen. »Ich danke Ihnen für Ihre Mühe gestern abend. Ich hatte nicht erwartet, daß Sie das für mich tun würden.«

»Zufällig kam ich noch in den Klub.« Sie umschlang ihre Knie und blickte darüber hinweg auf das Meer hinaus. »Außerdem war ich neugierig. An einem Mordfall ist immer nicht nur etwas Entsetzliches, sondern auch etwas Faszinierendes. Finden Sie nicht?« Sie setzte ihre Sonnenbrille wieder auf. Das tat mir leid, denn das Ding war so groß, daß es ihr halbes Gesicht verdeckte. »Ich war fest überzeugt, daß Ihr Freund nicht in dem Klub gewesen war, als Sie mich danach fragten. Ich wollte mir nur bestätigen, daß ich recht hatte. Es ist für Nichtmitglieder sehr schwierig, den Klub zu betreten.«

»Haben Sie heute morgen die Zeitung gelesen?« fragte ich und streckte mich aus. Wenn ich den Kopf drehte, bot sie mir auch aus dieser Stellung noch einen bewunderungswürdigen Anblick.

»Sie meinen den zweiten Mord? Wissen Sie, wer das Mädchen war? War sie diejenige, mit der sich Ihr Freund getroffen hatte, und mit der er zu der Badehütte ging?«

»Stimmt.«

»Alles spricht von ihr.« Sie griff nach ihrer großen Strandtasche und begann in der Art, wie Frauen so etwas tun, darin herumzukramen. »Es ist höchst mysteriös, nicht wahr?«

»Ja. Aber wahrscheinlich gibt es dafür eine ganz einfache Erklärung.« Die Sonnenhitze begann mich zu stören, darum drehte ich meinen Kopf herum und rückte etwas mehr in den Schatten des Schirms. Aus dieser Stellung konnte ich direkt in ihr Gesicht blikken. Und ich hätte es stundenlang tun können. Sie war wirklich eine bewunderungswürdige Schönheit, wahrscheinlich das hübscheste Mädchen, das ich je gesehen hatte.

»Kann sie Selbstmord begangen haben?«

»Möglicherweise, aber es ist sehr unwahrscheinlich. Warum sollte sich jemand mit einem Eispicker erstechen?«

»Aber angenommen, sie tötete Ihren Freund. Vielleicht fand sie es notwendig, für diese Tat zu büßen. In den Zeitungen steht, sie sei sehr fromm gewesen. Vielleicht glaubte sie, die einzige Buße liege darin, in der gleichen Weise zu sterben wie er.«

Das verblüffte mich grenzenlos.

»Gütiger Himmel, haben Sie sich das selbst ausgedacht?«

»Nein. Ich habe mit verschiedenen Leuten darüber gesprochen, und einer von ihnen sagte es, und ich hielt es für möglich.«

»An Ihrer Stelle würde ich mir nicht den Kopf darüber zerbrechen, wie sie starb«, sagte ich. »Das ist eine Aufgabe für die Polizei. Sie hat da draußen am Arrow Point gearbeitet, in dieser Schule für Keramik, wie sie es nennen. Sind Sie je dagewesen?«

»Ja, ich gehe häufig dorthin. Von einigen Plastiken dieses Hahn bin ich sehr begeistert. Er ist wirklich großartig. Vergangene Woche kaufte ich die Statue von einem kleinen Jungen. Sie ist hinreißend.«

»Haben Sie das Mädchen je dort gesehen?«

»Ich kann mich nicht an sie erinnern. Es arbeiten dort so viele Mädchen.«

»Aus allem, was ich hörte, habe ich den Eindruck gewonnen, es sei ein Andenkenladen für Touristen.«

»In gewisser Weise ist es das vielleicht. Aber Hahn hat einen zweiten Raum, in dem seine neuesten und besten Arbeiten stehen. Dort kommen aber nur sehr ausgesuchte Besucher hinein.«

»Dann geht es ihm also ganz gut?«

»Natürlich und völlig zu Recht. Er ist ein großer Künstler.«

Ich sah ihr an, daß sie es ehrlich meinte. Ihre Augen leuchteten vor Begeisterung.

»Ich muß es mir auch mal ansehen. Würden Sie mit mir kommen, Miss Creedy? Ich möchte mir seine guten Sachen gern ansehen. Natürlich komme ich nicht als Käufer in Frage, aber gute Plastik interessiert mich.«

Es entstand eine Pause. Es war mir nicht ganz klar, ob sie zögerte oder nachdachte, oder was sonst war.

»Ja«, sagte sie, »wenn ich das nächste Mal hinfahre, gebe ich Ihnen Bescheid. Wohnen Sie immer noch im Adelphi Hotel?«

»Damit erinnern Sie mich an etwas. Woher wußten Sie gestern abend, als Sie mich anriefen, wo ich wohne?«

Margot Creedy lachte.

Sie hatte wirklich schöne Zähne. Ihr Lachen schickte mir ein Prickeln über den Rücken. Dieses Mädchen begann wirklich, mich zu faszinieren. Etwas Ähnliches hatte ich seit meinem ersten ernsthaften Rendezvous, inzwischen über 15 Jahre her, nicht mehr empfunden.

»Ich fragte Mr. Hammerschult. Sie müssen ihn kennengelernt haben. Er weiß einfach alles. Ich habe ihm nie eine Frage gestellt, die er mir nicht beantworten konnte.«

»Das wunderte mich. Ich fragte mich, woher Sie es wußten. Um aber auf das Adelphi zurückzukommen. Ich werde dort nicht mehr wohnen. Die Polizei ist so oft meinetwegen dort erschienen, daß die Geschäftsführung befürchtet, die anderen Gäste könnten denken, sie hätten ständig die Polizei im Hause. Ich muß mir für heute nacht eine Unterkunft suchen.«

»Das wird nicht leicht werden. Wir haben Hochsaison.«

»Ich muß mich eben umhören.«

Der Gedanke gefiel mir nicht besonders. Im allgemeinen besorgte Jack die Zimmer für uns. Er hatte eine natürliche Gabe zu ahnen, welches Hotel noch Zimmer frei hatte.

»Sie wissen zufällig nicht ein kleineres Hotel, das nicht zu teuer ist?« fragte ich. Dann fiel mir ein, mit wem ich sprach, und ich mußte lachen. »Nein, das ist kaum anzunehmen. Das liegt nicht ganz auf Ihrer Linie, oder?«

»Wie lange beabsichtigen Sie zu bleiben?«

»Bis der Fall aufgeklärt ist. Das kann eine Woche dauern, aber auch einen Monat. Ich weiß es nicht.«

»Können Sie für sich selbst sorgen?«

»Aber ja. Sie glauben doch nicht etwa, daß ich zu Hause viel Personal habe? Wissen Sie denn etwas?«

»Es ist vielleicht nicht das, was Sie suchen, aber ich besitze draußen an der Arrow Bay einen kleinen Bungalow. Ich mußte ihn für zwei Jahre mieten. Ich komme dort kaum hin. Mein Mietvertrag gilt noch für ein Jahr. Wenn Sie wollen, können Sie ihn haben.«

Ich starrte sie an.

»Ist das ein Scherz?«

»Sie können dort wohnen. Er ist möbliert, und Sie finden alles, was Sie brauchen. Ich bin einen Monat oder noch länger nicht mehr draußen gewesen, um mich dort umzuschauen, aber bei meinem letzten Besuch war noch alles in Ordnung. Sie müssen nur die Lichtrechnung begleichen. Für alles andere ist gesorgt.«

»Das ist besonders reizend von Ihnen, Miss Creedy.« Im stillen war ich völlig geschlagen. »Ich nehme es natürlich unbesehen an.«

»Wenn Sie nichts Besseres zu tun haben, können wir heute nach dem Abendessen dorthin gehen. Zum Abendessen bin ich verabredet, aber ab zehn Uhr habe ich Zeit. Ich werde inzwischen das Wasser anschließen und den Strom wieder einschalten lassen und Ihnen den Schlüssel geben.«

»Ehrlich gesagt, Miss Creedy, Sie bringen mich in Verlegenheit. Eine derartige Gefälligkeit für einen völlig Fremden – ich möchte Ihnen wirklich keine Schwierigkeiten machen . . .«

»Es macht mir keine Schwierigkeiten.«

Ich wünschte, ich hätte einen Blick in ihre Augen hinter dieser großen Sonnenbrille werfen können. Ich verspürte plötzlich Neugierde, ihren Ausdruck zu sehen. Etwas in ihrer Stimme verriet mir, daß mir einiges entging, weil ich nicht ihre Augen sah.

Sie blickte auf ihre Uhr.

»Ich muß jetzt gehen. Ich bin mit Daddy zum Essen verabredet, und er haßt es, wenn man ihn warten läßt.«

»Erzählen Sie ihm lieber nicht, daß Sie mir eine Unterkunft beschafft haben«, sagte ich und stand auf, während sie ein kurzärmeliges Kleid über ihren Badeanzug streifte. »Ich habe den Verdacht, daß ich nicht gerade zu seinen Günstlingen gehöre. Er könnte es Ihnen ausreden wollen.«

»Ich sage Daddy nie etwas. Wollen Sie mich um zehn Uhr vor dem Musketeer Club treffen? Wir fahren dann zu dem Bungalow.«

»Ich werde pünktlich da sein.«

»Okay, bis dahin.«

Wieder zeigte sie das Lächeln, das es in sich hatte.

Sie ging über den Sand davon, und ich stand da und blickte ihr nach.

Ich hatte immer gedacht, ich wäre längst darüber hinaus, wegen eines Mädchens den Kopf zu verlieren. Aber als ich ihre Bewegungen beobachtete, das leichte Wiegen ihrer Hüften und die Art, wie sie ihren Kopf hielt, da kribbelte es unter meiner Haut.

*

Nach einem flüchtigen Mittagessen kehrte ich ins Hotel zurück und packte meine Koffer. Ich veranlaßte Joe, den Hausdiener, dafür zu sorgen, daß Sheppeys Besitz an seine Frau geschickt wurde. Dann schrieb ich ihr einen kurzen Brief und fügte einen Scheck über 400 Dollar bei, betonte aber, daß der Betrag von ihrer endgültigen Abfindung abgezogen werden würde.

Inzwischen war es Zeit geworden, daß ich zu dem Inquest gehen mußte. Ich hatte mein Gepäck in dem Buick untergebracht und meine Rechnung bezahlt. Brewer entschuldigte sich noch einmal, doch ich winkte lächelnd ab.

Ich ging in Greaves' Büro. Er polierte gerade seine Schuhe mit einem Lappen.

»Kommen Sie zu dem Inquest?« fragte ich.

»Ich bin vorgeladen.« Er warf den Lappen in seine Schreibtischschublade, schob seine Krawatte gerade und griff nach dem Hut. »Nehmen Sie mich mit in die Stadt, oder muß ich mit dem Bus fahren?«

»Selbstverständlich nehme ich Sie mit. Kommen Sie.«

Auf der Fahrt zur Dienststelle des Coroners fragte ich ihn, ob er sich die Leiche von Thelma Cousins angesehen habe.

»Ich wurde nicht dazu aufgefordert«, antwortete er. »Rankin hat für mich keine Zeit. Aber Brewer sah sie. Das ist doch zum Lachen, was? Er wäre nicht in der Lage, seine eigene Mutter zu identifizieren, wenn man sie ihm auf dem Tisch der Leichenkammer zeigen würde. Ich will nicht sagen, daß es leicht ist, dieses Mädchen zu identifizieren. Mit dem Hut und der Sonnenbrille, die es trug, sah es wie jede andere in einer dunklen Perücke aus.«

Ich erwähnte nicht, daß er sich mit der Perücke irrte. Er war nicht der Typ, dem man sagen konnte, daß er einen Irrtum beging.

Bei der Verhandlung waren nur neun Personen anwesend. Fünf von ihnen waren offensichtlich die Nichtstuer, die man immer bei Inquests findet, aber die vier anderen zogen meine Aufmerksamkeit auf sich.

Eine von ihnen war ein Mädchen mit einer randlosen Brille und dem harten, undurchdringlichen Gesicht der tüchtigen Sekretärin. Sie wirkte in ihrem grauen Leinenkleid mit dem weißen Kragen und Manschetten elegant. Sie saß hinten im Saal und stenografierte den Verlauf der ganzen Verhandlung sicher und gewandt mit.

Dann war ein jüngerer Mann in einem weit geschnittenen, perlgrauen Anzug anwesend. Seine blonde Mähne war an verschiedenen Stellen mit einer Brennschere behandelt worden. Eine Sonnenbrille verdeckte seine Augen völlig. Er saß auf der Seite im Saal und sah sich um, als fühle er sich geistig besonders überlegen. Hin und wieder gähnte er.

Die beiden anderen, die mir auffielen, waren zwei untadelig gekleidete, glänzende, glatte, gutgenährte Männer. Sie saßen dem Coroner gegenüber. Ich hatte bemerkt, daß er ihnen zunickte, als er den Saal betrat, und ebenso, als er ihn schließlich wieder verließ.

Den Coroner schien das ganze Verfahren ziemlich zu langweilen. Er hetzte mich durch meine Aussage, hörte mit einem abwesenden Blick in den Augen Brewers gestammelten Erklärungen zu, rief Greaves überhaupt nicht auf und fertigte den Wärter der Badeanstalt kurz ab.

Erst als Rankin vortrat, um auszusagen, daß die Polizei noch Ermittlungen anstellte und er um eine Vertagung von einer Woche bäte, wurde der Coroner halbwegs menschlich. Er stimmte hastig dem Vertagungsantrag zu und verschwand schnell durch die Tür hinter seinem Sessel.

Nachdem ich meine Aussage gemacht hatte, war ich zu meinem Platz neben Greaves zurückgekehrt. Ich fragte ihn, ob er wüßte, wer die beiden geleckten, dicken Männer wären.

»Sie sind von Hesketh' Büro«, erklärte er mir. »Der größte und gerissenste Rechtsanwalt an der pazifischen Küste.«

»Bearbeitet er Creedys Fälle?«

»Außer ihm wäre dazu keiner angesehen genug.«

»Und wer ist der blonde Affe da drüben mit dem Bleistift an der Nase?«

Greaves zuckte mit den Achseln.

»Und das Mädchen dahinten?«

»Keine Ahnung.«

Sobald der Coroner den Saal verlassen hatte, zog sich der Blonde zurück, ohne mehr Aufsehen zu erregen als Wasser, das durch einen Abfluß fließt.

Die beiden Dicken kamen zu Rankin und sprachen etwa eine Minute mit ihm, ehe sie gingen. Während ich sie beobachtete, verschwand das Mädchen in Grau, ohne daß ich es bemerkte.

Greaves wollte mit dem Bus zurückfahren und hoffte, mit mir in Verbindung zu bleiben. Wir schüttelten uns die Hände, und er zog los.

Dann gingen auch die beiden Dicken fort, und damit waren Rankin und ich allein im Saal.

Ich trat zu ihm.

»Irgend etwas Neues?« fragte ich.

»Nein.« Er sah irgendwie unglücklich aus. »Noch nicht. Ich kann nichts über den Eispicker feststellen.« Er zog eine Zigarette aus der Tasche und fummelte damit herum. »Wir forschen jetzt dem Herkommen und dem Vorleben dieses Mädchens nach. Vielleicht war es ein stilles Wasser.«

»Glauben Sie? Wie wäre es, wenn Sie sich um Creedys Hintergründe kümmerten? Das könnte sich lohnen. Waren die beiden hier, um seine Interessen zu wahren?«

»Sie kamen nur her, um sich die Zeit zu vertreiben. Sie haben jetzt einen Termin und waren früher da als nötig.«

Ich lachte. »Haben sie ihnen das gesagt? Sie sind doch nicht etwa darauf reingefallen?«

»Ich habe keine Zeit, mich hier mit Ihnen zu unterhalten. Meine Arbeit wartet«, antwortete er knapp.

»Sahen Sie den blonden Jüngling in dem grauen Anzug? Wissen Sie, wer das ist?«

»Er arbeitet in der Schule für Keramik«, erwiderte Rankin, ohne mich anzusehen.

»Das ist interessant. Was suchte er denn hier?«

»Vielleicht hat Hahn ihn geschickt. So, für mich wird's jetzt Zeit.«

»Wenn Sie mich brauchen, ich wohne am Arrow Point, habe mir dort einen kleinen Bungalow beschafft.«

Er warf mir einen überraschten Blick zu.

»Am Arrow Point gibt es nur einen Bungalow. Ich dachte, er gehört Margot Creedy.«

»Tut er auch. Ich habe ihn von ihr gemietet.«

Wieder starrte er mich an, wollte etwas sagen, überlegte es sich aber, nickte mir zu und verließ den Raum.

Ich folgte ihm kurz darauf und ging zu meinem Buick.

Es war halb fünf. Ich fragte einen Polizisten, der am Rande des Bürgersteiges seine Nase in die Luft reckte, nach der Redaktion des *Couriers.* Er erklärte mir den Weg, als ob er mir einen persönlichen Gefallen täte.

Gegen 16.45 Uhr erreichte ich den *Courier.* Dem Mädchen an der Anmeldung sagte ich, daß ich Ralph Troy zu sprechen wünschte. Ich gab ihr meine Geschäftskarte, und nachdem ich fünf Minuten gewartet hatte, führte sie mich durch einen Gang in ein kleines Büro, in dem ein Mann, die Pfeife im Mund, hinter einem überladenen Schreibtisch saß. Er war groß, hatte ergrauendes Haar, ein kräftiges Kinn und lichtgraue Augen. Er stieß mir über den Schreibtisch eine Pranke entgegen.

»Nehmen Sie Platz, Mr. Brandon. Ich habe von Ihnen gehört. Holding rief mich an und sagte, Sie würden wahrscheinlich zu einer Unterhaltung zu mir kommen.«

Ich setzte mich.

»Im Augenblick gibt es noch nicht viel zu erzählen, Mr. Troy, aber ich wollte mich mit Ihnen bekannt machen. Vielleicht habe ich in nächster Zeit etwas für Sie. Man sagte mir, wenn ich Ihnen Tatsachen lieferte, würden Sie die drucken.«

Mit einem breiten Lächeln zeigte er mir kräftige, weiße Zähne.

»Deshalb keine Sorge. Mein Ziel ist es, die Wahrheit zu drucken und nur die Wahrheit, und das ist der einzige Grund, weshalb unsere Zeitung noch erscheint. Ich bin froh, daß Sie kommen. Ich wollte Sie über den Stand der Dinge bei uns informieren. Holding haben Sie sich angehört, jetzt bin ich an der Reihe.« Er lehnte sich in seinem Sessel zurück, blies Rauch gegen die Decke und fuhr dann fort: »In einem Monat wird bei uns die Stadtverwaltung neu gewählt. Die alte Gruppe, die jetzt seit fünf Jahren an der Macht ist, muß entweder wiedergewählt werden, oder sie geht unter. Und damit meine ich genau das, was das Wort besagt. Die einzige Möglichkeit für diese Burschen, am Leben zu bleiben, besteht darin, ihre Finger weiter im Kuchen zu haben. Wenn man ihnen den Kuchen nimmt, sind sie fertig.

St. Raphael City ist eine der Städte an der pazifischen Küste, in denen das meiste Geld gemacht wird. Selbst ohne Schwindelgeschäfte würde hier noch Geld verdient. Es ist eine Stadt der reichen Männer. Bei uns gibt es alles. Außer Miami hat keine andere Stadt einem Millionär so viel zu bieten. Die Stadt ist in den Händen dunkler Geschäftemacher. Creedy könnte sie nicht raushalten, selbst wenn er es wollte, obwohl er die halbe Stadt besitzt. Wie die Dinge nun einmal liegen, ist es ihm völlig gleichgültig, solange es sich für ihn lohnt. Er ist kein schlechter Mensch, Mr. Brandon, glauben Sie das ja nicht. Ich will nicht sagen, daß er nicht geldgierig wäre. Er will von seinem Geld einen Profit. Wenn durch die finsteren Ehrenmänner der Wert seines Besitzes erhöht wird, hat er da nichts gegen einzuwenden. Solange das Kasino, das Spielschiff, die verschiedenen Nachtklubs, die fünf Kinos, das Theater und die Oper, die er alle finanziert hat, einen Gewinn abwerfen, zerbricht er sich nicht den Kopf darüber, daß auch die Dunkelmänner, Betrüger, Vorbestrafte, Rauschgifthändler und Zuhälter ihren Schnitt machen. Ihn kümmern sie nicht, und sie sind schlau genug, das zu wissen. Diese Stadt ist von Laster und Korruption durchsetzt. Es gibt kaum einen Beamten in der Verwaltung, der nicht von irgendeiner Seite an einem Gewinn beteiligt ist.«

»Und Richter Harrison beabsichtigt, das alles abzuschaffen?« fragte ich.

Troy wiegte seinen Kopf.

»Das ist das, was Richter Harrison versprochen hat für den Fall, daß er gewählt wird. Aber selbstverständlich wird er es nicht tun. Ich will nicht bezweifeln, daß dem Schein nach gesäubert werden wird. Das kommt bestimmt. Eine Reihe kleinerer Dunkelmänner fliegt raus. Es wird etwas gejubelt werden und sehr viel geschwätzt. Und wenn dann ein Monat vorüber ist, werden die Großen ihre

Muskeln anspannen, und alles wird wieder so sein wie vorher. Der Richter wird feststellen, daß sein Bankkonto auf mysteriöse Weise aufgestockt wurde. Von irgend jemand bekommt er einen Cadillac. Er wird feststellen, daß es viel einfacher ist, die Dinge laufen zu lassen, als sich einzumischen. Statt Creedy lies Harrison. Im übrigen wird alles so sein wie vorher. Es liegt am System, nicht an den Menschen. Ein Mann kann durchaus ehrlich sein, aber sobald das nötige Geld geboten wird, ist er käuflich. Ich will nicht behaupten, daß jeder Mensch käuflich ist, aber von Harrison weiß ich es nur zu genau.«

»Bisher glaubte ich, Creedy sei der Boß von allen dunklen Geschäften. Wenn er das nicht ist, wer dann?«

Troy stieß Rauch aus, ehe er antwortete: »Der Mann, der sich Creedys Geld zunutze macht und tatsächlich die Stadt regiert, ist Cordez, der Besitzer des Musketeer Club. Das ist unser Mann. Und er wird bleiben, wenn Creedy im Hintergrund verschwindet und Harrison an die Spitze kommt. Niemand weiß sehr viel über ihn, und der ein natürliches Talent dafür besitzt, aus jedem Schwindelgeschäft Geld zu schlagen. Wenn Creedy die große Geschäftswelt darstellt, dann ist Cordez das große Schwindelgeschäft. Geben Sie sich aber keinem Irrtum hin. Im Vergleich zu Cordez ist Creedy arglos wie ein Abendlied. Wenn irgend jemand Cordez den Boden unter den Füßen wegziehen könnte, wäre unsere Stadt die Schwindelunternehmen und Banditen los. Aber dazu ist keiner groß genug.«

»In einem Punkt möchte ich klarsehen. Der Musketeer Club ist nicht Cordez' einzige Trumpfkarte?«

Mit einem grimmigen Lächeln schüttelte Troy den Kopf.

»Natürlich nicht. Er benutzt Creedys Geld, um selbst Geld zu machen. Nehmen Sie zum Beispiel das Kasino. Creedy finanzierte den Bau und bekommt die Pacht für das Haus. Aber Cordez bekommt auch fünfundzwanzig Prozent als Bezahlung für den Schutz. Creedy finanzierte das Spielschiff. Er rechnete damit, daß es Touristen anziehen würde. Die Rechnung stimmt, aber auch hier kassiert Cordez seine fünfundzwanzig Prozent. Wenn die Zahlung einmal nicht eingehen würde, explodiert auf dem Schiff eine Bombe. Da diejenigen, die das Schiff und das Kasino betreiben, das wissen, zahlen sie.«

Ich saß eine ganze Weile da und verdaute, was ich gerade gehört hatte. Es war nichts Neues daran. Das gleiche geschieht in New York, in Los Angeles, San Franzisko und überall.

In 36 Stunden schien ich von Jacks plötzlichem Tod in einer stikkigen kleinen Badehütte bis zu diesem Punkt einen weiten Weg zurückgelegt zu haben.

Hatte er etwas entdeckt, das Cordez festnagelte? Sheppey hatte eine gute Nase besessen, um Dinge dieser Art aufzuspüren. Ich dachte an den Eispicker, dessen Spitze zu Nadelschärfe geschliffen worden war: die Waffe eines Gangsters.

»Ich wollte Ihnen ein richtiges Bild geben«, sagte Troy. »So ist die Lage. Und noch etwas. Hüten Sie sich vor diesem Holding. Er ist so vertrauenswürdig wie eine Klapperschlange. Nicht mehr und nicht weniger. Solange Sie sein Spiel spielen, ist er Ihr Freund. Aber bei dem geringsten Abweichen von seiner Linie werden Sie sich wundern, was Sie plötzlich trifft. Also passen Sie auf.«

Ich versprach ihm das und erzählte ihm dann von der möglichen Verbindung zwischen Creedy und Sheppey. Ich informierte ihn über alle Tatsachen und berichtete ihm auch über die mysteriösen Streichhölzer.

»Ich wette, daß Creedy ihren ehemaligen Partner für einen Auftrag, wie seine Frau beobachten oder etwas Derartiges, engagierte. Und daß Sheppey auf etwas Wichtiges stieß, das mit Creedy nichts zu tun hat«, sagte ich. »Ich kann mich irren, aber ich kann mir nicht vorstellen, daß ein Mann wie Creedy jemanden ermorden läßt.«

Troy nickte.

»Sie haben recht. Das würde er nicht tun. Er könnte jemanden verprügeln lassen, der ihm in den Weg gerät, aber Mord scheidet aus.« Er lehnte sich in seinem Sessel zurück. »An der Geschichte ist allerhand dran. Aber noch nichts, was wir drucken können. Wenn wir weiterwühlen, finden wir vielleicht etwas Handfestes.« Er blickte auf seine Uhr. »Ich habe viel zu tun, Mr. Brandon, und muß weitermachen. Ich will Ihnen etwas sagen. Ich werde den jungen Hepple darauf ansetzen. Er ist einer meiner besten Leute. Sie können ihn einsetzen, wann und wie Sie wollen. Er hat eine Gabe, Informationen zu beschaffen. Scheuen Sie sich nicht, ihm etwas aufzuladen. Das bekommt ihm gut. Zunächst einmal kann er sich um Hahns Vorleben kümmern. Dieser Vogel scheint nicht ganz sauber zu sein.«

»Ich werde ihn morgen anrufen und mich mit ihm unterhalten. Hepple heißt er, sagten Sie?«

»Ja, Frank Hepple.«

»Ich werde ihn anrufen.« Ich stand auf. »Sie kennen wohl niemand, der Mitglied des Musketeer Clubs ist, oder?«

»Ich?« Troy lachte. »Aussichtsloser Fall.«

»Ich möchte gern hinein und mich dort einmal umsehen.«

»Machen Sie sich keine Hoffnung. Da kommt keiner rein, der nicht Mitglied ist oder von einem Mitglied eingeführt wird.«

»Also gut. Wir bleiben in Verbindung. Mit ein bißchen Glück habe ich in ein oder zwei Tagen etwas für Sie.«

»Wenn es sich dabei um Creedy handelt, müssen es harte Tatsachen sein. Alles andere reicht nicht aus«, sagte Troy und beugte sich über seinen Schreibtisch, um mich fest anzusehen. »Ich kann mir eine Verleumdungsklage von ihm nicht leisten. Er kann unser Blatt vernichten.«

»Wenn Sie von mir etwas über Creedy bekommen, sind es solide Tatsachen«, sagte ich.

Wir schüttelten uns die Hände, und ich verließ ihn.

Endlich hatte ich jemanden, auf den ich mich verlassen konnte. Das war ein tröstliches Gefühl.

*

Von einem Verkehrspolizisten erfuhr ich, daß sich der Musketeer Club im obersten Stockwerk des Ritz Plaza Hotels befand, und das überraschte mich sehr. Ich hatte mir vorgestellt, daß der Klub in einem prunkvollen Palast auf eigenem Grundstück untergebracht wäre.

»Soll das heißen, daß der Klub nur aus ein paar Räumen der obersten Etage des Hotels besteht?« fragte ich. »Ich dachte immer, er sei das Taj Mahal von St. Raphael City.«

Der Polizist nahm seine Mütze ab, wischte sich über die Stirn und blinzelte mich an.

»Das Taj was?« fragte er verwirrt. »Wie haben Sie das Ding genannt?«

»Ich war überzeugt, er hätte sein eigenes Haus auf eigenem Grundstück und sei eine Art Palast.«

»Ich kann nichts dafür, was Sie denken. Er ist im fünfundzwanzigsten Stock und hat einen Dachgarten. Aber weshalb fragen Sie danach? Sie werden doch nicht reingelassen, ebensowenig wie ich.«

Ich bedankte mich und ging zum Buick zurück. Hinter dem Steuer blieb ich sitzen und überlegte eine Weile. Dann erinnerte ich mich, daß Greaves einmal gesagt hatte, er wäre Hausdetektiv im Ritz Plaza gewesen. Vielleicht konnte er mir einen Tip geben, wie ich in den Klub gelangte.

Ich fuhr zum nächsten Drugstore und rief ihn an.

»Wenn Sie ein paar Minuten Zeit haben, könnten Sie mir helfen«, sagte ich und hörte durch das Telefon sein schnaufendes Atmen. »Können Sie mich irgendwo treffen? Ich gebe Ihnen ein Bier aus.«

Er schlug vor, daß ich ihn in einer halben Stunde in Al's Bar an der Third Street erwarten sollte.

Ich fuhr zur Third Street, ließ den Wagen auf einem Parkplatz, suchte Al's Bar und trat ein.

Es war eins dieser intimen Lokale mit Nischen. Ich setzte mich in die letzte an der Wand, so daß ich den Eingang sah, bestellte ein Bier und fragte den Keeper, ob er für mich eine Abendzeitung hätte.

Er brachte mir das Bier und die Zeitung.

Sie enthielt einen Bericht über den Inquest und ein Foto von Rankin, auf dem er wie Sherlock Holmes aussah, nachdem er sich gerade eine Spritze in den Arm verpaßt hatte. Auf der Rückseite fand ich ein Bild von Thelma Cousins. Die Unterschrift besagte, daß die Polizei ihre Ermittlungen über den zweiten mysteriösen Mord in der Badeanstalt am Bay Beach weiterführte.

Während ich das Foto betrachtete, traf Greaves ein und ließ seinen massiven Körper auf die Bank mir gegenüber plumpsen.

Nachdem ich ihm ein Bier bestellt hatte, sagte ich ihm, ich beabsichtigte, mir um jeden Preis Einlaß in den Musketeer Club zu verschaffen, und fragte ihn, wie ich das machen konnte.

Er sah mich an, als ob er mich für verrückt gehalten hätte.

»Das ist ebenso aussichtsreich wie ein Versuch, ins Weiße Haus einzubrechen«, antwortete er.

»Davon bin ich überzeugt. Wie ich erfahren habe, befindet sich der Klub in der obersten Etage des Ritz Plaza. Da Sie in dem Hotel gearbeitet haben, müßten Sie wissen, wie der Klub liegt.«

Greaves schluckte die Hälfte seines Biers hinunter, stellte das Glas ab und wischte sich mit dem Handrücken über den Mund.

»Das nützt Ihnen gar nichts. Er nimmt die ganze oberste Etage ein und hat zwei eigene Fahrstühle. Wenn man in das Hotel kommt und durch die Halle und den Gang links geht, erreicht man am Ende des Ganges eine Gittertür, die von zwei Gorillas bewacht wird, die alles wissen, was sie wissen müssen. Wenn sie das nicht täten, würden sie ihren Job keine fünf Minuten behalten. Sie öffnen die Gittertür nur dann, wenn sie die Besucher kennen. So und nicht anders ist das. Ist Ihnen einer bekannt, dann machen sie auf, und der Betreffende muß sich in einem Buch einschreiben. Dann werden sie in einem der Fahrstühle nach oben gebracht. Was dann passiert, weiß ich nicht, weil ich selbst nie oben gewesen bin. Und wenn sie einen nicht kennen, dann machen sie auch nicht auf. Also lassen Sie das, Sie vergeuden Ihre Zeit.«

»Gibt es da oben ein Restaurant?«

»Natürlich. Es gilt als eines der besten im ganzen Land. Ich kann das nicht beurteilen, denn ich habe da nie gegessen. Aber was hat das damit zu tun?«

»Erzählen Sie mir nicht, daß sie Ochsenviertel und Fischkisten durch die Hotelhalle da hinaufschaffen. Das kaufe ich Ihnen einfach nicht ab.«

Er rieb seine fettige Nase an seinem Bierglas.

»Wer hat das behauptet? Sie werden durch den Lieferanteneingang des Hotels versorgt. Er liegt auf der Rückseite in einer Seitengasse. Das Hotel hat seine Küche im zehnten Stock, weil da auch die Speiseräume und das Restaurant liegen. Ich weiß nicht, wie der Klub seine Lieferungen erhält, aber ich habe gesehen, daß Waren geliefert wurden und die Leute, die sie brachten, mit hinauffuhren.«

Ich lächelte. »Darauf hatte ich gehofft. Wenn ich ein Paket hinaufbringen könnte, finde ich vielleicht die Möglichkeit, mich oben umzusehen. Sie kennen nicht zufällig irgendeinen Angestellten, der sich dazu überreden ließe, mir zu helfen? Wenn es sein muß, lasse ich mich das fünfzig Dollar kosten.«

Greaves überlegte lange, leerte dann sein Bier, ehe er sagte: »Sie riskieren Ihren Hals, aber ich kenne einen, der dort gearbeitet hat. Harry Bennauer. Ich weiß nicht, ob er noch da ist. Er war vierter Barmann oder so was und ständig pleite. Er riskierte zuviel beim Rennen. Ich habe nie einen gekannt, der so wild gewettet hat. Es sollte mich nicht überraschen, wenn er bereit wäre, zu helfen.«

»Versuchen Sie es mal«, forderte ich ihn auf. »Stellen Sie fest, ob er noch da ist, und fragen Sie ihn, ob er bereit ist, sich leicht fünfzig Dollar zu verdienen. Wenn er interessiert ist, dann sagen Sie ihm, daß ich mit dem Lastenfahrstuhl genau um sieben Uhr komme.«

Greaves brütete darüber. Es war ihm anzusehen, begeistert war er von der Idee nicht.

»Sie wissen nicht, was Sie riskieren. Bennauer könnte Sie verraten. Es kann sein, daß ein Empfangskomitee auf Sie wartet. Und soviel ich von den Rausschmeißern in dem Klub gehört habe, arbeiten die nicht mit Samthandschuhen. Die können Sie ziemlich hart aufs Kreuz legen.«

»Das wird dann mein Begräbnis. Los, versuchen Sie es.«

Greaves zuckte mit den Achseln, stand auf und ging zu der Reihe Telefonzellen. Während er eine davon betrat, bestellte ich eine zweite Runde Bier.

Er sprach etwa fünf Minuten lang, kam dann zurück und setzte sich wieder.

»Ich habe ihn überredet. Er sagte mir, er sei augenblicklich so blank, daß er für fünfzig Dollar seine Frau verkaufen würde. Soweit es ihn betrifft, geht das Geschäft also in Ordnung. Es liegt jetzt bei Ihnen. Ich würde ihm nicht weiter trauen, als man ihn werfen kann. Noch nicht mal so weit. Er könnte zum Manager gehen und Sie an ihn für fünfzig Dollar verkaufen.«

»Und wenn schon. Sie können mich deswegen nicht umbringen, höchstens rausschmeißen. Und das geht so leicht nicht. Haben Sie ihm gesagt, um wieviel Uhr?«

Greaves nickte.

»Er wartet auf Sie am Fahrstuhl. Vermutlich hintergeht er Sie. Wahrscheinlich kommen Sie nicht mal durch die Fahrstuhltür. Sobald er sein Geld hat, müssen Sie damit rechnen, daß er Ihnen in den Rücken fällt.«

»Solange ich nicht gesehen habe, was ich sehen will, bekommt er es nicht.« Ich blickte auf meine Uhr. Es war zwanzig nach sechs. »Sie wissen nicht, was ich mit hinaufnehmen könnte, für den Fall, daß mir jemand über den Weg läuft?«

Er konzentrierte seinen Verstand auf dieses Problem. Nachdem der Detektiv sich eine Weile damit abgegeben hatte, sagte er: »Warten Sie hier, ich will einen Versuch machen.«

Er trank sein Bier aus, schob sich aus der Nische und verließ das Lokal.

Ich wartete, blätterte in der Zeitung und fragte mich, was mir wohl bevorstand.

Innerhalb einer halben Stunde war er zurück.

Unter dem Arm trug er ein Paket in braunem Papier, setzte sich wieder mir gegenüber und streckte mir seine geöffnete Hand hin.

»Sie schulden mir zwanzig Dollar.«

Ich zog meine Brieftasche, trennte mich von vier Fünfdollarnoten und fragte: »Und was bekomme ich dafür geliefert?«

Er stellte das Paket auf den Tisch.

»Ich kenne einen Spirituosenhändler, der den Klub beliefern möchte. Es ist aussichtslos, aber dahinter ist er scheint's noch nicht gekommen. Ich machte ihm weis, Sie könnten eine Probeflasche von dem Zeugs bei der Klubdirektion anbringen. Das ist sie.« Er klopfte auf das Paket. »Aber versuchen Sie um Gottes willen nicht, es zu trinken. Das Zeug brennt Ihnen Blasen so groß wie Tomaten, wenn Sie es versuchen.« Er griff in seine Westentasche und legte eine Karte auf den Tisch. »Das ist eine Geschäftskarte. Alles Weitere ist Ihre Sache.«

Ich nahm die Karte und schob sie in meine Brieftasche.

»Genau das, wonach ich gesucht habe. Vielen Dank. Aber wenn ich wirklich gehen will, ist es jetzt Zeit.«

»Wenn ich hinter dem Ritz Plaza einen Fleischklumpen mit eingeschlagenem Schädel finde, weiß ich, daß Sie es sind«, sagte Greaves besorgt. »Sind Sie versichert?«

»Keine Sorge um mich«, antwortete ich und nahm das Paket. »Ich war schon in vielen Gegenden, wo es hart zugeht.«

»Aber nicht so hart wie da, Bruder«, entgegnete Greaves nachdrücklich. »Da machen Sie sich mal nichts vor.«

*

Den Lieferanteneingang des Hotels bewachte ein dicker, älterer Typ. Er betrachtete mich mürrisch, als er mich sah.

»Geht es hier zum Musketeer Club?« fragte ich und blieb vor ihm stehen.

»Schon möglich. Was geht das Sie an?« brummte er.

Ich hielt ihm die Geschäftskarte unter die Nase und ließ ihm Zeit, sie zu entziffern.

»Ich bin mit demWeinkellner verabredet. Großes Geschäft, Alter. Sie halten unser Wirtschaftsleben auf.«

Er grinste mißvergnügt und deutete mit dem Daumen über die Schulter.

»Da ist der Fahrstuhl. Bis ganz nach oben.«

Ich stieg in den Fahrstuhl, drückte auf den mit »Musketeer Club« bezeichneten Knopf, lehnte mich an die Wand, während ich in die Stratosphäre hinaufgezogen wurde. Es dauerte einige Zeit. Es war ein Lastenfahrstuhl, nichts an ihm erinnerte an das Düsenzeitalter.

Während es aufwärts ging, schob ich die Rechte unter meine Jacke und berührte den Griff der .38er, die ich angelegt hatte, bevor ich das Hotel verließ. Die Berührung mit dem kalten Stahl der Waffe gab mir etwas Sicherheit.

Es schien Ewigkeiten zu dauern, bis der Lift endlich hielt und die Tür mit einem Klicken zurückglitt. Meine Armbanduhr zeigte mir, daß es genau sieben war.

Mir gegenüber in der kleinen, mit aufgestapelten Holzkisten gefüllten Halle stand, eine Zigarette zwischen den dünnen Lippen, die Figur, die Greaves mir vermittelt hatte, und wartete: Harry Bennauer. Er war ein Exemplar in Kleinformat, trug eine weiße Jacke und eine schwarze Hose. An seinem Gesicht war etwas, daß jeder Kopfjäger aus Borneo ihn voller Stolz in seine Sammlung aufgenommen hätte. Die tiefliegenden Augen, die dünnen Lippen, die aufgeworfenen Nasenlöcher waren fesselnd, aber kaum schön.

Ich trat aus der Kabine und lächelte ihm zu.

»Kommen Sie mit dem Zaster über, Mann«, sagte er, »und machen Sie schnell!«

Ich zog fünf Fünfdollarnoten und hielt sie ihm hin.

Er krauste seine Stirn.

»Was soll das? Greaves sagte fünfzig.«

»Greaves hat auch gesagt, Ihnen könne man nicht trauen, Freund«, antwortete ich. »Die Hälfte jetzt, die andere Hälfte nachher. Ich will mich hier mal umsehen. Wenn ich wieder gehe, kassieren Sie den Rest.«

»Wenn Sie durch diese Tür gehen, laufen Sie dickem Ärger in die Arme«, sagte er und schob das Geld schnell in seine Hüfttasche.

»Sie sind der Mann, der mir den Ärger aus dem Weg räumt«, konterte ich. »Was glauben Sie, wofür Sie die fünfzig Dollar bekommen? Ist da drin denn irgend jemand?«

»Jetzt noch nicht, aber es dauert keine zehn Minuten mehr. Der Chef ist in seinem Büro.«

»Cordez?«

Er nickte.

»Ist der Weinkellner schon da?«

»Auch in seinem Büro.«

»Also gut, Sie gehen vor, ich komme hinterher. Wenn wir jemandem in die Arme laufen, dann bin ich hier, weil ich eine Verabredung mit dem Weinkellner habe. Ich habe hier eine Probe für ihn.«

Bennauer zögerte. Ich merkte, daß ihm die Geschichte nicht gefiel. Aber er wollte die anderen 25 Dollar. Seine Geldgier trieb ihn also.

Er ging durch die Tür. Ich gab ihm ein paar Sekunden Vorsprung, dann folgte ich. Er ging durch einen Gang zu einer anderen Tür und in eine große Cocktaildiele, die sich wirklich sehen lassen konnte. Sie hatte die bestbestückte Bar, die mir je vor Augen gekommen war. Die Diele bot Platz für rund 300 Personen. Die Theke in der Form eines langgezogenen S erstreckte sich über zwei Wände. Der Fußboden war aus schwarzem Glas. Die Hälfte des Raumes hatte kein Dach, über mir konnte ich die Sterne sehen. Die angrenzende Terrasse bot einen Blick auf die See und die zehn Meilen lange Promenade. In riesigen Kübeln wuchsen Bananenstauden und Palmen. Die Decke und die Wände waren von rankenden Pflanzen mit einer Fülle roter, rosa und orangenfarbener Blüten verdeckt.

Ich erreichte Bennauer wieder neben einem der Palmkübel.

»Die Büros liegen dort«, sagte er und deutete auf eine Tür hinter der Bar. »Das Restaurant ist da drüben. Was wollen Sie sonst sehen?«

»Ich möchte mir gern ein Souvenir mitnehmen. Geben Sie mir einige von den Streichholzbriefchen, die hier verteilt werden.«

Er sah mich an, als ob er mich für verrückt hielte, aber ging hinter den Tresen und zog eine Handvoll Streichholzbriefchen hervor.

»Ist das alles, was Sie hier haben?«

»Wie meinen Sie? Das sind Streichhölzer, oder nicht? Danach haben Sie doch gefragt?«

»Gibt es noch eine andere Sorte, die nur vom Chef verteilt wird?«

»Was soll der Quatsch?« Sein Gesicht begann vor Schweiß zu glänzen. »Wenn man Sie hier findet, verliere ich meine Stellung.

Nehmen Sie die verdammten Streichhölzer und verschwinden Sie!«

»Besteht die Chance, einen Blick in die Büros zu werfen? Ich würde mich das weitere fünfzig Dollar kosten lassen.«

Ich konnte erkennen, daß er ziemlich nervös geworden war.

»Sie sind verrückt. Machen Sie, daß Sie rauskommen!«

Dann öffnete sich die Tür hinter der Bar, die, von der Bennauer gesagt hatte, daß sie zu den Büros führte, und ein Fettwanst in einem weißen Jackett mit einem Abzeichen in Form einer prächtig gestickten Weintraube – also der Weinkellner – erschien auf der Bildfläche.

Er war ein südländischer Typ mit dickem, stark geöltem Haar und einem dünnen, langgezogenen Schnurrbart. Seine Blicke schossen zwischen mir und Bennauer hin und her, und seine Gesichtsmuskeln strafften sich unter der Fettschicht.

Bennauer verlor nicht völlig den Kopf. Er sagte: »Da ist ja Mr. Gomez. Es ist unerhört, daß Sie eingedrungen sind, ohne sich vorher angemeldet zu haben.« Er wandte sich an Gomez. »Der Mann hier will Sie sprechen.«

Ich sah dem Jumbo mit einem unterwürfigen Lächeln entgegen.

»Würden Sie mir einen Augenblick Ihrer wertvollen Zeit opfern, Mr. Gomez? Ich heiße O'Connor und komme von der Californian Wine Company.«

Während Gomez näher kam, zog ich die Geschäftskarte und legte sie auf die Bar. Er nahm sie mit seinen Wurzelfingern auf und studierte sie. Sein Gesicht war so ausdruckslos wie ein Loch in der Wand. Ich konnte die Pomade riechen, mit der er seine Haare getränkt hatte. Es war kein besonders angenehmer Geruch.

Nachdem er die Karte gelesen hatte, klopfte er mit ihrer Kante auf den Tresen, während er mich musterte.

»Ihre Firma gehört nicht zu unseren Lieferanten«, sagte er.

»Aus diesem Grunde bin ich ja gekommen, Mr. Gomez. Wir haben verschiedene Artikel, die Sie bestimmt interessieren. Ich habe Ihnen zur Probe eine Flasche unseres Spezialbrandtweines mitgebracht.«

Seine schwarzen Augen fixierten Bennauer.

»Wie kam er hier herein?« fragte er.

Bennauer hatte sich inzwischen wieder gefangen. Er zuckte mit den Achseln.

»Ich war hier drin, und da kam er rein und fragte nach Ihnen.«

»Ich bin mit dem Lastenaufzug heraufgekommen. Der Mann unten an der Tür sagte mir, ich solle ihn benutzen«, erklärte ich. »War das falsch?«

»Ich empfange keinen Vertreter ohne vorherige Verabredung.«

»Tut mir leid, Mr. Gomez. Vielleicht können Sie mir für morgen einen Termin geben?« Ich stellte das Paket auf die Platte. »Wenn Sie sich das hier in der Zwischenzeit ansehen wollen, könnten wir morgen über das Geschäftliche sprechen.«

»Das können wir jetzt gleich«, sagte jemand hinter mir.

Sowohl Gomez als auch Bennauer erstarrten zu Marmorstatuen. Schön, ich gebe zu, mein Herzschlag setzte auch einmal aus. Ich sah über die Schulter zurück.

Ein dunkler Mann in einem tadellosen Smoking, eine weiße Kamelie im Knopfloch, stand etwa acht Schritte hinter mir. Er hatte das Gesicht eines Adlers. Schmal, mit einer scharfkantigen Nase, einem dünnen Mund und schwarzen, ruhelosen Augen. Er war schlank und groß. Der südamerikanische Typ, für den Frauen sich begeistern, und deren Männer diese Begeisterung unbehaglich beobachten.

Ich war überzeugt, daß der Mann Cordez war. Die beiden anderen hätten sich nicht so verhalten, wenn er nicht wirklich ein wichtiger Mann gewesen wäre.

Er kam zur Bar herüber, streckte eine schmale, braune Hand nach der Karte aus, die Gomez immer noch hielt. Gomez reichte sie ihm. Er starrte darauf, knickte sie dann, ohne seinen Ausdruck zu verändern, zusammen und warf sie hinter die Theke.

»Was ist das?« fragte er und deutete auf das Paket.

Gomez packte schnell die Flasche aus und stellte sie so hin, daß Cordez das Etikett lesen konnte.

»Er betrachtete es und richtete dann seine dunklen Augen schläfrig auf mich.

»Dazu habe ich schon vor einem Monat nein gesagt. Wissen Sie nicht, was nein bedeutet?«

»Verzeihung, das tut mir leid«, beteuerte ich. »Ich bin neu bei der Firma. Ich wußte nicht, daß man es Ihnen schon angeboten hatte.«

»Nun, jetzt wissen Sie es. Verschwinden Sie aus dem Klub, und bleiben Sie draußen!«

»Verzeihung. Selbstverständlich, wie Sie wünschen.« Ich gab mich ziemlich verwirrt und verlegen. »Vielleicht kann ich Ihnen die Flasche hierlassen. Der Weinbrand ist wirklich gut. Wir könnten Sie unter sehr günstigen Bedingungen beliefern.«

»Raus.«

Ich trat von der Bar zurück, drehte mich um und wollte über die weite Glasfläche gehen. Ich hatte noch keine sechs Schritte getan, als ich bemerkte, daß drei Männer in Smokings aufgetaucht waren.

Zwei von ihnen hatte ich noch nie gesehen. Es waren große, kräftige Lateinamerikaner. Ihre Gesichter waren hart.

Der dritte stand zwischen ihnen, sein höhnisches Grinsen ließ mich plötzlich schwach in den Knien werden.

Es war Hertz.

Wir starrten uns sekundenlang an. Seine Zungenspitze strich über die dicken Lippen, ähnlich wie eine Schlange, ehe sie zuschlägt.

»Nun, Schnüffler«, fragte er leise, »erinnern Sie sich?«

Und ob ich mich an ihn erinnerte.

Ich war nicht darauf gefaßt, von Hertz hinausgeworfen zu werden. Ich war darauf vorbereitet, einiges einzustecken und rücklings auf dem harten Straßenpflaster zu landen. Aber daß Hertz sich daran beteiligen sollte, war in meinen Plänen nicht vorgesehen gewesen.

Ich überlegte blitzschnell, bewegte mich seitlich, damit ich Cordez sehen und gleichzeitig Hertz beobachten konnte.

Mit gelangweilter Stimme fragte Cordez: »Was soll das?«

»Dieser Lump da heißt Brandon«, fauchte Hertz. »Er ist ein Schnüffler und steckte mit diesem Sheppey unter einer Decke.«

Cordez starrte mich mit einem völlig unpersönlichen Blick an, hob dann die Schultern, ging um die Bar zu der Tür, die zu seinem Büro führte. Dort blieb er stehen und sah Hertz an.

»Schaffen Sie ihn hier raus!«

Hertz lächelte.

»Gewiß«, sagte er. »Macht mir ein bißchen Platz, Jungs. Diesen Knaben will ich mir selbst vornehmen.«

Er winkte die beiden bulligen Burschen zur Seite und kam dann, immer noch lächelnd, ein Funkeln in seinen engstehenden Augen, über den Glasboden auf mich zu.

Fünf gegen einen. Sechs, wenn Cordez sich herbeilassen sollte, sich zu beteiligen, und damit erschienen mir die Chancen für mich reichlich ungünstig.

Ich schaffte einen gewissen Ausgleich für die Situation, indem ich die rechte Hand unter meine Jacke schob und den Achtunddreißiger zeigte.

»Immer mit der Ruhe«, sagte ich und beschrieb mit der Waffe einen Halbkreis, der Hertz, die beiden starken Männer, Gomez, Bennauer und Cordez umfaßte. »Wir wollen es nicht zu wild werden lassen, sonst könnte hier was kaputtgehen.«

Hertz blieb so plötzlich stehen, als ob er gegen eine Wand gelaufen wäre. Er starrte auf die Mündung der Waffe, war völlig verblüfft.

Cordez wartete, die Hand auf der Klinke der Tür, seine Augen auf mein Gesicht gerichtet. Die beiden Bullen verharrten regungslos. Sie waren Professionells und hatten schnell erkannt, daß ich geschossen hätte, wenn mir einer zu nahe gekommen wäre.

Cordez kam an die Bar zurück und lehnte sich daneben.

»Ich habe Ihnen gesagt, Sie sollen verschwinden«, wiederholte er ungerührt. »Also raus jetzt!«

»Schaffen Sie mir diesen Affen aus dem Weg, und ich gehe«, konterte ich und deutete mit dem Kopf auf Hertz.

Dann gingen die Lichter aus.

Vielleicht war das Gomez' Beitrag. Ich habe es nie erfahren.

Ich hörte flinke Schritte und drückte ab. Die Waffe spuckte eine orange Flamme aus, und das Geschoß zersplitterte irgendwo vor mir einen Spiegel. Dann rollte eine Woge von Körpern über mich hinweg und warf mich zu Boden. Hände griffen nach meiner Kehle, meinen Armen, meinen Handgelenken. Ich drückte noch einmal ab, als mir die Waffe aus der Hand gewunden wurde. Eine Faust, die sich härter als Gußeisen anfühlte, traf mich am Kopf. Ein Schuh traf meine Seite, als jemand über mich stolperte. Ich schlug blindlings um mich, traf in ein Gesicht, und ein Grunzen antwortete. Etwas zischte an meinem Gesicht vorbei und schlug dumpf auf dem Glasboden auf. Dann fanden mich Hände. Ich wehrte mich, trat nach allen Seiten und fluchte im stillen, bis mich eine Faust seitlich vom Kinn traf.

Damit war es aus.

Das Licht ging wieder an. Ich lag auf dem Rücken und starrte auf die beiden Schläger und Hertz. Einer der Schläger hielt meine Waffe in der Hand.

Mein Kiefer schmerzte, und mein Kopf drohte zu zerspringen. Ich hörte Schritte auf dem Glasboden. Cordez trat zu den Banditen. Sein schmales Gesicht war immer noch ausdruckslos.

Ich quälte mich in eine sitzende Stellung und hielt mit der einen Hand mein schmerzendes Kinn.

»Schafft ihn weg und schmeißt ihn raus!« befahl Cordez. »Sorgt dafür, daß er nicht wiederkommt!«

Er drehte sich um und ging davon. Ich stellte fest, daß er Schuhe mit sehr hohen Absätzen trug. Auch so ein Schwindler, der besser aussehen wollte, als er war.

Weder Hertz noch die beiden brutalen Typen regten sich, bis Cordez durch die Tür hinter der Bar verschwunden war. Gomez und Bennauer hatten sich bereits verzogen. Hertz streckt die Hand nach meiner Waffe aus, und der Bulle, der sie hatte, gab sie ihm. Ich sah, wie Hertz sie am Lauf packte. Die ganze Zeit starrte er mich mit einem nichtssagenden Lächeln auf seiner bestialischen Visage an.

Ich hatte die Wirkung des Schlages inzwischen abgeschüttelt. Die Art, in der er die Waffe am Lauf faßte, verriet mir, daß er mich damit zusammenschlagen wollte. Es gibt Experten, die wissen, wie man so was macht. Er schlägt einen damit auf jede Stelle am Körper, außer den lebenswichtigen. Anschließend ist man für Monate fertig. Ein bösartiger Kerl wie Hertz kann einen mit einer Pistole furchtbar zusammenschlagen, ohne tödlich zu verletzen.

Fünf Jahre lang habe ich bei der Staatsanwaltschaft in San Franzisko als Ermittlungsbeamter gearbeitet. Wenn jemand eine gefährlichere Gegend kennt als das Hafenviertel von San Franzisko, soll man es mir nur sagen, und ich werde immer einen großen Bogen darum machen. Fünf Jahre lang hatte ich mich mit hinterhältigen Gesellen wie Hertz auseinandersetzen müssen. Und solange er mir nicht in den Rücken kam, hatte ich keine Angst vor ihm.

Aber das zeigte ich ihm nicht.

Als er die Waffe in seiner Hand hob, wich ich gekonnt verängstigt vor ihm aus.

»Laßt mich doch raus hier«, winselte ich. »Ich will ja gar nichts, ich will nur raus.«

Hertz grinste hämisch.

»Sie werden schon gehen, Freund«, zischelte er, »aber so, wie ich will.«

Er ließ mir Zeit, noch weiter von ihm zurückzuweichen. Er ließ mir sogar Zeit, auf die Füße zu kommen. Dann tanzte er auf mich zu. Sein Gesicht strahlte vor sadistischer Lust, als er mit dem Griff der Waffe nach meinem Kopf schlug.

Ich konzentrierte mich. Ehe er mich traf, zuckte ich zur Seite. Seine Faust mit der Waffe sauste an meinem Kopf vorbei, der Unterarm traf auf meine Schulter, und das brachte ihn dicht an mich heran.

Ich packte ihn an den Aufschlägen seines Smokings, ging in die Knie, stützte mich gegen ihn und schnellte hoch. Mit der Leichtigkeit eines Akrobaten segelte er über mich hinweg und schlug flach auf dem Glasboden auf, mit einer Wucht, die die Flaschen in den Regalen hinter der Bar erzittern ließ, und schlitterte weiter, bis er mit dem Kopf wuchtig gegen die Unterkante der Theke prallte.

Ich stürzte auf einen der Gorillas wie ein Kampfstier auf einen Matador. Mit aufgerissenen Augen wich er aus. Aber ich hatte es gar nicht auf ihn abgesehen. Das war nur eine Finte gewesen. Mein Ziel war der andere.

Er stand nahe neben ihm und war völlig unvorbereitet. Ich erwischte ihn mit der Faust seitlich am Kiefer. Es war ein prachtvoller Schlag, hinter dem mein ganzes Gewicht lag. Er riß ihn von den Beinen und schickte ihn rutschend über den Glasboden, bis er mit dem Kopf an der Wand landete. Dabei gab ein dumpfes Geräusch, an dem ich erkannte, daß er für eine Weile außer Aktion gesetzt war.

Blieb noch der andere.

Wie ein wütender Elefant stürmte er auf mich los. Der verblüffte Schrecken auf seinem Gesicht gab mir Sicherheit. Ich tauchte unter seiner rechten Faust hinweg und rammte ihm meine gegen die kurze Rippe, daß er zurücktaumelte. Dann tauchte ich nach seinen Knöcheln, packte sie und riß sie hoch. Sein Kopf schug auf den Boden, der Körper zuckte noch einmal hoch und blieb dann reglos liegen.

Ich sah mich nach Hertz um. Er lag noch gekrümmt vor der Bar und zählte Sterne. Ich nahm ihm meine Waffe aus der schlaffen Hand und schob sie ins Halfter.

Ich trat zurück und betrachtete den Schaden. Das Ganze hatte nicht länger als acht Sekunden gedauert. Ich war mit mir recht zufrieden. Ein solches »Fest« hatte ich seit vier oder fünf Jahren nicht mehr mitgemacht. Es bewies zumindest, daß ich noch nicht ganz eingerostet war.

Es gab nun zwei Möglichkeiten. Ich konnte entweder schnell verschwinden oder im Haus bleiben und mich verborgen halten, in der Hoffnung, noch etwas zu erfahren, was der Mühe wert war.

Bisher war ich auf nichts gestoßen, was das Risiko rechtfertigte, den Hals gebrochen zu bekommen. Ich kam zu der Überzeugung, daß es mir vielleicht nicht mehr möglich war, noch einmal in den Klub zu gelangen, und entschloß mich, zu bleiben.

Aber wo sollte ich mich verstecken?

Ich lief über den Glasboden hinauf auf die Terrasse. Rechts von mir lag eine Reihe erleuchteter Fenster. Wenn ich mich nicht irrte, mußten es die zu den Büroräumen des Klubs sein. Unterhalb der Fenster befand sich ein breites Sims.

Ich blickte hoch. In die Dunkelheit hinein erstreckte sich ein schräges Dach. Ganz oben erkannte ich eine kleine Plattform. Wenn ich dort hinaufkam, befand ich mich in Sicherheit und konnte abwarten, bis der Betrieb im Klub lebhafter wurde, und hatte dann die Chance, zu beobachten, ohne besonders aufzufallen.

Ich hörte einen der Schläger leise stöhnen und erkannte daran, daß mir nicht mehr viel Zeit blieb. Ich kletterte auf die Balustrade der Terrasse, griff nach oben, fand Halt an einem schmalen Sims, das unter dem Dach entlanglief, und zog mich mit einem Klimmzug hinauf.

Ich kann Höhe gut vertragen, aber während ich so mitten in der Luft hing, ging mir doch durch den Kopf, daß ich mich ziemlich weit oben über dem Boden befand.

Ich bekam ein Bein auf das Dach, stützte mich hoch und schob meinen Körper über die Kante. So blieb ich einen Moment liegen, versuchte an den Ziegeln einen Halt zu finden. Wenn ich ins Gleiten kam, gab es keine Rettung.

Behutsam erhob ich mich auf Knie und Hände und stand dann sehr vorsichtig auf. Meine Kreppsohlen gaben mir auf dem schrägen Dach einen sicheren Halt. Tief gebeugt schlich ich über die Ziegel zu der Plattform hinauf und setzte mich.

Auf der Plattform war keine Luke. Wenn mir jemand nachkam, mußte er auf demselben Weg kommen wie ich, und mit meiner Waffe in der Hand war meine Stellung unangreifbar.

Ich hatte einen prachtvollen Blick über ganz St. Raphael City, und ich bewunderte ihn.

Gegen 20 Uhr wurde es in dem Klub plötzlich lebendig. Tief unten fuhren vor dem Hoteleingang große Cadillacs, Packards und Rolls Royces vor. Eine sehr mondäne Tanzkapelle begann zu spielen, auf der Terrasse gingen Lichter an. Ich entschloß mich, noch eine Stunde zu warten und dann zu versuchen, ob ich etwas herausfinden konnte.

Gegen 21 Uhr war der Betrieb im vollen Gange. Der Rhythmus der Band wurde von Stimmengewirr und Lachen übertönt. Es wurde langsam Zeit, und ich stand auf.

Über das schräge Dach hinunterzugehen war viel gefährlicher, als hinaufzusteigen. Ein falscher Tritt, und ich wäre über die Kante 240 Fuß tief auf die Straße gestürzt. Stück für Stück bewegte ich mich sitzend vor, stemmte meine Gummiabsätze auf die Ziegel und rutschte mit den Händen nach. Ich erreichte die Kante, fand einen guten Halt an dem Sims, schob meine Beine hinüber und ließ mich langsam herab.

Rechts von mir lag die hellerleuchtete Terrasse mit ihren Tischen, den elegant gekleideten Gästen und dem Heer der Kellner, die sich zwischen ihnen bewegten. Ich befand mich im Schatten, und solange nicht zufällig jemand unmittelbar in diese Ecke der Terrasse kam, konnte ich nicht entdeckt werden.

Meine Fußspitzen berührten gerade das breite Sims, das unter den Fenstern der Büros vorbeilief. Ich ließ mit den Händen los. Das war gefährlich, und beinahe hätte ich das Gleichgewicht verloren. Aber ich fand noch rechtzeitig einen Halt für meine Hände an der Balustrade der Veranda und ruhte mich einen Moment aus, bis ich den Schreck überwunden hatte.

Alles Weitere war kein Problem. Ich brauchte nur das Sims entlangzugehen und im Vorbeischleichen in die Fenster zu sehen.

Die beiden ersten Räume waren leer. Es standen Büroschreibtische, Schreibmaschinen und Aktenschränke darin, alles sehr prächtig und luxuriös. Das dritte Fenster war viel größer. Ich blieb davor stehen und spähte vorsichtig ins Innere.

Cordez saß in einem hochlehnigen Sessel hinter einem großen Schreibtisch mit Glasplatte. Er rauchte aus einer langen Spitze eine braune Zigarette und verglich offenbar Ziffern in einem Kontobuch.

Der Raum war groß und ganz in Grau und Eierschalenblau dekoriert. Der Unterteil des Schreibtisches bestand aus poliertem Stahl. An den Wänden standen drei Aktenschränke, gleichfalls aus Stahl. Dicht bei Cordez befand sich ein großer Panzerschrank.

Ich hielt mich außerhalb des Lichtscheins, der durch das Fenster fiel, versuchte aber so viel wie möglich von dem Raum zu sehen.

Cordez arbeitete schnell. Sein goldener Bleistift fuhr mit der

Routine eines erfahrenen Buchhalters die Reihe der Ziffern entlang.

Ich beobachtete ihn vielleicht zehn Minuten, und dann, gerade als ich schon anfing zu glauben, daß ich meine Zeit vergeudete, hörte ich, wie an die Tür des Zimmers geklopft wurde.

Cordez sah auf, rief »Herein!« und wandte sich wieder seinen Zahlen zu.

Die Tür wurde geöffnet, und ein dicker Mann mit einem weißen Gesicht und einem gutgeschnittenen Smoking kam herein. Im Knopfloch steckte eine rote Nelke, und an seinen Manschetten glitzerten Brillanten. Er schloß die Tür und blieb dann wartend stehen, den Blick auf Cordez gerichtet.

Als der mit dem Addieren seiner Spalte fertig war, trug er die Summe ein und sah auf – mit feindseliger Miene.

»Also, Donaghue«, sagte er, »wenn Sie kein Geld haben, gehen Sie wieder. Ich habe langsam genug von Ihnen.«

In den Augen des Besuchers leuchtete unterdrückter Haß auf.

»Ich habe das Geld«, sagte er, »und Ihre verdammten Unverschämtheiten können Sie sich sparen.« Er zog einen Packen Banknoten aus der Hüfttasche und warf sie auf den Schreibtisch. »Hier sind tausend. Ich will diesmal zwei.«

Cordez nahm den Packen, strich ihn glatt und zählte die Scheine. Dann öffnete er eine Schublade seines Schreibtisches und legte das Geld hinein. Er stand auf und trat vor den Panzerschrank, stellte sich so davor, daß er mit seinem Körper das Kombinationsschloß für Donaghue verdeckte, drehte an der Ziffernscheibe und zog die Tür auf. Er nahm etwas heraus, schloß ihn wieder und kam zum Schreibtisch zurück.

Er warf Donaghue zwei Streichholzbriefchen hin, die über die Glasplatte glitten und vor ihm liegenblieben.

Donaghue griff hastig danach, öffnete sie, prüfte sie sorgfältig, schob sie in seine Westentasche und verließ den Raum. Cordez nahm wieder Platz. Er saß einen Moment da und starrte die gegenüberliegende Wand an, ehe er seine Arbeit wiederaufnahm.

Ich blieb auf meinem Beobachtungsposten.

In den nächsten 40 Minuten kamen noch zwei weitere Personen herein. Eine dicke, ältere Frau und ein junger Bursche, der aussah, als ob er noch das College besuchte. Beide trennten sich von 500 Dollar, um dafür ein Streichholzbriefchen in Empfang zu nehmen.

Beide wurden von Cordez behandelt, als ob er ihnen damit einen Gefallen täte.

Inzwischen war es 21.50 Uhr, und ich erinnerte mich an meine Verabredung mit Margot Creedy.

Ich beugte mich etwas vor und blickte hinunter. Links lag neun Fuß unter mir der Balkon eines Hotelzimmers. Hinter den Fenstern war kein Licht zu sehen. Ich hielt das für den sichersten und leichtesten Weg hinaus.

Ich duckte mich unter Cordez' Fenster vorbei und erreichte die Stelle unmittelbar über dem Balkon. Dann setzte ich mich auf die Kante, faßte mit den Händen das Sims, drehte mich um, ließ mich herunterfallen.

Die Fenstertür zu öffnen war nicht schwierig, und wenige Augenblicke später befand ich mich in einem Schlafzimmer. Ich tastete mich zur Tür, öffnete sie und spähte vorsichtig in den breiten, leeren Korridor hinaus.

Dann trat ich in den Gang und suchte den Fahrstuhl.

Es ging alles ganz einfach.

*

Um fünf nach zehn sah ich Margot Creedy durch die Drehtür des Hotels kommen und unter dem hell erleuchteten Vordach stehenbleiben.

Sie trug ein smaragdgrünes Abendkleid mit einem weiten Halsausschnitt, das wie eine zweite Haut an ihrem Körper lag.

Um den Hals ein Kollier aus funkelnden Smaragden. Ihr Anblick war atemberaubend.

Die Schäbigkeit meines Buicks war mir peinlich bewußt, als ich ihn vor den Hoteleingang lenkte. Ich hielt an und stieg aus.

»Guten Abend«, sagte ich. »Darf ich persönlich werden und Ihnen sagen, daß Sie wunderschön sind? Das kann ich offen aussprechen, meine wirklich Meinung ist ein wenig zu intim, um sie laut zu sagen.«

Sie schenkte mir ein Lächeln. Ihre Augen waren lebhaft und leuchteten.

»Ich habe das extra für Sie angezogen«, sagte Miss Creedy. »Ich freue mich, daß es Ihnen gefällt.«

»Gefallen ist zuwenig. Ich bin einfach überwältigt. Haben Sie Ihren Wagen hier?«

»Nein. Ich zeige Ihnen den Bungalow, und Sie sind dann vielleicht so freundlich und bringen mich wieder zurück.«

»Selbstverständlich.«

Ich hielt ihr die Tür auf, und sie stieg ein. Ich erwischte kurz einen Blick auf ihre schlanken Knöchel, als ich die Tür schloß. Dann ging ich um den Wagen herum, stieg ebenfalls ein und fuhr los.

»Biegen Sie rechts ab, und fahren Sie bis zum Ende der Promenade«, sagte sie. Auf der Promenade waren viele Wagen unterwegs. Es war nicht möglich, über 35 zu kommen, und auch das nur für kurze Strecken.

Der Mond war aufgegangen, die Nacht war warm, und das Meer und die Palmen bildeten einen romantischen Hintergrund. Ich hatte keine Eile.

»Nach dem, was ich höre, muß dieser Musketeer Club recht beachtlich sein«, sagte ich. »Gehen Sie oft hin?«

»Es ist das einzige Lokal hier, das nicht von Touristen überlaufen wird. Ja, ich besuche es ziemlich häufig. Daddy besitzt die Hälfte, so daß ich nicht zu bezahlen brauche. Wenn ich das müßte, wäre ich nicht so oft dort.«

»Sie brauchten doch nur einen dieser Smaragde zu versetzen und könnten sich dort häuslich niederlassen.«

Sie lachte.

»Leider gehören sie nicht mir. Daddy erlaubt mir, sie zu tragen, aber sie sind sein Eigentum. Wenn ich einmal wechseln will, bringe ich sie ihm zurück, und er leiht mir etwas anderes. Ich habe nichts, was tatsächlich mir gehört. Das kann ich sogar von diesem Kleid behaupten.«

»Und was ist mit dem Bungalow, den Sie gemietet haben?« fragte ich und beobachtete sie aus den Augenwinkeln.

»Ich habe ihn nicht gemietet. Daddy hat ihn gekauft.«

»Der neue Bewohner wird ihn begeistern. Vielleicht ist es doch besser, ich gebe die Idee auf und ziehe dort nicht ein.«

»Er wird es nicht erfahren. Er glaubt, ich wohne dort.«

»Dann würde er eine Überraschung erleben, wenn er zufällig zum Tee vorbeikäme.«

»Er kommt niemals hierher.«

»Wenn Sie fest davon überzeugt sind, also gut. Dann sind Sie also wirklich das echte, arme, kleine Mädchen.«

Margot hob ihre schönen Schultern, ließ sie langsam sinken.

»Daddy will über alles Kontrolle haben. Ich bekomme nie Geld in die Hand. Ich muß ihm die Rechnungen zuschicken lassen, und er begleicht sie.«

»Mir begleicht nie jemand meine Rechnungen.«

»Aber Ihnen sagt auch niemand, daß Sie sich dieses oder jenes nicht hätten kaufen sollen, und daß Sie ohne dieses oder jenes auskommen können, oder doch?«

»Wenn Sie mir weiter solche Dinge erzählen, fangen Sie noch an, mir leid zu tun. Und das werden Sie doch nicht wollen, oder?«

Sie lachte wieder.

»Warum denn nicht? Ich habe gern Mitgefühl. Das wird mir nur nie gezeigt.«

»Hören Sie einmal ganz genau hin. Dieses ›tropf, tropf, tropf‹, das ist mein Herz, das für Sie blutet.«

Wir erreichten den stillen Teil der Promenade, und ich konnte die Geschwindigkeit steigern. Ich trat aufs Gaspedal und fuhr mit 60 weiter.

»Sie glauben mir also nicht?« fragte sie. »Manchmal bin ich ganz gierig nach Geld.«

»Das geht mir auch so. Aber das haben Sie doch nicht nötig. Ein Mädchen wie Sie doch nicht. Sie könnten als Modell ein kleines Vermögen verdienen. Haben Sie je daran gedacht?«

»Das würde Daddy mir nie erlauben. Er legt großen Wert darauf, daß das Ansehen seines Namens gewahrt wird. Niemand könnte mich engagieren, wenn er es verbieten sollte.«

»Sie weichen nur aus. Sie müssen ja nicht hier leben. In New York würde man sich um Sie reißen.«

»Glauben Sie wirklich? Jetzt nach links, diese Straße entlang.«

Die Scheinwerfer beleuchteten eine unebene, sandige Fahrbahn, die direkt in das Meer zu führen schien. Ich bog von der breiten Promenade ab und verringerte die Geschwindigkeit. Wir fuhren über die holprige Straße in die Finsternis hinein.

»Ich habe nur so geredet. Reden ist einfach«, sagte ich. »Man kann nicht für andere Menschen leben. Sie sind bisher durchgekommen, Sie werden es auch weiterhin.«

»Ja, das glaube ich auch.«

»Das liegt hier reichlich abseits«, sagte ich, während der Wagen über Schlaglöcher holperte. Die Palmen zu beiden Seiten verdeckten den Mond, und außerhalb des Bereichs, den die Scheinwerfer erfaßten, lag alles im Dunkeln.

Sie öffnete ihre Handtasche, nahm eine Zigarette heraus und zündete sie an. »Deshalb wollte ich es haben. Wenn man so lange wie ich in dieser Stadt gelebt hat, ist man froh, gelegentlich ungestört für sich sein zu können. Sind Sie nicht gern allein?«

Da ich an einen möglichen Besuch von Hertz und dessen Schlägern dachte, antwortete ich mit einer gewissen Zurückhaltung: »Innerhalb angemessener Grenzen.«

Wir fuhren eine Weile schweigend weiter, dann beleuchteten die Scheinwerfer einen flachen Bungalow, der 20 Yards von der Wasserlinie entfernt stand.

»Hier sind wir.«

Ich hielt an.

»Haben Sie eine Taschenlampe?« fragte Miss Reedy. »Wir brauchen sie, um den Lichtschalter zu finden.«

Ich nahm die große Stablampe aus dem Handschuhfach. Wir stiegen aus und gingen zusammen über den Pfad zur Tür des Bungalows.

Der Mond leuchtete hell, und ich konnte einen meilenlangen Streifen leeren Strand, Palmen und das Meer sehen. In der Ferne erkannte ich die Lichter eines Hauses, das auf einer felsigen Anhöhe stand, die ins Meer hinausragte.

»Was ist das da drüben?« fragte ich Margot, die in ihrer Tasche nach den Schlüsseln suchte.

»Das ist Arrow Point.«

»Sind diese Lichter in Hahns Keramikschule?«

»Ja.«

Sie schob den Schlüssel ins Schloß und drehte ihn um.

Die Tür schwang auf. Sie tastete, und dann leuchtete eine Lampe auf und erhellte einen luxuriös möblierten Wohnraum mit einer kleinen Hausbar in der gegenüberliegenden Ecke, einem kombinierten Rundfunk- und Fernsehgerät, vielen bequemen Sesseln, einer breiten, gepolsterten Bank, die sich an der einen Wand entlang zog, und einem blauweißen Mosaikfußboden.

»Das kann sich sehen lassen«, sagte ich, ging hinein und blieb in der Mitte des großen Raumes stehen, um einen Blick in die Runde zu werfen. »Und soll ich hier wirklich einziehen?«

Sie ging zu einer Fenstertür und stieß sie auf, griff nach einem Lichtschalter, und auf einer zehn Yards breiten Terrasse, die einen herrlichen Blick auf das Meer und die fernen Lichter von St. Raphael bot, wurde es hell.

»Gefällt es Ihnen?«

Sie kam zurück, blieb im Türrahmen stehen und zeigte mir wieder ihr kleines, bezauberndes Lächeln. Mir wurde es warm, wenn ich sie nur ansah.

»Es ist großartig.«

Ich betrachtete die Bar. Die Regale waren mit vielen Flaschen gefüllt. Es schien jedes Getränk zu geben, das man sich wünschen konnte. »Sind diese Flaschen auch das Eigentum Ihres Vaters, oder gehören Sie Ihnen?«

»Nein, ihm. Ich nahm sie aus dem Haus mit. Immer vier Flaschen auf einmal.« Sie lächelte. »Er hat alles. Ich sehe nicht ein, warum ich nicht gelegentlich für mich etwas tun soll. Was meinen Sie?«

Sie ging hinter die Bar, öffnete einen Kühlschrank und nahm eine Flasche Champagner heraus.

»Wir wollen feiern«, sagte Margot. »Hier, öffnen Sie die Flasche, ich hole Gläser.«

Sie verließ den Raum. Ich löste den Draht um den Korken, und als sie mit zwei Champagnergläsern auf einem Tablett zurückkam, zog ich den Korken aus der Flasche. Ich füllte die Gläser, und wir stießen an.

»Was feiern wir denn?« fragte ich.

»Unsere Begegnung«, antwortete Miss Reedy, und ihre Augen funkelten mich an. »Sie sind der erste Mann, den ich treffe, dem es gleichgültig ist, ob ich arm oder reich bin.«

»Moment mal. Wie kommen Sie darauf?«

Sie trank den Champagner und schwenkte das leere Glas.

»Das weiß ich. Nun sehen Sie sich Ihr neues Heim an, und sagen Sie mir, was Sie davon halten.«

Ich stellte mein Glas hin.

»Wo soll ich anfangen?«

»Das Schlafzimmer ist dort drüben links.«

Wir blickten uns an. In ihren Augen lag ein Ausdruck, der alles bedeuten konnte.

Ich ging mir das Schlafzimmer ansehen und merkte, daß mein Atem knapp wurde. Ich ärgerte mich, daß die Phantasie mit mir durchging, aber mein Gefühl, daß sie mir nicht nur ihren Bungalow zeigen wollte, war nicht zu unterdrücken.

Es war ein hübsches Schlafzimmer mit Doppelbett, Wandschränken und einem Mosaikfußboden. Die Schränke waren mit ihren Kleidern gefüllt. Der Raum war in Blaßgrün und Rehbraun gehalten.

Das Badezimmer schloß sich rechts an und sah aus, als wäre es für einen Cecil B. de Mille-Film entworfen worden, mit einer versenkten Badewanne und einer Duschnische in Blaßblau und Schwarz.

Ich ging in den Wohnraum zurück.

Margot lag auf der Polsterbank und hatte zwei Kissen unter ihren Kopf geschoben. Sie starrte durchs Fenster auf das weite, vom Mond erleuchtete Meer.

»Gefällt es Ihnen?« fragte sie, ohne mich anzusehen.

»Ja. Wollen Sie mich wirklich hier wohnen lassen?«

»Sicher.«

»Sie haben immer noch Ihre Sachen hier.«

»Es ist nichts dabei, was ich jetzt brauche. Es langweilt mich alles. Später ziehe ich es vielleicht wieder an. Für Ihre Sachen ist noch Platz genug.«

Ich setzte mich in einen Sessel in ihrer Nähe. Mit Margot allein in dem Bungalow zu sein, fand ich ausgesprochen aufregend. Sie drehte den Kopf, sah mich an und fragte: »Sind Sie in der Mordsache irgendwie weitergekommen?«

»Nicht so recht. Aber Sie können nicht erwarten, daß ich mit dem Kopf bei meiner Arbeit bin, wenn ich so etwas wie jetzt erlebe.«

»Was erleben Sie denn jetzt?«

»Dies hier. Diesen Bungalow – und Sie natürlich.«

»Störe ich Sie denn so sehr?«

»Sie könnten es. Doch, Sie tun es.«

Sie sah mich an.

»Das tun Sie auch.«

Es folgte eine lange Pause, dann schwang sie ihre langen Beine von der Polsterbank. »Ich werde schwimmen gehen. Kommen Sie mit?«

»Klar.« Ich stand auf. »Ich hole meinen Koffer. Er ist noch im Wagen.«

Ich ging in die Dunkelheit hinaus, hob meinen Koffer aus dem Wagen und kam zurück, trug den Koffer ins Schlafzimmer, wo Margot vor dem großen Spiegel stand. Sie hatte ihr Kleid ausgezogen und trug ein weißes Nachthemd. Sie betrachtete sich, hob mit ihren Händen das Haar von den Schultern.

»Das brauchen Sie nicht zu tun«, sagte ich und stellte den Koffer ab. »Ich tue es gern für Sie.«

Langsam drehte sie sich um. In ihren Augen lag ein Blick, den ich schon bei Frauen gesehen habe, wenn sie einem einen Antrag machen.

»Finden Sie, daß ich schön bin?«

»Viel mehr als das.«

Ich spürte, daß ich abrutschte. Ich machte einen halbherzigen Versuch, zu verhindern, daß sich etwas entwickelte, worüber ich mich am nächsten Tag hätte ärgern müssen, und sagte: »Vielleicht verzichten wir lieber auf das Schwimmen, und ich bringe Sie nach Hause.« Ich bemerkte, daß mir plötzlich das Atmen schwer wurde. »Es könnte uns leid tun.«

Sie schüttelte den Kopf. »Sag das nicht. Ich bedauere nie, was ich tue.«

*

»Gib mir eine Zigarette«, sagte Margot aus dem Dunkel.

Ich griff nach der Packung auf dem Nachttisch, zog eine heraus, reichte sie ihr und knipste mein Feuerzeug an.

Im Schimmer der winzigen Flamme konnte ich ihr goldenes Haar sehen, das sich auf dem Kissen ausbreitete. Margot wirkte entspannt, zufrieden. Sie sah mich über die kleine Flamme hinweg an und lächelte.

Ich löschte die Flamme, und alles, was ich von ihr erkennen konnte, war der Umriß ihrer Nase in der roten Glut der Zigarette, als sie daran sog.

»Ich möchte wissen, was du von mir denkst«, sagte Margot. »Ich will mich gar nicht entschuldigen. Ich bin durchaus nicht immer so ungehemmt und unbefangen. Aber manchmal geschieht es und dann ist es einfach ein Zwang. In dem Augenblick, als ich dich sah, fühlte ich etwas, was ich seit Monaten nicht mehr empfand, und dies ist das Ergebnis. Ich erwarte nicht, daß du mir glaubst, aber es ist wahr. Eine dieser wahnsinnigen, nicht zu beherrschenden Eingebungen, und ich bin schamlos genug, mich darüber zu freuen.« Sie streckte ihre Hand aus und ergriff meine. »Ich will sagen, daß du netter bist, als ich zu hoffen wagte, und ein besserer Liebhaber, als ich je erträumt hatte.«

Über die plötzliche Art, wie das alles geschehen war, fühlte ich mich immer noch sehr verwirrt und überrascht. Ihre Worte schmeichelten mir, aber gleichzeitig war ich mir bewußt, daß ich ihr zu leicht verfallen war. Immer hatte ich mir eingebildet, ich wäre darüber hinaus, so leicht umgeworfen zu werden. Nun irritierte es mich, daß das nicht so war.

Ich stützte mich auf einen Arm, beugte mich über Margot und küßte sie.

»Und du bist wundervoll«, sagte ich und ließ meine Lippen über ihr Gesicht wandern. »Du bist einfach wundervoll.«

Sie strich mit ihren Fingern durch mein Haar.

»Solange wie wir beide uns gefallen.«

Dann glitt sie von mir weg, stand auf und verließ das Zimmer.

Ich griff nach meinem Morgenmantel, zog ihn über und folgte ihr.

Ich fand sie neben der offenen Tür stehen und auf den silbernen Strand und das Meer hinaussehen. Im Licht des Mondes bot sie ein herrliches Bild, wie eine von Meisterhand geschaffene Statue.

Ich trat neben sie. »Was geht in deinem hübschen Kopf vor?«

»Wir wollen jetzt schwimmen«, sagte Margot und nahm meine Hand. »Dann muß ich gehen. Wie spät ist es?«

Ich führte sie auf die Terrasse, damit ich im Mondlicht meine Uhr erkennen konnte.

»Zwei Uhr durch.«

»Also schnell schwimmen, dann muß ich wirklich fort.«

Sie lief mir voraus zum Wasser, und ich folgte ihr und warf meinen Morgenrock ab. Sie schwamm vielleicht 200 Yards weit hinaus, dann zum Strand zurück. Das Wasser war warm, und um uns herrschte völlige Stille, als ob wir die beiden einzigen Menschen wären, die auf der Welt übriggeblieben waren.

Hand in Hand gingen wir über den Sand zum Bungalow.

Als wir die Stufen erreichten, blieb sie plötzlich stehen, drehte sich um und hob ihr Gesicht zu mir empor. Ich ließ meine Hände über ihren langen, schlanken Rücken gleiten, über die Kurven ihrer Hüften und zog sie an mich. So standen wir eine ganze Weile, dann schob sie mich zurück.

»Es war herrlich, Lew«, sagte sie, »ich komme wieder. Oder soll ich nicht?«

»Was für eine Frage. Wie kannst du das glauben, daß ich das nicht wollte?«

»Ich ziehe mich jetzt an. Macht es dir was aus, mich zurückzubringen?«

»Lieber wäre mir, du bliebest hier. Warum tust du es nicht?«

Sie schüttelte den Kopf.

»Ich kann nicht. Glaube nicht, daß ich es nicht möchte, aber ich habe eine Zofe, die von Daddy bezahlt wird. Wenn ich die ganze Nacht fortbliebe, würde Daddy es erfahren.«

»Der alte Herr scheint mächtig auf dich aufzupassen. Aber gut, gehen wir hinein.«

Ich brauchte nur ein paar Minuten, um mich anzuziehen. Während sie vor dem Spiegel ihr Haar kämmte, saß ich auf dem Bett und wartete.

»Weißt du, eigentlich sollte ich dir doch Miete zahlen«, sagte ich. »Dreißig Dollar in der Woche könnte ich aufbringen. Und dann hättest du wenigstens etwas Taschengeld.«

Lachend schüttelte sie den Kopf.

»Das ist sehr lieb von dir, aber ich will kein Taschengeld. Ich möchte Geld zum Ausgeben. Nein. Ich freue mich, wenn du hier wohnst, und will nichts dafür bezahlt haben.« Sie stand auf, strich ihr schimmerndes Kleid über den Hüften glatt, betrachtete sich und drehte sich dann um. »Wir müssen jetzt gehen.«

»Okay, wenn es denn sein muß.«

Sie berührte mein Gesicht mit ihren Fingerspitzen.

»Ja, es muß sein.«

Wir gingen durch das Wohnzimmer, knipsten das Licht aus. Dann schloß ich die Haustür und steckte den Schlüssel in meine Tasche. Wir gingen zum Wagen.

Während wir über den unebenen Strandweg fuhren, waren meine Gedanken sehr beschäftigt. Es war eine günstige Gelegenheit, ein paar Fragen zu stellen. Ich glaubte, sie wäre in einer zugänglichen Stimmung, und es gab eine Frage, auf die ich wirklich eine Antwort wünschte.

»Kannst du dir denken, aus welchem Grund dein Vater einen Privatdetektiv engagiert haben könnte?«

Margot saß tief zurückgelehnt. Ihr Kopf ruhte auf der Kante der Lehne des Sitzes. Ihre Haltung wurde kaum wahrnehmbar steifer, und sie wandte sich mir zu.

»Du glaubst also, daß du jetzt mehr bei mir erreichen kannst?«

»Nein. Du brauchst meine Frage nicht zu beantworten. Ich werde dir keinen Vorwurf machen, wenn du es nicht tust.«

Sie schwieg eine Weile, ehe sie sagte: »Ich weiß es nicht. Aber ich kann mir einen Grund denken. Wenn er deinen Partner engagiert hat, dann deshalb, weil er seine Frau beobachten lassen wollte.«

»Hat er denn Grund dazu?«

»Dazu hat er, meiner Meinung nach, jeden Grund. Es überrascht mich, daß er es nicht schon längst getan hat. Sie hat immer irgendeinen Gigolo im Schlepptau. Augenblicklich ist es dieser furchtbare Kerl Thrisby. Vielleicht bekommt Daddy es jetzt satt. Ich wünschte, er würde sich von ihr scheiden lassen, dann könnte ich nach Hause zurück.«

»Würdest du gern zurückgehen?«

»Niemand läßt sich gern aus seinem Heim vertreiben. Ich kann mit Bridgette einfach nicht unter einem Dach leben.«

»Und was hat du gegen Thrisby?«

»Alles. Er ist ein schrecklicher Mensch.«

Darauf reagierte ich nicht, da ich gerade von der Seitenstraße in die Promenade einbog. Dann fragte ich: »Dein Vater kann doch nicht Sheppey engagiert haben, um dich zu überwachen?«

Sie warf ihre Zigarette zum Wagenfenster hinaus.

»Dazu braucht er nicht einen Detektiv zu bezahlen. Meine Zofe spioniert schon genug hinter mir her. Eine Bedingung, daß ich in das Apartment ziehen durfte, war, daß sie mit mir kam. Nein, ich glaube, du kannst völlig sicher sein, daß er ihn rief, um Bridgette zu überwachen, es sei denn, es handelte sich um etwas, wovon ich nichts weiß.«

»Ja, das glaube ich auch.«

Etwa eine Meile fuhren wir schweigend weiter. Dann fragte Margot: »Beabsichtigst du, Bridgette zu observieren?«

»Nein. Das hat nicht viel Sinn. Ich kann mir nicht vorstellen, daß sie etwas mit Sheppeys Tod zu tun hatte. Ich vermute, daß er auf etwas stieß, was nichts mit ihr zu tun hatte, während er sie überwachte. Es war etwas Wichtiges, und er war klug genug, das zu erkennen. Darum wurde er beseitigt. St. Raphael City ist eine Gangsterstadt. Nimm nur den Musketeer Club. Sheppey kann herausgefunden haben, daß sich dort etwas tat. Wenn da auch nur die Blaublütigen der hiesigen Gesellschaft zugelassen werden, so wird er doch von Gangstern geleitet und geführt.«

»Glaubst du das wirklich?«

»Es ist eine Vermutung. Ich kann mich irren, aber solange ich nicht mehr weiß, bleibe ich dabei.«

»Wenn Sheppey etwas entdeckte, das Daddy die Möglichkeit gab, sich scheiden zu lassen, säß e Bridgette ohne einen Nickel da. Sie hat kein eigenes Geld, jedenfalls so gut wie nichts. Wenn Daddy sich von ihr scheiden ließe, säße sie auf dem trockenen, und davor wird sie sich hüten.«

»Willst du andeuten, daß sie Jack ermordete?«

»Natürlich nicht, aber Thrisby kann es gewesen sein. Ich habe ihn gesehen, du nicht. Er ist rücksichtslos bis zum Äußersten, und wenn er glaubte, daß er von Bridgette kein Geld mehr bekommen würde, weil Sheppey etwas über ihn ausfindig gemacht hatte, hätte er nicht gezögert, ihn umzubringen.«

Auf diesen Gedanken war ich noch nicht gekommen.

»Ich glaube, ich werde ihn mir einmal ansehen. Wo ist er zu finden?«

»Er hat ein kleines Haus auf den Hügeln. Es liegt hinter der Stadt und heißt White Chateau, aber es ist natürlich kein Schloß, sondern nur ein angeberisches, ekelhaftes Liebesnest.«

Die Erbitterung in ihrer Stimme veranlaßte mich, ihr einen schnellen Blick zuzuwerfen.

»Bridgette ist nicht die einzige Frau, die er dort oben empfängt«, fuhr sie fort. »Ihm ist jede willkommen, die Geld hat.«

»Nun, auf diesem Gebiet ist er nicht der einzige. Die Gegend hier ist voll Burschen dieser Sorte.«

»Ja.« Sie deutete geradeaus. »Nimm die nächste Querstraße rechts, dann kommst du direkt zum Franklyn Arms.«

Ich bog von der Promenade ab, sah vor mir die Leuchtschrift ihres Apartmentblocks und hielt direkt vor der Drehtür an.

»Gute Nacht«, sagte sie und legte ihre Hand auf meine. »Sei vorsichtig mit diesem Thrisby.«

»Keine Sorge. Ich werde schon mit ihm fertig werden. Ich hoffe, bald von dir zu hören.«

Als ich aussteigen wollte, sagte sie: »Nein, bleib, meine Zofe steht wahrscheinlich am Fenster und paßt auf. Gute Nacht, Lew.« Sie neigte sich zu mir, und ich spürte, wie ihre Lippen meine Wange berührten. Dann öffnete sie die Wagentür und schritt schnell unter dem erhellten Vorbau zum Haus und verschwand durch die Drehtür.

Ich fuhr an.

Als ich die Promenade erreichte, stoppte ich am Straßenrand, um mir eine Zigarette anzuzünden. Dann ließ ich den Wagen wieder anrollen und fuhr langsam zu dem Bungalow zurück.

Während der Fahrt überlegte ich angestrengt. Ich riß meine Gedanken von Margot los und konzentrierte mich auf Cordez. Aus irgendeinem Grunde mußte das Streichholzbriefchen, das ich in Jacks Koffer gefunden hatte, 500 Dollar wert sein. Cordez hatte vier dieser Briefchen an drei verschiedene Leute abgegeben, und jeder hatte ihm diese Summe dafür bezahlt. Die Annahme war gerechtfertigt, daß Sheppey die Streichhölzer entweder gefunden oder jemandem weggenommen hatte. Diese Person hatte sowohl Sheppeys als auch mein Zimmer in dem Hotel durchwühlt. In Jacks Zimmer zwar vergeblich, aber in meinem hatte sie das Briefchen gefunden und gegen ein anderes vertauscht, vermutlich in der Hoffnung, daß ich die Ziffern auf der Rückseite der Streichhölzer nicht bemerkt hatte. Deshalb war es gerechtfertigt, anzunehmen, daß die Zahlen etwas zu bedeuten hatten. Es konnte auch sein, daß dieses mysteriöse Streichholzbriefchen die Ursache für den Tod meines Partners war.

Ich hatte eine Ahnung, daß ich mich in der richtigen Richtung bewegte. Aber ich mußte mir noch mehr Informationen beschaffen, ehe ich über reine Vermutungen hinauskam.

Um viertel vor drei erreichte ich den Bungalow. Inzwischen war ich sehr müde geworden. Ich schloß die Tür auf, schaltete das Licht ein und trat in den Wohnraum.

Ich beabsichtigte, mir noch einen kleinen Whisky Soda zu gönnen, ehe ich mich schlafen legte. Als ich zur Bar ging, sah ich auf einem kleinen Tisch etwas liegen, das mich stehenbleiben ließ.

Es war Margots Abendtasche. Ein hübsches Ding aus schwarzem Schwedenleder in Form einer Muschel. Ich faßte nach dem goldenen Bügel und öffnete sie. Es befand sich eine goldene Puderdose darin, ein seidenes Beutelchen enthielt ein Taschentuch, und als ich das Taschentuch beiseite schob, sah ich darunter ein Streichholzbriefchen in rot geflammter Seide.

Ich betrachtete es lange, ehe ich es herausnahm. Dann legte ich die Tasche hin und drehte die Streichhölzer zwischen meinen Fingern.

Ich öffnete das Briefchen. Es waren nur 13 Streichhölzer darin. Die anderen waren aus dem Briefchen herausgebrochen. Als ich sie umbog, stellte ich fest, daß sie auf der Rückseite mit Zahlen versehen waren. Die Ziffern gingen von C 541148 bis C 541160.

Daran erkannte ich, daß es die Streichhölzer waren, die ich in Sheppeys Koffer gefunden, die ich später in meinem Hotelzimmer unter dem Teppich versteckt hatte und die mir gestohlen worden waren.

Während ich darauf starrte, schrillte das Telefon. Laut drang der grelle Ton durch den Bungalow.

Ich schob die Streichhölzer in meine Tasche, ging zu dem Apparat und nahm den Hörer ab.

»Ja, hallo«, sagte ich.

»Bist du es, Lew?«

Es war Margots Stimme, sie klang etwas atemlos.

»Ja, ich bin's. Du brauchst mir nichts zu sagen. Ich weiß schon, du hast etwas verloren.«

»Meine Handtasche. Hast du sie gefunden?«

»Sie lag hier auf einem Tisch.«

»Oh, gut. Ich wußte nicht, ob ich sie im Klub oder in deinem Wagen liegengelassen hatte. Ich lasse sie überall liegen. Ich hole sie morgen früh, wenn du nicht vorbeikommen und sie für mich abgeben kannst. Kannst du das?«

»Sicher. Ich bringe sie im Verlauf des Vormittags.«

»Danke, Liebling.« Es folgte eine Pause, dann sagte sie: »Lew . . .«

»Ich bin noch da.«

»Ich denke an dich.«

Ich schob die Hand in die Tasche und betastete die Streichhölzer. »Ich denke auch an dich.«

»Gute Nacht, Lew.«

»Gute Nacht.«

Ich wartete, bis sie aufgelegt hatte, ehe ich ihrem Beispiel folgte.

*

Ich erwachte gegen zehn am nächsten Morgen. Einige Minuten blieb ich in dem großen Doppelbett liegen und starrte das Muster an, das der Widerschein der Sonne an die Decke warf. Dann strich ich mit den Fingern durch mein Haar, gähnte, schob die Decke zurück und stand auf.

Eine lange, kalte Dusche weckte mich völlig.

Im Pyjama ging ich in die Küche und machte mir Kaffee. Als er fertig war, trug ich ihn auf die Terrasse und trank ihn dort.

Von meinem Platz aus konnte ich das Gebäude sehen, in dem die Schule für Keramik auf der felsigen Halbinsel lag. Ein niedriger, langgezogener Bau mit einem blauen Ziegeldach und weißen Mauern.

Ich entschloß mich, sobald ich angezogen war, dort hinaufzufahren, mich unter die Touristen zu mischen und mir anzusehen, was es da zu bestaunen gab.

Als ich meinen Kaffee getrunken hatte, schlenderte ich ins Schlafzimmer, zog die Badehose an und ging zum Wasser hinunter. Eine halbe Stunde verbrachte ich damit, mir zu beweisen, daß ich immer noch so kräftig und athletisch war, wie ich von mir selbst gern glaubte. Nachdem ich etwa 500 Yards weit geschwommen war, stellte ich fest, daß mir der Atem knapp wurde, darum machte ich kehrt und schwamm mit längeren Zügen und langsamer zum Ufer.

Im Bungalow trocknete ich mich ab, zog eine Hose und ein am Hals offenes Hemd an, verschloß den Bungalow, stieg in den Buick und fuhr mit dem Ziel Arrow Point los.

Inzwischen war es 11.20 Uhr. Wenn Touristen dorthin kamen, war dies die Zeit, in der die ersten Besucher auftauchen mußten.

Ich mußte zur Promenade zurück, und nach einer Fahrt von fünf Minuten erreichte ich eine Seitenstraße mit einem Schild »Zur Schule für Keramik, die Schatzkammer für Originalentwürfe«.

Als ich abbog, sah ich im Rückspiegel hinter mir einen großen blauweißen Bus. Er war mit den üblichen besichtigungswütigen Touristen mit ziegelroten Gesichtern und scheußlichen Hüten beladen, die den üblichen, übertrieben gutgelaunten Lärm veranstalteten.

Ich lenkte zur Seite und ließ den Bus an mir vorbei. Dröhnend und in eine Staubwolke gehüllt überholte er mich und fuhr den ganzen Weg und durch das Doppeltor, das zu dem Gebäude mit dem blauen Dach führte, vor mir her.

Auf dem Parkplatz standen schon sechs Wagen, als ich dort anhielt. Ein älterer Mann in einem weißen Kittel, dessen Brusttasche mit zwei Fischen, die in einer weinroten Soße schwammen, bestickt war, kam zu mir und gab mir einen Parkzettel.

»Macht einen Dollar«, sagte er mit einem um Verzeihung bittenden Grinsen.

»Ich wette, daß Sie jeden, der zu Fuß kommt, für widerlich geizig halten«, sagte ich und gab ihm den Dollar.

Er antwortete, es käme nie jemand zu Fuß. Ich ließ mir bei meiner Unterhaltung Zeit mit ihm. Ich wollte, daß der Pulk aus dem Bus inzwischen stieg, damit ich mich unauffällig unter ihn mischen konnte.

Bis ich den Parkplatz verlassen hatte, waren alle ausgestiegen und trotteten auf den Eingang des Gebäudes zu. Ich schloß mich ihnen an.

Der Reiseführer, ein geschäftiger, nervöser, kleiner Mensch, kaufte an der Tür Einlaßkarten und lenkte seine Herde durch ein Drehkreuz in eine große Halle. Ich bezahlte noch einen Dollar und bekam dafür von einem hartäugigen Mann in einem weißen Mantel, der gleichfalls mit dem Fischsymbol bestickt war, eine Einlaßkarte.

Er unterrichtete mich, daß ich die Einlaßkarte in Zahlung geben könne, falls ich mir etwas kaufen wollte.

»Kopf gewinnen Sie, Adler verliere ich.«

Er zuckte mit den Achseln.

»Wenn Sie wüßten, wie viele Herumtreiber hierherkamen, ehe wir Eintrittsgeld erhoben, die niemals auch nur das geringste kauften, würden Sie sich wundern.«

Dieser Gesichtspunkt war mir verständlich.

Ich ging durch das Drehkreuz und erreichte gerade noch den letzten Nachzügler, wie er hinter seiner Reisegesellschaft in einen großen Raum trottete, der mit Töpferwaren aller Formen, Größen und Farben überschwemmt war. Die Gesamtwirkung war ziemlich scheußlich.

Der Raum hatte beachtliche Ausmaße. Auf jeder Seite standen lange Verkaufstische mit weiteren Erzeugnissen der Töpferkunst. Mädchen in weißen Mänteln mit gestickten Fischen auf den Taschen standen zwischen den Verkaufstischen. Sie sahen den Ankömmlingen mit gefaßter Langeweile entgegen. Ich mußte an Thelma Cousins denken, die wahrscheinlich vor wenigen Tagen noch ebenfalls hinter einem dieser Tische gestanden und einen ähnlichen Haufen Touristen mit dem gleichen Ausdruck entgegengesehen hatte.

Es waren etwa 20 Mädchen anwesend, alle gleich gekleidet, alle bereit, etwas zu verkaufen, sobald einer stehenblieb oder so unklug war, eine der ausgestellten häßlichen Töpfereiprodukte in die Hand zu nehmen.

Am hinteren Ende des Raumes befand sich ein von einem weinroten Vorhang verdeckter Durchgang. Eine Blondine mit strenger Miene saß neben dem Vorhang, die Beine übereinandergeschlagen, die Hände auf ihrem Schoß gefaltet.

Ich bewegte mich mit der Nachhut der Touristen, blieb stehen, wenn sie stehenblieb, schlurfte weiter, wenn sie weiterschlurfte. Es überraschte mich, wieviel gekauft wurde. Die Preise waren hoch und das Zeug der reine Kitsch.

Ich behielt den verhängten Durchgang im Auge, in der Vermutung, daß hinter diesem Vorhang die eigentlichen Geschäfte abgeschlossen wurden. Eine dicke, alte Frau, deren runzligen Finger von Brillanten überladen waren, und die einen keuchenden Pekinesen auf dem Arm trug, trat plötzlich durch den Vorhang. Sie nickte der strengen Blondine zu, die sie nur gleichgültig anstarrte. Die alte Dame ging durch den Mittelgang und verließ den Bau. Durch eines der großen Fenster sah ich, wie sie zu einem Cadillac watschelte, neben dem ein Chauffeur wartete.

Ich fing den Blick eines der Mädchen hinter einem der langen Verkaufstische auf. Es war ein hübsches Ding mit einer Stupsnase und naivem Gesichtsausdruck.

»Gibt es nichts Besseres als nur diesen Kitsch?« fragte ich. »Ich suche ein Hochzeitsgeschenk.«

»Gefällt Ihnen das hier nicht?« fragte sie und sah mich mit gespieltem Erstaunen an.

»Sehen Sie sich das Zeugs doch selbst an. Können Sie mir etwas darunter zeigen, das Sie zur Hochzeit geschenkt haben möchten?«

Sie sah sich nach allen Seiten um und verzog dann den Mund. »Da haben Sie recht. Würden Sie einen Moment warten?«

Sie verließ ihren Platz, ging zu der strengen Blondine hinüber und sprach mit ihr. Der blonde Zerberus musterte mich. Sie schien nicht sonderlich beeindruckt. Ich hatte weder Brillanten noch einen Pekinesen, war nichts als ein Tourist auf Urlaub.

Das Mädchen, mit dem ich gesprochen hatte, kam wieder zu mir.

»Miss Maddox wird Sie beraten«, sagte sie und verwies mich an die Blonde.

Als ich auf sie zutrat, stand sie auf. Sie besaß eine der vollbusigen und vollhüftigen Figuren, die man häufig in Nylonanzügen, aber sehr selten im wirklichen Leben findet.

»Haben Sie einen Wunsch?« fragte sie mit gelangweilter Stimme, ließ ihre Blicke über mich wandern und hielt nicht viel von dem, was sie sah.

»Ich suche nach einem Hochzeitsgeschenk«, antwortete ich. »Sie nennen den Kitsch hier doch nicht im Ernst Schatzkammer origineller Entwürfe?«

Sie zog ihre rasierten Augenbrauen hoch.

»Wir haben noch andere Modelle, aber die liegen preislich etwas höher.«

»Nun, man heiratet nur einmal. Zeigen Sie sie mir.«

Sie zog den Vorhang zur Seite.

»Hier hinein, bitte.«

Ich ging an ihr vorbei und trat in einen etwas kleineren Raum. Hier waren nur etwa 60 Beispiele für Mr. Hahns Kunst ausgestellt. Jedes stand auf seinem eigenen Sockel und so, daß es am günstigsten wirkte. Ein schneller Blick überzeugte mich, daß ich hier die Arbeiten vor mir hatte, von denen Margot so begeistert war. Es hatte mit dem Kitsch in dem vorderen Raum so wenig zu tun wie Brillanten mit Glas.

Miss Maddox schnippte mit einem langen Zeigefinger auf die ausgestellten Plastiken.

»Suchen Sie vielleicht etwas dieser Art?«

»Das ist viel besser«, sagte ich und blickte mich um. An der anderen Seite des Raumes befand sich wieder ein Durchgang, der von einem Rotkopf bewacht wurde. »Darf ich mich hier etwas umsehen?«

Miss Maddox trat ein paar Schritte von mir zurück und lehnte ihre anzeigenwürdige Hüfte an einen der Ausstellungstische. Ihr gelangweilter Blick verriet mir, daß ich sie nicht eine Sekunde lang täuschen konnte.

Die in diesem Raum gezeigten Arbeiten waren wirklich gut. Eine Bronzestatue eines nackten Mädchens, etwa dreißig Zentimeter hoch, das mit ihren Händen ihre Brüste bedeckte, entzückte mich. Man spürte das Leben in ihr pulsen. Es hätte mich nicht überrascht, wenn es plötzlich von dem Sockel, auf dem es stand, heruntergehüpft und aus dem Raum gelaufen wäre.

»Das ist hübsch«, sagte ich zu Miss Maddox. »Was kostet es?«

»Zweitausend Dollar«, antwortete sie mir mit der gleichgültigen

Stimme eines Autoverkäufers, der einem Kunden den Preis für einen Rolls Royce nennt.

»Was, so viel? Das ist mir zu hoch.«

Ein verächtliches Lächeln umspielte ihren Mund, und sie trat ein paar Schritte von mir weg.

Der Vorhang vor dem Durchgang, durch den ich gekommen war, wurde zur Seite geschoben, und ein dicker, weißgesichtiger Typ glitt in den Raum. Er trug eine weiße Flanellhose, eine aufdringliche Sportjacke mit einem kunstvollen Wappen auf der Brusttasche und hielt eine Fünfzehnzentimeterzigarre zwischen seinen fetten, weißen Fingern.

Ich erkannte ihn sofort.

Es war der Mann, den Cordez mit Donaghue angesprochen hatte, und der sich für zwei Streichholzbriefchen von 1000 Dollar trennte, als ich in der vergangenen Nacht durch Cordez' Bürofenster gespäht hatte.

Ich ging weiter und blieb vor der Statuette eines Matadors stehen. Er hielt seine Capa ausgestreckt und den Degen stoßbereit in der Hand. Langsam ging ich darum herum, während ich Donaghue aus den Augenwinkeln beobachtete, der unvermittelt stehengeblieben war, als er mich erblickte.

Er war so nervös wie ein aufgescheuchtes Huhn, zog sich mit zwei schnellen Schritten zum Gang zurück, durch den er gerade gekommen war, überlegte es sich dann, kam schnell wieder vor und trat dann drei Schritte zur Seite. Ich sah ihm an, daß er sich nicht entschließen konnte, ob er fortlaufen oder bleiben sollte.

Ich fragte Miss Maddox: »Ist diese Plastik genauso teuer?«

»Sie kostet dreitausendfünfhundert Dollar«, antwortete sie, ohne mich eines Blickes zu würdigen.

Donaghue durchquerte den Raum und steuerte die Rothaarige an.

Ich ging weiter zu einer Kindergruppe, die noch besser als der Matador war.

Donaghue blieb neben der Rothaarigen stehen, fummelte in seiner Tasche, zog dann etwas heraus und zeigte es ihr. Ich sah etwas Kleines, Rotes in seiner Hand. Auch wenn ich nicht Detektiv gewesen wäre, hätte ich erkannt, daß es ein Streichholzbriefchen aus dem Musketeer Club war.

Der Rotkopf zog den Vorhang zur Seite, und Donaghue verschwand dahinter. Ehe der Vorhang wieder zufiel, konnte ich einen kurzen Blick in einen dahinterliegenden Gang werfen.

Ich ging langsam zwischen den Ausstellungsstücken weiter, suchte nach etwas Kleinem und Bescheidenem, aber das gab es nicht. Ich spürte, wie die Blonde und die Rothaarige mich beobachteten. Schließlich blieb ich vor einem Pudel stehen, der mit der gleichen Eleganz wie die anderen Statuetten geformt war. Ich befand mich nahe dem verhängten Durchgang vor dem der Rotschopf saß. Ich ließ mir Zeit, den Pudel zu betrachten.

Nach etwa fünf Minuten sagte Miss Maddox mit einer gewissen Schärfe im Ton: »Er kostet siebzehnhundert Dollar.«

»Was, mehr nicht?« Ich lächelte ihr zu. »Er wirkt fast lebendig. Ich muß es mir überlegen. Siebzehnhundert Dollar – fast so gut wie geschenkt, wie?«

Sie stülpte die Lippen vor und starrte mich mit unverhüllt feindseligen Blicken an.

Der Vorhang wurde zur Seite gezogen, und Donaghue erschien wieder. Er starrte mich mit aufgerissenen Augen erschrocken an, trippelte dann durch den Raum und auf der anderen Seite hinaus.

Ich kam zu der Ansicht, daß ich nicht länger wie jemand herumlungern konnte, der eine günstige Gelegenheit ausbaldowern will. Ich sagte mir, daß es vielleicht lohnte, festzustellen, was ich mit den Streichhölzern erreichen würde, die ich in Margots Abendtasche gefunden hatte. Hoffentlich waren es nicht neue Schwierigkeiten.

Ich wandte mich dem Rotschopf zu und überraschte sie dabei, wie sie mich anstarrte. Mit einem Lächeln zeigte ich meine Zähne und trat näher.

Sie beobachtete mich argwöhnisch. Ich schob die linke Hand in die Hosentasche und zeigte ihr das Streichholzbriefchen. Sie preßte die Lippen zusammen, warf dann Miss Maddox einen vielsagenden Blick zu, während sie sich vorbeugte, um den Vorhang zur Seite zu ziehen.

»Danke«, sagte ich. »Ich wollte mich nur vergewissern, daß mich niemand beobachtet.«

Ihre Miene verriet mir, daß ich das Falsche gesagt hatte, aber sie hielt mir immer noch den Vorhang auf, und ich machte keinen Versuch, etwas zu verbessern oder zu verschlechtern. Ich kam in einen langen Gang, der von Leuchtröhren erhellt wurde und rot und blau dekoriert war.

Vorsichtig bewegte ich mich weiter. Das unbestimmbare Etwas, das immer Überstunden macht, wenn ich im Begriff bin, meinen Hals zu riskieren, begann mich zu plagen, und mein Instinkt ließ Alarmglocken aufgellen. Hätte ich nur meine Waffe mitgenommen.

Am Ende des Ganges lag eine Tür vor mir. Sie hatte einen Schalter, der geschlossen war. Daneben befand sich ein Klingelknopf. Auf einem niedrigen Bord stand eines von Marcus Hahns geringfügigeren Werken, eine große, grün und rosa glasierte Steinguturne.

Geräuschlos erreichte ich auf meinen Kreppsohlen die Tür und blickte in die Urne. Auf ihrem Boden lag etwa ein Dutzend Streichhölzer. Es waren die gleichen wie die in meinem Streichholzbriefchen. Jedes trug auf einer Seite eine Reihe Zahlen. Jedes war aus einem Streichholzbriefchen herausgerissen worden und alle waren abgebrannt. Die Streichhölzer waren entzündet und sofort wieder gelöscht worden.

Ich war überzeugt, eine wichtige Entdeckung vor mir zu haben, falls ich erfuhr, was das zu bedeuten hatte. Ich sah über die Schulter zurück. Am Anfang des Ganges hing der Vorhang an seinem Platz. Weder der Rotschopf noch Miss Maddox spähten hinter mir her.

Ich hielt es für besser, mein Glück nicht weiter zu strapazieren. Ich war versucht, auf die Klingel neben der Tür zu drücken, um festzustellen, was geschah, aber da ich in diesem Augenblick auf gefährliche Momente nicht vorbereitet war, unterließ ich es lieber. Zumindest hatte ich festgestellt, daß es zwischen dem Musketeer Club und Marcus Hahns sogenannter Schatzkammer eine eindeutige Verbindung gab. Die Leute zahlten Cordez hohe Beträge für ein Streichholzbriefchen, kamen dann hierher und trennten sich jedesmal von einem Streichholz. Was bekamen sie dafür?

Ich drehte mich um und ging sehr leise durch den Gang zurück, zog den Vorhang zur Seite, trat hindurch und versuchte dabei, so verwirrt und schuldbewußt auszusehen, wie Donaghue kurz zuvor.

Der Rotkopf polierte seine Fingernägel, sah nicht einmal auf, als ich an ihr vorbeikam. Ich ging in den ersten Raum hinüber.

Die Reisegesellschaft hatte inzwischen ihr Geld ausgegeben. Sie wurde auf den Ausgang zugetrieben. Die meisten trugen ein säuberlich gepacktes Päckchen.

Ich folgte in ihrem Kielwasser, und sobald ich das Drehkreuz hinter mir hatte, trennte ich mich von ihnen und ging auf meinen Buick zu.

Nachdem ich die Schule für Keramik verlassen hatte, fuhr ich schnell über die Promenade zum Franklyn Arms. Ich nahm Margots Abendtasche aus dem Handschuhfach, steckte die Streichhölzer wieder hinein, stieg aus und betrat die Halle des Apartmenthauses.

Ich bat den Empfangschef, mich bei Miss Creedy anzumelden. Nachdem er angerufen hatte, sagte er, sie würde in fünf Minuten in die Bar kommen und mich dort treffen. Er zeigte mir, wo die Bar lag. Ich ging hinein und nahm an einem Ecktisch Platz.

Es dauerte gut zehn Minuten, bis Margot erschien. Inzwischen war es Viertel nach zwölf geworden. Die Bar war recht gut besucht, aber niemand saß in der Nähe meines Tisches.

Margot kam auf mich zu. Sie trug einen kurzen Strandumhang über einem Badeanzug und Sandalen. Ihre Haare hatte sie mit einem roten Band zurückgebunden, und in der Hand hielt sie eine große Strandtasche.

Die meisten Männer starrten sie an. Der Anblick war es wert. Ich starrte auch.

Als sie an den Tisch trat, stand ich auf und schob ihr einen Stuhl zurecht.

»Ich kann nicht länger als zehn Minuten bleiben, Lew«, sagte sie lächelnd. »Ich bin auf der anderen Seite der Stadt zum Lunch verabredet.«

Ich fragte sie, was sie zu trinken haben wollte, und sie antwortete, einen Gin Fizz. Ich bestellte mir das gleiche.

»Ich würde dir gern sagen, daß du wundervoll aussiehst«, begann ich, sobald der Kellner fort war, »aber ich fürchte, du hast es schon so oft gehört, daß du es nicht mehr hören kannst.«

Sie lachte.

»Das hängt davon ab, wer es sagt. Hast du meine Tasche mitgebracht?«

Ich hatte sie auf den Stuhl neben mir deponiert und hob sie nun auf, um sie auf den Tisch zu legen.

»Den Finderlohn beanspruche ich erst später«, sagte ich.

Ihre Augen funkelten.

»Ich bin bereit, ihn zu zahlen. Danke, Lew, ich gehe schrecklich achtlos mit meinen Sachen um.« Sie nahm die Tasche und wollte sie in ihren Strandbeutel stecken.

»Einen Augenblick! Willst du nicht nachsehen, ob nichts fehlt?«

Sie sah mich verwirrt an.

»Was sollte denn fehlen?«

Ihre tiefblauen Augen waren völlig arglos, und das gefiel mir.

»Margot, in dieser Tasche ist ein Streichholzbriefchen, das mich interessiert.

»Wirklich?« Sie war überrascht. »Ein Streichholzbriefchen, sagst du? Warum interessiert es dich?« Sie öffnete die Tasche, schob das Taschentuch beiseite und nahm die Streichhölzer heraus. »Meinst du das hier?«

»Ja. Woher hast du es?«

»Keine Ahnung. Ich wußte gar nicht, daß es in meiner Tasche war. Warum, Lew, interessiert dich das so sehr?«

»Ich habe Grund, anzunehmen, daß es die Streichhölzer sind, die ich in Jacks Gepäck fand. Später durchwühlte jemand mein Zimmer, fand sie und vertauschte sie gegen ein anderes Streichholzbriefchen. Jetzt tauchen sie plötzlich in deiner Tasche auf.«

»Bist du überzeugt, daß es dieselben Streichhölzer sind? Ich habe diese Briefchen zu Dutzenden im Klub gesehen.«

»Sieh sie dir genau an. Du wirst auf der Rückseite der Streichhölzer Zahlen finden. Es sind die gleichen Zahlen, die auf den Streichhölzern in Sheppeys Briefchen waren.«

Sie öffnete den Umschlag, bog die Streichhölzer zurück und runzelte die Stirn, als sie die Zahlen sah.

»Das ist doch seltsam. Vielleicht haben die Streichhölzer in allen Briefchen diese Nummern.«

»Nein. Ich habe es nachgeprüft. Woher hast du dieses Briefchen?«

»Ich muß es gestern abend im Klub bekommen haben. Ich habe dort gegessen.« Sie überlegte angestrengt. »Ja, richtig, ich erinnere mich, daß ich mein Feuerzeug vergessen hatte. Ich benutze nie Streichhölzer, außer, wenn ich mein Feuerzeug vergesse. Vermutlich habe ich die Streichhölzer in der Garderobe des Klubs bekommen.«

Ich schüttelte den Kopf.

»Das hast du nicht. Das ist ein besonderes Briefchen, Margot. Jemand hat deswegen einen Mord begangen. Du kannst es nicht aus dem Klub haben.«

Sie wurde unruhig.

»Dann weiß ich nicht, woher, es sei denn, ich bat jemanden um Feuer, und er gab mir diese Streichhölzer.«

»Das halte ich für unvorstellbar. Mit wem hast du zu Abend gegessen?«

»Es war eine Gesellschaft. Außer mir noch fünf Personen. Bridgette und Thrisby, ein Mann namens Donaghue, Harry Lucas, mit dem ich manchmal Tennis spiele, und Doris Little, eine Freundin vorn mir.«

»Hat irgendeiner dieser Leute die Streichhölzer zufällig auf dem Tisch liegenlassen und du sie aus Versehen eingesteckt?«

»Das wäre möglich. Ich kann mich zwar nicht daran erinnern, daß ich sie eingesteckt habe, aber das ist natürlich etwas, was man manchmal tut, ohne darauf zu achten.«

»Die Sache gefällt mir nicht. Dieses Briefchen ist viel Geld wert. Ich kann mir nicht vorstellen, daß es jemand auf dem Tisch liegenließ und ein anderer sie versehentlich an sich nehmen könnte.«

»Vielleicht glaubte der Betreffende, es seien gewöhnliche Streichhölzer. Die Kellner lassen sie auf allen Tischen liegen.«

»Vielleicht. Nun gut, ich möchte diese Streichhölzer haben, Margot. Ich muß sie Inspektor Rankin zeigen.«

Ihre Augen weiteten sich.

»Aber, Lew, wenn du das tust, ziehst du mich in diese Geschichte hinein«, sagte sie. »Ich darf nichts mit der Polizei zu tun bekommen. Daddy würde toben.«

»Ich muß es Rankin sagen. Er wird natürlich wissen wollen, woher ich sie habe, aber du brauchst dir keine Sorgen zu machen. Er hat viel zuviel Angst vor deinem Vater, um dich hineinzuziehen.«

»Aber wenn er es nun doch tut, Liebling? Du darfst es einfach nicht. Siehst du das nicht ein? Er wird fragen, wieso du die Streichhölzer in meiner Tasche fandest. Du wirst ihm doch um Gottes willen nichts von gestern abend sagen?«

Ich überlegte kurz. »Also gut. Ich werde alles allein machen und Thrisby aufsuchen, ehe ich mit Rankin spreche. Vielleicht kann ich von Thrisby etwas darüber erfahren.«

Sie reichte mir die Streichhölzer.

»Bitte, ziehe mich nicht hinein, Lew. Wenn die Zeitungen vermuten, daß ich etwas damit zu tun habe . . .«

Ich strich ihr beruhigend über die Hand.

»Sei unbesorgt. Wirst du, bis wir uns das nächste Mal sehen, scharf nachdenken und versuchen, dich zu erinnern, wie die Streichhölzer in deinen Besitz kamen? Wirst du mich anrufen, wenn es dir einfällt, Margot? Es ist wichtig.«

»Natürlich.« Sie sah auf die Uhr. »Ich muß fort, habe mich schon verspätet.« Sie stand auf. »Willst du jetzt gleich zu Thrisby?«

»Ich denke ja. Es ist vielleicht eine günstige Zeit, um ihn anzutreffen.«

»Weißt du, wie du dort hinkommst? Du fährst über den Franklyn Boulevard und biegst an der nächsten Ampel rechts ab auf die Straße ins Gebirge. Es sind ungefähr fünf Meilen. Du wirst ein Schild ›The Crest‹ sehen.« Sie schenkte mir ihr kleines Lächeln. »Auf Wiedersehen, Lew.«

»Hoffentlich bald.«

Ich sah ihr nach, wie sie aus der Bar eilte, und ich war nicht der einzige. Ihre langen, braunen Beine waren der Brennpunkt aller anwesenden Männer.

Ich schnippte mit den Fingern nach dem Kellner, der nach einer Weile kam und mir die Rechnung brachte. Ich bezahlte, wartete auf das Wechselgeld, stand dann auf und trat in den Sonnenschein hinaus, wo der Buick stand.

Ohne Eile fuhr ich den Franklyn Boulevard entlang, genoß das herrliche Wetter, während ich die Teile und Bruchstücke der Informationen in Gedanken überprüfte, die ich gesammelt hatte. Noch lag das Problem völlig verschwommen. Es war wie beim Anfang eines Puzzlespiels, wenn man beginnt, die einzelnen Stücke zu ordnen. Im Augenblick sah ich noch kein Bild, aber ich besaß eine Anzahl Stücke, von denen ich überzeugt war, sie bald zu einem Bild zusammenfügen zu können.

Am Ende des breiten Boulevards bog ich nach rechts ab und erreichte eine sehr steile Gebirgsstraße. Minuten später kam ich an einem Wegweiser vorbei mit der Aufschrift »The Crest«, der einladend nach oben wies.

Auf halber Höhe verbreiterte sich die Straße, wie eine Parkbucht. Ich hielt an, um die Aussicht zu bewundern.

Weit unter mir lag St. Raphael City, rechts das große Kasino, der meilenlange, schimmernde Strand, die Palmen, die Luxushotels und die Menschenschwärme am Strand. Ich konnte Creedys Besitz in dem Gewirr von Rot und Gelb und Weiß der Rosenbeete sehen, und über die Zufahrtsstraße bewegte sich ein Rolls schnell auf die Schranke mit den beiden ameisengroßen Figuren zu, die dort Wache standen.

Meine Blicke wanderten zu der sich bergauf schlängelnden

Straße unter mir, jener Straße, über die ich vom Franklyn Boulevard hier heraufgekommen war.

In der Mittagshitze lag sie weiß und verlassen da. Ich schien der einzige zu sein, der sie um diese Zeit benutzte. Und es gab mir ein Gefühl der Einsamkeit, von der Höhe auf diese reiche, von Gangstern beherrschte Stadt hinunterzublicken.

Ich reckte meine Schultern, startete den Motor und setzte meine Fahrt fort.

*

Das White Chateau lag am Ende einer Seitenstraße, die im scharfen Winkel 300 Yards weit zu einer Plattform, die gerade groß genug war, daß ein Wagen darauf wenden konnte, bergab führte. Am Beginn der Straße stand ein frisch gemaltes Schild,

*Privatstraße. Parken verboten.*

Auf der Plattform stand ein Cadillac Cabriolet, ein glänzender, blaßblauer Wagen mit dunkelblauen Nylonpolstern und schimmerndem Chrom. Ich parkte den Buick daneben, stieg aus und sah zum Haus hinüber. Es war hinter blühenden Büschen und Palmen verborgen. Ich konnte nur das überhängende Dach mit den grünen Ziegeln erkennen.

Ich ging zu dem hölzernen Tor, auf das der Name des Hauses gemalt war. Ich öffnete es und folgte einem Pferd, der auf beiden Seiten von sauber gestutzten Hecken eingefaßt wurde, dann über einen Rasen und gelangte vor das Haus. Es war ein kleiner Bau mit grünen Fensterläden, weißen Mauern, einer breiten Veranda, Blumenkästen mit Begonien unter jedem Fenster und einem kräftigen Schlinggewächs mit roten und weißen glockenförmigen Blüten, das den Eingang umrankte.

Zur Veranda stand eine Fenstertür offen. Auf der Balustrade lag ein Siamkater in der Sonne. Er hob den Kopf, und seine Augen blickten ohne Interesse in meine Richtung. Dann ließ er den Kopf wieder auf den heißen Stein sinken.

Über den Rasen ging ich zur Veranda. Die Eingangstür lag links von mir. Sie war grün gestrichen, mit Chrombeschlägen und einem Glockenzug versehen. Während ich näher kam, hörte ich eine Männerstimme durch die offene Fenstertür.

»Nun, wenn du nichts trinken willst, gut. Ich möchte aber was.«

Ich blieb stehen.

»Um Himmels willen, fang jetzt doch nicht an zu trinken, Jacques«, sagte eine Frau. »Ich will mit dir sprechen.«

»Und das, mein Liebling, ist gerade der Grund, weshalb ich etwas zu trinken haben muß. Kannst du dir vorstellen, daß ich hier sitze und dir zuhöre, wenn ich nichts zu trinken habe? Sei doch bitte vernünftig.«

»Du bist ein Schwein, Jacques.«

Der Ton in der Stimme der Frau war häßlich anzuhören. Ich bewegte mich schnell über die Veranda und blieb unmittelbar neben der Fenstertür stehen.

»Vermutlich kann man mich so bezeichnen. Aber dir sollte es doch egal sein«, entgegnete der Mann leichthin. »Du müßtest inzwischen doch an Schweine gewöhnt sein.«

Das zischende Geräusch eines Syphons verriet mir, daß er sich einen Drink mischte. Ich schob mich noch etwas näher, bis ich einen Blick in das Zimmer werfen konnte.

Von meinem Platz aus erschien der Raum übergroß. Der Boden war mit einem blaßblauen Teppich ausgelegt, die Möbel bestanden aus heller Eiche. Es gab tiefe Sessel und zwei riesige Sofas.

In einem Sessel saß eine Frau Mitte der Dreißig. Ihr seidiges Haar war in einem warmen, aprikosenfarbenen Ton gefärbt, und sie war in der charakterlosen Weise schön, wie Filmstars schön sind. Ein Gesicht, dem jeder persönliche Ausdruck fehlte. Sie trug einen Bikini, der sehr viel sonnengebräunte Haut frei ließ, Haut, die schon etwas schlaff wurde und die Elastizität der ersten Jugend verloren hatte. Fraglos war sie gut gebaut, aber sie hatte nicht den Körper, nach dem ich ein zweites Mal hingesehen hätte.

An den Füßen trug sie schmalriemige Sandalen, und ihre Zehennägel waren silbern lackiert. An ihren Ohren hingen große, weiße Korallen, und um ihren sonnengebräunten Hals schlang sich eine dicke, weiße Korallenkette.

Ich brauchte nicht zu raten, wer sie war. Ich hatte sie sofort erkannt. Das mußte Bridgette Creedy sein, der ehemalige Filmstar, inzwischen Lee Creedys Frau.

Jacques Thrisby trat in mein Blickfeld. Er entsprach genau meinen Erwartungen. Ein stattlicher Kerl, dunkelgebrannt von der Sonne, mit lockigem Haar, blauen Augen, einem dünn ausrasierten Schnurrbart in einem hübschen Gesicht. Er trug ein weißes Trikothemd, dunkelrote Shorts und Sandalen. In der rechten Hand hielt er einen Highball, und zwischen seinen vollen, sinnlichen Lippen hing eine Zigarette.

»Wo warst du gestern nacht, Jacques?« fragte Bridgette und sah ihn feindselig an.

»Mein teurer Schatz, wie oft noch? Ich habe es dir doch gesagt. Ich war hier und habe mir das Boxen im Fernsehen angesehen.«

»Ich habe zwei Stunden im Klub auf dich gewartet.«

»Ja, ja, das hast du schon fünfmal gesagt. Ich habe dir erklärt, daß es mir leid tut. Soll ich mir auch noch Asche aufs Haupt streuen? Unsere Verabredung war nicht endgültig. Ich habe sie einfach vergessen.«

»Unsere Verabredung war endgültig, Jacques. Ich hatte dich angerufen, und du hattest gesagt, du kämst in den Klub.«

Er trank von seinem Glas und stellte es auf einem Beitisch ab. »Okay. Du hast angerufen, ich habe es aber trotzdem vergessen. Es tut mir immer noch leid.« Er gähnte und legte seine Hand vor den Mund. »Müssen wir das alles noch einmal durchkauen?«

»Du hast dir nicht das Boxen angesehen, Jacques. Ich habe hier angerufen, und du hast dich nicht gemeldet.«

»Ich beantworte nicht jeden Telefonanruf, Bridgette, mein Herz. Es passiert oft, daß irgendein langweiliger Esel einen am Telefon belästigt. Ich habe es klingeln hören und mich nicht gemeldet.«

Ihre Nasenflügel zuckten.

»Ich bin also langweilig.«

Er lächelte.

»Du mußt keine voreiligen Schlüsse ziehen. Du weißt ebensogut wie ich, daß man durch einen langweiligen Esel am Telefon furchtbar lange aufgehalten werden kann.«

»Das ist keine Antwort auf meine Frage.«

Er musterte sie. Sein Lächeln war nichtssagend.

»Du bist im Augenblick sehr langweilig, Liebling«, sagte er schließlich. »Ich habe dir erzählt, was ich gestern abend tat. Ich war hier und habe mir das Boxen angesehen. Ich hörte das Telefon klingeln und habe mich nicht gemeldet. Als das Boxen vorüber war, ging ich schlafen. Ich habe unsere Verabredung einfach vergessen, und es tut mir sehr, sehr, sehr leid.«

Sie setzte sich abrupt in dem Sessel auf. Ihre Augen funkelten.

»Du lügst! Du warst nicht hier. Ich kam hierher und fand das Haus dunkel, und dein Wagen war nicht in der Garage. Wie kannst du es wagen, mich anzulügen. Was hast du getan?«

Das gekünstelte Lächeln verschwand plötzlich, und sein Gesicht wurde hart. Er war nicht länger der hübsche Gigolo. Der glatte, äußere Lack war unvermittelt abgefallen und legte den harten, skrupellosen Mann unter der Oberfläche bloß.

»Du bist also hierhergekommen. Wie billig wirst du dich noch machen, mein Schatz? Erst engagierst du einen Privatdetektiv, um mich zu beobachten, und nachdem er ermordet wurde, spionierst du für dich selbst. Davon habe ich jetzt genug. Wir wollen Schluß machen. Mir hängt das Ganze zum Hals heraus – du samt allem.«

Sie legte ihre Finger mit den Silberspitzen auf ihre nackten Knie und krümmte sie. Ihre langen Finger sahen wie Krallen aus.

»Wer war die Frau?«

Er leerte sein Glas und drückte die Zigarette aus.

»Ich glaube, das genügt mir für heute«, sagte er. »Ich habe Dinge zu erledigen, wenn du vielleicht auch nichts zu tun hast. Machen wir also Schluß.«

»War es Margot?« Der Haß in ihrer Stimme war häßlich anzuhören. »Hast du wieder mit ihr angefangen?«

»Nur weil Margot besser aussieht als du und wenigstens zehn Jahre jünger ist, so folgt daraus noch nicht, daß sie mir etwas bedeutet«, sagte er. »Ganz unter uns: ich finde gegenwärtig alle Frauen, die Creedy heißen, widerwärtig.« Er lächelte breit. »Wenn die Wahrheit einmal gesagt werden muß: sie sind beide übertrieben sexuell, zu besitzgierig und unerträglich langweilig. Würdest du jetzt so freundlich sein, mein Schatz, und endlich gehen? Ich bin zum Essen verabredet.«

»Es war also Margot. Sie ist immer noch in dich verliebt, wie? Sie ist entschlossen, dich mir wegzunehmen«, sagte Bridgette mit zitternder Stimme.

»Wir wollen doch keine Szene machen.« Thrisby verschwand aus meinem Blickfeld. Ich hörte, wie ein Korken aus einer Flasche gezogen wurde. »Würdest du jetzt bitte gehen, Bridgette.«

»Ich gehe nicht, ehe ich nicht weiß, wer die Frau ist, mit der du gestern nacht zusammen warst.«

»Also gut, wenn du es unbedingt wissen mußt. Es war eine kleine Blonde. Sehr hübsch und jung und frisch. Ich fand sie auf der Promenade, und zufällig war sie allein. Du solltest inzwischen wissen, Bridgette, daß ich einsamen Frauen auf keinen Fall widerstehen kann.« Er kam mit einem frisch gefüllten Glas in mein Blickfeld zurück. Der glatte Lacküberzug war wieder vorhanden. »Aus Herzensgüte also mußte ich sie trösten, und die Bereitwilligkeit, mit der sie meinen Trost annahm, war eine erfreuliche Überraschung.«

»Du verfluchtes Schwein!« fauchte Bridgette und ballte die Hände. »Du lügst! Es war Margot.«

»Also, wenn du nicht gehen willst, dann muß ich es wohl«, sagte Thrisby und lächelte. »Ich will mir niemals nachsagen lassen, eine frühere Geliebte aus meinem Haus getrieben zu haben. Mach es dir bequem, mein Schatz. Trink nicht zuviel von meinem Schnaps. Ich hoffe, du bist weg, wenn ich zurückkomme.«

»Damit ist es also endgültig zwischen uns aus?« fragte Bridgette.

»Diese Frage ist wirklich brillant. Das sage ich dir nun schon seit zehn Minuten, und du fragst noch einmal. Ja, Bridgette, es ist endgültig aus zwischen uns. Wir haben beide unser Vergnügen gehabt, aber jetzt ist es besser, wenn wir uns trennen.«

Sie lehnte sich in dem Sessel zurück. Ihr Gesichtsausdruck bot keinen erfreulichen Anblick. Sie schien in den letzten Minuten gealtert zu sein. Daß sie fast nackt war, wirkte peinlich.

»Also gut. Wenn wir uns endgültig trennen, Jacques, dann bezahlst du wohl besser gleich deine Schulden«, sagte sie kalt. »Du hast doch nicht vergessen, daß du mir Geld schuldest? Dreizehntausend Dollar, um es genau zu sagen.«

Sein Lächeln wurde breiter. »Ist es so viel?« Er nahm sein Glas, blickte mit hochgezogenen Augenbrauen hinein und trank einen Schluck. »Vermutlich hast du es alles in einem ledergebundenen Büchlein aufgeschrieben.«

»Ich habe ein Konto darüber geführt. Ich will das Geld.«

»Davon bin ich überzeugt. Dein älterer Herr Ehemann ist wohl nicht besonders großzügig. Ich fürchte, du mußt darauf warten. Ich habe keine dreizehntausend Dollar. Bei weitem nicht. Es hat eine ganze Menge gekostet, dich herumzuführen und zu unterhalten. Ich werde es dir geben, wenn ich kann. Aber du mußt dich auf die betrübliche Tatsache gefaßt machen, sehr, sehr lange darauf warten zu müssen.«

»Ich will es jetzt.«

»Tut mir leid. Nun, ich muß los. Soll ich dich zu deinem Wagen bringen?«

»Ich sagte, ich will das Geld jetzt!« Sie hatte ihre Stimme erhoben.

»Wenn du darauf bestehst, wirst du mich wohl verklagen müssen.« Sein Lächeln wurde zu einem breiten Grinsen. »Ich bin überzeugt, dein Mann kann dich am besten beraten, wie du das anfängst. Natürlich wird er sich von dir scheiden lassen, wenn er erfährt, daß du mir so viel Geld gegeben hast. Schließlich ist er ein Mann von Welt und wird erkennen, daß jemand wie ich von dir kein Geld bekommen hätte, wenn er nicht eine Gegenleistung zu bieten hatte. Aber mach dir nichts daraus, du hast ihn wahrscheinlich so über, mein schönes Kind, wie ich dich.«

Sie betrachtete ihn sekundenlang. In ihren Augen lag ein Ausdruck, der mich wahrscheinlich bedenklich gemacht hätte. Aber ihn schien er nicht zu bekümmern.

»Ich glaube, du hast nichts auf dieser Welt zu suchen«, sagte sie schließlich. »Ich muß den Verstand verloren haben, daß ich mich jemals mit dir einließ.«

»Ich würde das nicht zu hart ausdrücken«, entgegnete er. »Du warst eine unbefriedigte Frau, und ich bot dir, was du brauchtest. Du mußtest wissen, daß das nicht ohne Bezahlung zu haben war. Wir haben unser Vergnügen gehabt. Jetzt ist es Zeit, auseinanderzugehen. Sei vernünftig, Bridgette. Wir wollen uns nicht in unfreundlicher Weise trennen. Es gibt reichlich andere, die ebensogut aussehen wie ich und ebensogut und stark sind. Es wird dir nicht schwerfallen, einen Ersatz zu finden. Denk doch an das Vergnügen, das es macht, einen neuen Liebhaber anzulernen. Ich hielt mich zwar nie ganz an die Linie, die du wolltest, aber das macht nichts. Vielleicht findet sich einer, der das tut. In ein paar Wochen hast du mich vergessen.«

Sie starrte ihn eine Weile schweigend an. Dann griff sie an ihrer Seite herunter und hob eine Strandtasche hoch, wie sie Margot auch bei sich getragen hatte, öffnete sie und begann darin herumzusuchen. Es erinnerte mich daran, wie Margot in ihrer Tasche gesucht hatte.

Thrisby sah ihr zu. Die Augenbrauen hochgezogen, nichtssagend lächelnd.

Sie sah auf, die Hand immer noch in der Tasche verborgen, und fragte: »Meinst du das wirklich, Jacques? Ist es tatsächlich zwischen uns aus?«

Mit einer fahrigen Bewegung strich er sich mit den Fingern durchs Haar.

»Ja«, antwortete er. Seine Stimme war plötzlich rauh und hart. »Wie oft muß ich es noch sagen?«

»Wir sehen uns also nie wieder?« fragte sie und beobachtete ihn immer noch mit funkelnden Augen.

»Also gut. Wenn du es nicht auf freundliche Weise hören willst, dann eben anders.« Er beugte sich vor und funkelte sie an. »Mach, daß du zum Teufel kommst. Dein Anblick ist mir zuwider. Und nun raus mit dir, oder ich werfe dich aus dem Haus!«

Sie lächelte ihn an. Es war eine verzerrte Grimasse.

Dann sagte sie: »Ich werde dich töten, Jacques. Wenn ich dich nicht habe, soll dich keine haben.«

Sie zog eine .38er Pistole aus der Tasche und richtete sie auf ihn.

*

Es war plötzlich sehr still auf der Veranda und die Sonne sehr heiß. Irgendwo aus der Ferne konnte ich das Rauschen der Wogen hören, die sich am Strand brachen, ein kaum wahrnehmbares Geräusch, das in der Stille, die mich umgab, laut zu sein schien.

Auch in dem großen Wohnraum war es plötzlich still geworden. Ich sah auf Thrisby, der reglos dastand, mit erschreckten Augen auf die Waffe starrte, während sein Lächeln wie weggewischt war.

Bridgette stand langsam auf. Mit der Waffe in der Hand sah sie in ihrem knapp sitzenden Bikini fast albern aus. Ihr Gesicht war unter der Sonnenbräune erblaßt, und ihre Haut wirkte stumpf und abgegriffen. Ihr Finger mit dem silbernen Nagel krümmte sich um den Abzug.

»Ja, Jacques«, sagte sie unheimlich ruhig, »ich werde dich töten. Ich habe genug von dir ertragen. Jetzt bist du an der Reihe, etwas von der Hölle zu erfahren, in die du mich gebracht hast.«

»Laß diesen Unsinn!« stieß Thrisby gehetzt hervor. »Steck die Waffe weg. Es wird dir nichts helfen. Die Polizei wird dich festnehmen. Alle Welt weiß, daß ich dein Liebhaber bin. Der erste, an den man denken wird, bist du.«

»Glaubst du, daß mich das berührt? Glaubst du, daß ich weiterleben will, nachdem ich dich getötet habe, Jacques? O nein. Wenn ich dich erschossen habe, erschieße ich mich selbst. Das ist meine Absicht. Ich fürchte mich nicht, zu sterben wie du.«

Er fuhr sich mit der Zungenspitze über die Lippen.

»Steck das Ding weg, Bridgette, und laß uns vernünftig reden!

Vielleicht war ich zu hastig. Wir könnten den Faden wieder aufnehmen. Ich habe nur gescherzt, als ich sagte . . .«

»Du elender, miserabler Feigling«, sagte sie verächtlich, »das habe ich von dir erwartet, wenn du in die Enge getrieben wirst. Jetzt ist es zu spät. Ich habe nicht mehr Mitgefühl für dich, als du für mich hattest.«

Langsam wich er zurück. Seine Augen quollen aus den Höhlen, sein Gesicht bedeckte sich mit Schweiß.

Ebenso langsam folgte sie ihm, trieb ihn durch das Zimmer vor sich her.

Geräuschlos trat ich durch die offene Fenstertür ins Innere.

Thrisby, der mir zugewandt war, sah mich sofort. Bridgette drehte mir den Rücken zu. Er hob eine Hand und wandte sich halb ab. Ich erkannte, daß er fürchtete, daß ich sie erschrecken und zum Schießen veranlassen konnte. Ich sprang vor, packte ihr Handgelenk und drehte die Mündung dem Boden zu.

Ein Schuß krachte, und der Schall ließ die Fensterscheiben klirren. Die Kugel bohrte sich in den Teppich.

Ich riß ihr die Waffe aus der Hand, noch ehe sie sich zu mir umgedreht hatte. Ihre grünen Augen waren weit aufgerissen. Sie starrte mich wutverzerrt und erschrocken an. Dann trat sie zur Seite, ging an mir vorbei, nahm ihre Strandtasche und lief auf die Terrasse hinaus.

Thrisby ließ sich in einen Sessel fallen. Er verbarg sein Gesicht in den Händen.

Ich legte die .38er auf einen Cocktailtisch, zog mein Taschentuch und wischte mir über Nacken und Handgelenke.

Das Dröhnen eines startenden Motors drang laut in die Stille des Raumes.

Schweigend stand ich da, wartete, sah Thrisby an.

»Ich bezweifle, daß sie Sie töten wollte«, sagte ich schließlich. »Wahrscheinlich hätte sie Sie nur ins Bein geschossen.«

Er machte eine ungeheure Anstrengung, seine Fassung wiederzugewinnen, stand abrupt auf. Seine Augen waren noch angstvoll geweitet.

»Diese verfluchten Neurotiker«, sagte er. »Wo, zum Teufel, hat sie nur die Waffe her?«

»Das ist oft die einzige Methode für eine Frau, sich den Ausgleich zu schaffen«, sagte ich. »Jeden Tag werden in der ganzen Welt Männer von Frauen angeschossen, die keine andere Möglichkeit sehen, mit gewissen Situationen fertig zu werden. Daran hätten Sie denken sollen, ehe Sie sie sitzenlassen wollten.«

Er starrte mich an.

»Wer sind Sie, und wo kommen Sie überhaupt her?« fragte er.

Ich zog eine meiner Geschäftskarten und hielt sie ihm hin. Er las sie, ohne sie in die Hand zu nehmen. Ich war fest überzeugt, er wollte mir nicht zeigen, wie stark seine Hände zitterten.

»Verflucht noch mal«, sagte er, nachdem er den Text auf der Karte gelesen hatte. »Die Star Agency. Das ist doch die Agentur, von der dieser Bursche . . .« Er brach unvermittelt ab, trat zurück, alarmiert, beunruhigt.

»Stimmt. Sheppey war mein Partner.«

»Wurden Sie von ihr engagiert, um mich zu beobachten?« fragte er, ohne mich anzusehen.

»Nein. Ich kam rein zufällig her. Ich wollte Sie sprechen.«

Er nahm sein Glas und ging zu der Hausbar.

»Wollen Sie einen Drink?«

»Ja, gern.«

Er leerte den Rest in seinem Glas mit einem Zug, mixte zwei sehr starke Highballs, brachte sie zu einem Tisch, auf den er die beiden Gläser stellte, und ließ sich wieder in einen Sessel fallen. Aus einer Ebenholzschachtel nahm er eine Zigarette, zündete sie an und sog den Rauch tief ein.

»Sie hatte mich völlig fertiggemacht. Haben Sie ihren Augenausdruck gesehen? Sie wollte mich erschießen«, sagte er, nahm sein Glas und trank einen großen Schluck. »Wenn Sie nicht gerade hereingekommen wären . . .« Er vollendete seinen Satz nicht, sondern schnitt eine Grimasse.

»Das glaube ich noch gar nicht. Sie wollte Ihnen nur einen Schreck einjagen«, sagte ich, obwohl ich vermutet hatte, daß sie ihn töten wollte. »Sie müssen ein ziemlich aufregendes Leben führen.«

Er grinste niederträchtig.

»Das soll mir eine Lehre sein. Neurotikerinnen in mittleren Jahren kommen für mich nicht mehr in Frage. In Zukunft halte ich mich an Jüngere. Sie nehmen alles nicht so tragisch.« Er beugte sich vor und starrte auf den Tisch, wo ich die Achtunddreißiger hingelegt hatte. »Wo, meinen Sie, hat sie die Waffe her?«

»Heutzutage kann sich jeder eine beschaffen.« Ich nahm die Pistole und schob sie in meine Hüfttasche. »Stimmt es, daß Sie Sheppey engagiert hat, um Sie observieren zu lassen?«

»Tat sie das? Ich weiß es nicht. Ich traue ihr aber zu, ein ganzes Dutzend Schnüffler zu bezahlen, um auf mich aufzupassen. Sie betrachtete mich als ihr ganz besonderes Privateigentum.«

»Ein ziemlich kostspieliges, wenn Sie ihr tatsächlich dreizehntausend Dollar schulden.«

Er zuckte nur mit den Achseln.

»Sie ist verrückt. Ich habe mir nicht im entferntesten so viel von ihr geliehen. Ich bestreite nicht, daß die sechs Monate, die wir zusammen waren, sie einiges gekostet haben. Aber ich habe das Geld für sie ausgegeben, und das ist schließlich nicht dasselbe, als wenn sie es mir geliehen hätte.«

»Sie haben ihr vorgeworfen, sie hätte einen Privatdetektiv engagiert, um Sie zu beobachten. Das war doch Sheppey, oder?«

»Habe ich das gesagt? Ich kann Ihnen nur versichern, daß ich nicht weiß, wer es war.«

»Wenn Sie befürchten, es mit der Polizei zu tun zu kriegen, können Sie sich beruhigen«, sagte ich. »Ich führe meine eigenen Ermittlungen durch. Sagen Sie mir nur, was ich wissen will. Von mir wird die Polizei nichts erfahren.«

Er überlegte sich das eine Weile, ehe er fragte: »Was wollen Sie denn wissen?«

»Hat Mrs. Creedy Sheppey engagiert, Sie zu beobachten?«

Er zögerte.

»Bekomme ich auch keinen Polizisten auf den Hals?« fragte er schließlich.

»Nein.«

»Also gut. Ja, sie war es.«

»Warum?«

»Weil sie sich einbildete, ich sei hinter ihrer Stieftochter her.«

»Waren Sie das?«

»Gütiger Himmel, nein. Von ihr hatte ich schon vor Monaten genug.«

Ich trank einen Schluck aus meinem Glas und zündete dann eine Zigarette an.

»Wer ist denn das Mädchen, für das Sie sich interessieren?« fragte ich und fixierte ihn.

Er grinste. Inzwischen hatte er seine Nerven wieder in der Hand, und er begann auch betrunken zu werden.

»Damit würde ich viel verraten. Eben ein Mädchen.«

»Hat Sheppey sie ausfindig gemacht?«

Thrisby nickte. »Ja. Und er sagte es Bridgette. Sie ging zu der Kleinen und versuchte ihr Angst einzujagen.«

»Hatte sie Erfolg?«

»Ganz offensichtlich. Ich bin seither nicht mehr mit ihr zusammengetroffen.«

»Was geschah dann?«

»Ich ließ mir von Bridgette wieder einen Ring durch die Nase ziehen und mich von ihr spazierenführen. Dann hatte ich vor zwei Tagen die Schnauze endgültig voll. Das Übrige wissen Sie.«

Ich hatte das Gefühl, daß er mir höchstens die halbe Wahrheit sagte, bestimmt nicht die ganze.

»Das ist wichtig, Thrisby«, sagte ich. »War das Mädchen, das von Sheppey beobachtet wurde, Thelma Cousins?«

Ich bemerkte, daß er blinzelte, als ob ihm meine Worte einen unerwarteten Stich versetzten.

»Hören Sie mal her. Ich lasse mich nicht in irgendwelche polizeilichen Untersuchungen hineinziehen. Ich habe Ihnen gesagt, es war irgendein Mädchen.«

»Das genügt mir nicht«, erklärte ich. »Sie haben schon zuviel verraten. War es Thelma Cousins?«

»Also gut, sie war es«, antwortete er ungeduldig. »Sind Sie jetzt zufrieden?«

Ich musterte ihn, spürte, wie es in mir fieberte. Endlich schien ich weiterzukommen.

»Nach dem, was ich erfahren habe, hat sie sich nie mit Männern eingelassen.«

Er grinste. »Die sind am leichtesten zu haben. Wenn sie fallen, fallen sie gründlich. In zwei Tagen fraß sie mir aus der Hand. Es war alles auf die große Nacht vorbereitet, als sich ihr Freund Sheppey einmischte.«

»Wo haben Sie ihn kennengelernt?«

»In dem Töpferladen. Bridgette nahm mich mit hin, und dort entdeckte ich die Kleine. Ich merkte gleich, daß ich ihr gefiel, und wenn ich Mädchen gefalle, zeige ich mich gern dankbar.«

Er wurde mir immer widerlicher, und es kostete mich Mühe, mir das nicht anmerken zu lassen.

»Woran stellten Sie fest, daß Sheppey sie beide beobachtete?« fragte ich.

»Thelma sagte es mir. Sie rief mich an und erzählte, daß er in ihrer Wohnung gewesen sei und sie gewarnt habe, sich mit mir einzulassen. Ich vermutete, daß Bridgette ihn mir auf den Hals gehetzt hatte, und deshalb sagte ich Thelma, es sei besser, wir würden uns trennen. Ich wußte, daß Bridgette mir Schwierigkeiten machen würde, wenn ich das Mädchen nicht aufgab.«

»Haben Sie nicht gesagt, daß Bridgette zu ihr gegangen ist?«

Er zündete sich eine Zigarette an. »Sie ging zu ihr, nachdem Sheppey bei ihr gewesen war. Jedenfalls hat sie mir gegenüber das behauptet.«

Bisher war mir alles einleuchtend erschienen. Aber dann wurde ich argwöhnisch. An dieser Geschichte stimmte etwas nicht. Ich konnte meinen Finger noch nicht darauf legen, aber mein Gefühl, daß ich nicht die ganze Wahrheit erfuhr, wurde stärker.

»Wer hat sie umgebracht, Thrisby?« fragte ich und fixierte ihn.

»Keine Ahnung«, antwortete er und hielt meinem Blick stand. »Ich habe mich selbst gefragt, weshalb sie mit Sheppey in die Badekabine ging. Die einzige Erklärung, die ich fand, war, daß er sich ihrer annahm, nachdem ich sie fallenließ.«

Das ist schon möglich, dachte ich. Jack konnte bei Frauen viel erreichen. Wenn dieses Mädchen geglaubt hatte, es würde mit Thrisby seine erste Affäre erleben, und dann enttäuscht worden war, konnte es sich recht gut bei Sheppey Trost gesucht haben.

»Haben Sie eine Vermutung, wer sie tötete?«

Er zögerte und sagte dann: »Ich habe darüber nachgedacht. Ich halte es für möglich, daß der Mörder es nicht auf Sheppey, sondern auf das Mädchen abgesehen hatte. Vielleicht versuchte Sheppey sie zu schützen und wurde an ihrer Stelle getötet. Damit würde erklärt, weshalb sie ihre Kleider in der Kabine zurückließ. Wahrscheinlich war sie so verängstigt, daß sie um ihr Leben lief.«

»Und warum hat sie dann die Polizei nicht benachrichtigt?«

»Darauf müssen Sie schon selbst eine Antwort finden. Sie war ein frommes Mädchen, stand in den Zeitungen. Wie sollte sie erklären, was sie mit einem Mann in einer Badekabine tat, die für ein Ehepaar bestimmt ist? Ich glaube, daß sie zu den Sanddünen lief und sich dort versteckte. Der Mörder verfolgte sie, nachdem er Sheppey erledigt hatte, fing sie und brachte sie irgendwohin. Später wurde sie getötet und ihre Leiche in die Hütte zurückgebracht. So sehe ich die Sache, aber ich kann mich irren.«

»Und Sie glauben, daß Bridgette meinen Partner und das Mädchen ermordet hat?« fragte ich.

Er reckte sich und sah mich stirnrunzelnd an.

»Das habe ich nicht gesagt. Ich kann mir auch nicht vorstellen, wie Bridgette Sheppey mit einem Eispicker erstechen konnte. Sie etwa?«

Ich überlegte mir das und kam zu dem gleichen Ergebnis.

»Sie könnte aber jemand anderes dafür gekauft haben. Einen der Schläger ihres Mannes. Hertz zum Beispiel.«

Thrisby zog eine Grimasse.

»Dieser Bandit. Ja, das könnte sein. Es sollte mich nicht überraschen, wenn sie ihn jetzt auf mich hetzt. Das könnte ihrer Vorstellung entsprechen, sich an mir zu rächen.« Sein Gesichtsausdruck wurde besorgt. »Für mich ist es vielleicht besser, ich verschwinde von hier. Sicher bin ich in dieser Stadt nicht mehr.«

Dann hatte ich plötzlich einen Einfall.

Ich nahm eine Zigarette aus meiner Packung, steckte sie zwischen die Lippen, zog dann aus meiner Hüfttasche das Streichholzbriefchen aus dem Musketeer Club. Ich hielt es so, daß er es sehen konnte, während ich fragte: »Was wissen Sie über Hertz?« Ich knickte eines der Streichhölzer, riß es aus dem Briefchen und legte den Kopf auf die Reibfläche.

Die ganze Zeit über ließ ich ihn nicht aus den Augen.

Seine Reaktion erfolgte spontan. Er machte eine Handbewegung, als wollte er mich daran hindern, das Streichholz anzuzünden, sagte aber nichts. Seine Miene war plötzlich angespannt, und seine Augen starrten gebannt auf die Streichhölzer.

Ich riß das Streichholz an, entzündete meine Zigarette, blies die Flamme aus und legte das Streichholz in einen Aschenbecher, wobei ich darauf achtete, daß die Zahlen nach oben kamen.

Als sein Blick auf die Reihe Ziffern fiel, atmete er schnell und scharf ein.

»Ist irgend etwas?« fragte ich und steckte die Streichhölzer wieder ein.

Er gewann seine Selbstbeherrschung zurück.

»Nein, nein, ich – ich wußte nur nicht, daß Sie Mitglied im Musketeer Club sind.«

»Bin ich auch nicht. Meinen Sie wegen der Streichhölzer? Die fand ich irgendwo.«

»Ah so. Nun, ich muß gehen. Ich habe eine Verabredung zum Essen.«

Damit stand er auf.

»Sie haben meine Frage nicht beantwortet. Was wissen Sie über Hertz?«

»Nur, daß Creedy ihn für seine grobe Arbeit benutzt. Davon abgesehen, weiß ich nicht das geringste. Jedenfalls Dank für Ihre Hilfe. Ich muß jetzt wirklich aufbrechen. Haben Sie etwas dagegen, allein hinauszugehen. Ich habe mich schon verspätet.«

»Nein, durchaus nicht.« Ich stand auch auf. »Bis zum nächsten Mal denn.«

Ich nickte ihm zu, ging durch den Wohnraum und trat durch die Fenstertür auf die Veranda.

Die Stücke meines Puzzlespiels beginnen sich zusammenzufügen, dachte ich, während ich über die Veranda in den Garten blickte.

Ich überquerte den Rasen und spürte, wie Thrisby mich hinter einem Vorhang verborgen beobachtete.

*

Nachdenklich fuhr ich langsam nach St. Raphael City zurück. Die Vermutung schien nunmehr gerechtfertigt, daß ich zwei getrennte Fälle zu untersuchen hatte:

den Mord an Sheppey und das Geheimnis der Streichhölzer. Es war möglich, daß keine unmittelbare Verbindung zwischen beiden bestand.

Thrisbys Theorie, daß Jack aus Versehen getötet worden war, schien mir annehmbar. Nachdem ich den mörderischen, unbeherrschten Ausdruck auf Bridgette Creedys Gesicht gesehen hatte, konnte ich die Möglichkeit nicht mehr ausschalten, daß sie jemand gekauft hatte, um das Mädchen zu ermorden, das ihr Thrisby ausgespannt hatte. Sheppey hatte vielleicht versucht, das Mädchen zu schützen, und war an deren Stelle erstochen worden.

Ich kam zu der Ansicht, daß es an der Zeit war, mich mit Bridgette Creedy zu unterhalten. Aber zunächst mußte ich mir darüber schlüssig werden, wie ich ihr gegenüber auftrat.

Es war halb zwei, und ich war hungrig. Ich hielt vor einem kleinen Fischrestaurant, ließ den Wagen stehen und ging hinein.

Ich bestellte mir ein delikates Gericht und ließ mir Zeit beim Essen. Der Fisch war gut. Dafür sah ich mir dreimal die Rechnung an, als der Kellner sie mir brachte, um mich zu vergewissern, daß er nicht aus Versehen das Datum mit addiert hatte.

Als ich das Restaurant verließ, war es kurz vor halb drei. Ich fuhr zu einem Drugstore, trat in eine Telefonzelle und wählte Creedys Nummer an.

Der Butler war am Apparat. Ich verlangte Mrs. Creedy.

»Ich verbinde mit ihrer Sekretärin«, sagte er. Und nach einigem Knicken und Knacken in der Leitung meldete sich eine kühle, präzise Stimme. Mrs. Creedys Sekretärin.

»Ich wünsche eine Verabredung mit Mrs. Creedy«, sagte ich. »Ich begegnete ihr heute morgen. Ich habe etwas, das ihr gehört. Fragen Sie sie, wann ich zu ihr kommen kann.«

»Wie ist Ihr Name, bitte?«

»Der Name spielt keine Rolle. Richten Sie ihr nur aus, was ich gesagt habe.«

»Wollen Sie bitte einen Moment warten?«

Es folgte eine längere Pause.

Ich sah durch die Glastür der Zelle und bewunderte ein blondes Mädchen in einem Badeanzug, das in den Drugstore kam, auf einen der hohen Hocker vor der Theke kletterte und sich ein Hacksteak mit Zwiebeln bestellte. Ich war froh, nicht der Mann zu sein, der an diesem Abend mit ihr ausging.

Die kühle, präzise Stimme sagte: »Mrs. Creedy erwartet Sie um drei Uhr, falls Ihnen das zusagt.«

Ich lächelte in die Sprechmuschel.

»Ich werde dort sein«, sagte ich und hängte ein.

Ich verließ den Drugstore, stieg in den Buick und ließ mich langsam mit dem Verkehr auf der Promenade treiben, die von schimmernden Cadillacs und Clippers überfüllt war, bis ich in Reichweite von Creedys Anwesen kam. Ich lenkte den Buick in eine Lücke zwischen zwei Wagen, zündete eine Zigarette an und ließ durch das offene Wagenfenster die Sonne auf meine Haut brennen.

Um fünf vor drei ließ ich den Motor an und fuhr über die Privatstraße, die zum Anwesen Creedys führte.

Die beiden Wachen kamen heran, als ich vor der Schranke hielt.

»Mrs. Creedy«, sagte ich zu dem einen.

Er musterte mich. Ich bemerkte deutlich, daß mein kurzärmeliges Hemd und meine Flanellhose ihm Unbehagen verursachten, aber er unterdrückte jede Bemerkung und hob die Schranke. Es wurde keine Liste zu Rate gezogen, nicht das Haus angerufen, nichts dergleichen.

Mrs. Creedy war nicht wichtig, aber wenn man nach ihrem Mann fragte, konnte man erleben, worauf man sich damit eingelassen hatte.

Ich fuhr über die mir schon bekannte Anfahrt, an den dichten Rosenbeeten und den chinesischen Gärtnern vorbei, die gerade mit ihrem dritten Begonienbeet fertig waren, gerade auf den Absätzen davor hockten und auf die Pflanzen starrten, als ob sie sie hypnotisieren wollten, sich nur von ihrer besten Seite zu zeigen und ständig große Blüten zu produzieren.

Ich parkte den Wagen neben einem schwarzen Rolls Royce, stieg aus, schritt die Stufen hinauf und ging über die Terrasse zum Hauseingang. Der Butler öffnete die Tür, zwei Minuten nachdem ich geklingelt hatte. Er betrachtete mich mit seinem forschenden Blick und fragte:

»Mr. Brandon?« Aber nicht in dem Ton, in dem ein alter Freund einen anderen begrüßt.

»Ja«, antwortete ich. »Ich habe eine Verabredung mit Mrs. Creedy.«

Er führte mich durch einen Gang, durch eine Tür, eine Treppe hinauf, durch einen weiteren Gang, öffnete schließlich eine zweite Tür und trat zur Seite.

»Sie sollten sich einen Motorroller kaufen«, riet ich ihm im Vorbeigehen. »Das würde Ihre Beine schonen.«

Er glitt wieder glatt davon, wie auf Rädern, ohne sich umzudrehen und ohne seinen Ausdruck zu verändern. Frivole Bemerkungen berührten ihn nicht mehr als ein Regentropfen die Wüste.

Ich trat in einen kleinen Raum, der mit Aktenschränken und einem Schreibtisch als Büro eingerichtet war. An dem Schreibtisch saß das Mädchen, das mir bei dem Inquest aufgefallen war. Es trug dasselbe graue Leinenkleid mit weißen Manschetten und weißem Kragen und, natürlich, auch die randlose Brille.

»Mr. Brandon?«

»Woher wissen Sie das?«

»Ich erkenne Sie wieder.«

»Ah ja, wir waren zusammen im Leichenschauhaus.«

Sie errötete etwas und sah dadurch hübsch und verwirrt aus.

»Wollen Sie bitte Platz nehmen? Mrs. Creedy wird Sie nicht lange warten lassen.«

Ich setzte mich auf einen Stuhl und versuchte weniger touristenmäßig auszusehen, als ich, wie ich genau wußte, wirken mußte. Ich hätte zu dem Bungalow zurückfahren und meinen besten Anzug anziehen sollen. Hemd und Flanellhosen waren in einem Haus wie diesem kaum ein angemessenes Kostüm.

Das Mädchen machte sich an der Schreibmaschine zu schaffen. Hin und wieder blickte sie über den Rand der Brille zu mir hin, um sich zu vergewissern, daß sie wirklich einen Mann in Hemdsärmeln und Flanellhosen vor sich sah und es sich nicht nur einbildete.

Nach einer Viertelstunde entschloß ich mich, mich nicht länger schikanieren zu lassen.

Ich stand auf.

»Besten Dank für den Stuhl«, sagte ich mit einem freundlichen Lächeln. »Es war angenehm, die gleiche Luft wie Sie zu atmen. Es war auch interessant zu sehen, wie flott Sie maschineschreiben. Sagen Sie Mrs. Creedy, wenn sie mich sprechen wolle, sei ich jederzeit in dem Bungalow am Arrow Point zu finden.«

Damit wandte ich mich zur Tür.

Ich dachte, das würde Erfolg haben, und ich hatte recht.

»Mr. Brandon . . .«

Ich blieb stehen, drehte mich um und sah sie freundlich an.

»Ja?«

»Ich glaube, Mrs. Creedy wird Sie sofort empfangen. Lassen Sie mich bitte zu ihr gehen und sie fragen.«

Sie sah verlegen aus. Trotz der randlosen Brille war sie ein hübsches Ding, und ich wollte sie nicht vor den Kopf stoßen.

»Gut, lassen Sie sich nicht aufhalten«, sagte ich und sah auf meine Uhr. »Ich muß in zwei Minuten verschwinden. Beeilen Sie sich also.«

Sie durchquerte das Zimmer, öffnete die Tür zum Nebenraum und schloß die Tür wieder hinter sich.

Nach meiner Uhr war sie fünfundvierzig Sekunden fort, als sie wieder erschien und die Tür aufhielt.

»Mrs. Creedy läßt jetzt bitten.«

Als ich an ihr vorbeiging, blinzelte ich ihr zu. Vielleicht bildete ich es mir ein, aber mir schien, daß sie zurückblinzelte.

Bridgette Creedy stand an dem großen Fenster, von dem man auf den Rosengarten hinuntersah. Sie trug eine blaßgrüne Hemdbluse und eine gelbe Hose. Sie hatte die Figur, um Hosen tragen zu können, und wußte das.

Langsam, wie sie es in Hollywood gelernt hatte, drehte sie sich um und musterte mich kalt und zurückhaltend. Das war Szene 234 aus einem herzzerreißenden Film von Cecil B. de Mille, komplett mit der prächtigen Dekoration, hinter der die Rosenbeete zu sehen waren, und der schon etwas verblaßten Schauspielerin, die in der Vergangenheit ein paar Oscars gewonnen hatte und immer noch für ganz brauchbar gehalten wurde, wenn sie auch schon nachließ.

»Sie wollten mich sehen?« fragte sie und zog die Augenbrauen hoch, während sie auf meine Hemdsärmel und Flanellhosen blickte. »Ist das nicht ein Irrtum?«

Ich ging zu einem der tiefen Sessel und setzte mich hinein. Neurotische Frauen waren mir schon immer zuwider. Ich hatte in meinem Leben genug mit ihnen zu tun gehabt. Sie sind alle vom gleichen Typ. In gewisser Weise sind sie bemitleidenswert, im täglichen Umgang aber einfach die Pest. An diesem Nachmittag gebrach es mir völlig an jeglicher Sympathie für sie, und das galt auch für Mrs. Creedy.

»Ich habe Sie nicht aufgefordert, sich zu setzen«, sagte sie, richtete sich auf und warf mir den Standard-Eisblick aus Hollywood zu.

»Das weiß ich«, konterte ich, »aber ich bin müde. Ich habe heute schon einige Aufregung hinter mir, und Aufregungen ermüden mich immer. Ich bringe Ihnen Ihre Pistole zurück.« Ich zog die Achtunddreißiger aus meiner Tasche, entfernte das Magazin, schüttelte die Patronen in meine Hand, schob das Magazin an seinen Platz zurück und hielt ihr die Waffe hin.

Sie zögerte kurz, ehe sie die Pistole nahm.

»Ich nehme an, Sie erwarten jetzt Geld«, sagte sie verächtlich.

»Sonst haben Sie doch auch kaum etwas zu bieten«, entgegnete ich und lächelte.

Wie ich beabsichtigt hatte, wurde sie wütend. Ich war froh, daß ich die Patronen entfernt hatte, sonst hätte sie sicher auf mich geschossen.

»Wie können Sie wagen, so zu mir zu sprechen«, zischelte sie. »Wenn Sie glauben, mich erpressen zu können . . .«

»Natürlich kann ich Sie erpressen«, sagte ich. »Machen Sie sich doch nichts vor, und hören Sie auf, wie ein Oscargewinner von 1948 Theater zu spielen. Setzen Sie sich, und hören Sie mir zu!«

Sie sah mich an, als traute sie ihren Ohren nicht.

»Mein Mann . . .«, begann sie, aber ich schnitt ihr mit einer Handbewegung das Wort ab.

»Lassen Sie mich mit Ihrem Mann in Frieden«, sagte ich. »Wenn er auch in dieser Stadt die große Nummer spielt, kann er diese Geschichte doch nicht aus dem *Courier* raushalten.«

Sie legte die Waffe auf einen Tisch, ging zu einem entfernt von mir stehenden Sessel und setzte sich.

»Was wollen Sie damit genau sagen?« fragte sie mit Schärfe in ihrer Stimme.

»Sie wissen, was ich meine. Wenn ich heute morgen nicht zufällig dazugekommen wäre, wäre Thrisby jetzt tot. Ein Mordanschlag von Lee Creedys Frau ist Stoff für sämtliche Zeitungen.«

»Die würden nicht wagen, das zu drucken«, fauchte sie.

»Seien Sie dessen nicht zu sicher.«

Sie unterdrückte ihren Ärger und betrachtete mich sekundenlang.

»Also gut, wieviel wollen Sie?«

»Sie irren sich, Mrs. Creedy. Ich suche nicht wie Ihre Freunde nach Geld. Ich wünsche Auskünfte von Ihnen.«

Sie kniff die Augen zusammen.

»Welche Auskünfte?«

»Ich hörte, daß Sie meinen Partner engagiert haben, um Thrisby observieren zu lassen.«

Sie richtete sich auf. Ihre silbern lackierten Fingernägel lagen wieder wie Klauen auf ihren Knien.

»Wenn Jacques Ihnen das sagte, hat er gelogen. Ich tat nichts dergleichen.«

»Er behauptet es.«

»Er ist und war immer ein Lügner«, sagte sie wild. »Es ist einfach nicht wahr. Ich habe niemanden engagiert, um ihn beobachten zu lassen.«

»Haben Sie Sheppey beauftragt, jemand anders zu beobachten?«

»Nein.«

»Wußten Sie, daß Thrisby hinter einem Mädchen namens Thelma Cousins her war?« fragte ich.

Sie preßte die Lippen zusammen.

»Nein.«

»Gingen Sie zu Thelma Cousins, um sie zu warnen, sich mit Thrisby einzulassen?«

»Nein. Ich kenne diese Frau überhaupt nicht.«

»Das können Sie mir nicht weismachen. Sie wurde gestern ermordet aufgefunden. Es stand mit einem Foto von ihr in den Zeitungen.«

»Ich habe nie etwas von ihr gehört«, beharrte sie, und ich konnte fast ihren Herzschlag hören, als sie mich wütend anfunkelte.

Ich sah sie eine Weile fest an, aber sie hielt meinem Blick mit ihren funkelnden Augen stand. Ich erkannte, daß ich auf einen Widerstand gestoßen war, den ich nicht überwinden konnte. Sie hatte gute Nerven, und sie mußte durchschaut haben, daß ich außer Thrisbys Wort keine Beweise besaß.

»Haben Sie etwas dagegen einzuwenden, daß ich Inspektor Rankin mitteile, was ich von Thrisby erfahren habe?« fragte ich. »Wenn Sie Sheppey nicht engagierten und von dem Mädchen nichts wußten, haben Sie keinen Grund, sich davor zu fürchten.«

Ihre Lider flatterten, und einen Moment glaubte ich, daß sie ihre Selbstbeherrschung verlor. Aber dann fuhr sie mich an: »Sie können ihm erzählen, was Ihnen paßt, aber ich warne Sie. Wenn Sie mir Ärger machen, bringe ich Sie vor Gericht und verklage Sie auf Schadenersatz, bis Sie schwarz werden. Und glauben Sie ja nicht, das sei eine leere Drohung. Ich will nichts weiter davon hören. Gehen Sie jetzt!«

Ich spielte meine letzte Karte und zog die Streichhölzer aus der Tasche.

»Gehört das Ihnen, Mrs. Creedy?«

Ich beobachtete sie genau, aber sie verriet kein Zeichen der Überraschung oder des Schreckens wie Thrisby.

»Ich weiß nicht, was Sie meinen.«

»Ich glaube, das gehört Ihnen. Wollen Sie es haben?«

Sie sah mich an, als hätte ich den Verstand verloren.

»Es ist wohl Zeit, daß Sie gehen.«

Sie stand auf und drückte auf einen Klingelknopf an der Wand. Ihre Sekretärin erschien. Ihre randlose Brille glänzte, als sie mir die Tür aufhielt.

»Wir werden uns wahrscheinlich wiedersehen, Mrs. Creedy«, sagte ich.

Sie drehte mir den Rücken zu.

Ich trat in das Nebenzimmer. Die Sekretärin schloß die Tür und sah mich an.

»Scheinbar habe ich keinen sonderlichen Erfolg da drin gehabt«, sagte ich.

Sie ging durch das Zimmer und öffnete die andere Tür.

»Wenn Sie bitte durch den Gang gehen wollen, dann wird Hilton Sie hinausführen.«

»Danke«, sagte ich und blieb dann stehen, um sie anzusehen. »Müssen Sie diese Brille tragen?« fragte ich.

Sie errötete und wich einen Schritt zurück.

»Nein, nein ich – ich . . .«

»An Ihrer Stelle würde ich sie wegwerfen. Sie zieht einen Stacheldrahtzaun um Ihre Persönlichkeit, und das ist bedauerlich.«

Sie sah mich verständnislos an. Ich ließ sie stehen und ging durch den Gang, öffnete die Tür am anderen Ende und fand Hilton, den Butler, der auf einem Stuhl saß und auf mich wartete.

Er erhob sich.

»Mr. Creedy hat nach Ihnen gefragt, Mr. Brandon«, sagte er.

»Nach mir gefragt?« entgegnete ich überrascht. »Sind Sie sicher?«

»Ja, Mr. Brandon.«

»Hat er gesagt, was er wünscht?«

»Nein, Mr. Brandon. Er befahl mir, Sie zu ihm zu bitten, wenn Sie mit Mrs. Creedy gesprochen haben.«

»Komme ich gleich dran, oder muß ich fünf Stunden warten?«

»Wenn ich richtig informiert bin, wartet Mr. Creedy bereits auf Sie.«

»Nun, das ist etwas anderes. Also, gehen wir.«

Er führte mich durch den Gang in den Patio, durch eine offene Fenstertür, einen anderen Gang, an dem Wartezimmer vorbei, wieder durch einen Gang, durch den kleinen Vorraum und die grünbespannte Tür zu der massiven Tür aus poliertem Mahagoni. Ich folgte ihm den ganzen Weg auf den Fersen.

Vor der Tür blieb er stehen, klopfte, drückte auf die Klinke und schob die Tür auf.

»Mr. Brandon, Sir«, verkündete er und trat beiseite.

Ich steuerte Creedys Schreibtisch an.

Creedy saß dahinter und polierte seine Brille. Er sah mir entgegen. Sein Gesicht war so nichtssagend wie eine Steinmauer, und von seinen sich bewegenden Fingern abgesehen, war seine Gestalt so leblos wie die große Sphinx und fast so eindrucksvoll.

Vor seinem Schreibtisch lächelte ich selbstbewußt, um ihm zu zeigen, wie wenig mir sein Theater noch imponierte. Dann ließ ich mich ohne Aufforderung in einen Sessel nieder und wartete.

Er polierte seine Brille, bis er mit ihr zufrieden war, prüfte sie und setzte sie auf. Er sah mich durch sie an und schob sie dann über die Stirn.

»Was tun Sie in meinem Haus, Mr. Brandon?« fragte er.

»Ich habe einen gesellschaftlichen Besuch gemacht«, antwortete ich.

»Und wen haben Sie aufgesucht?«

»Ich möchte Sie nicht beleidigen, Mr. Creedy, aber ich glaube nicht, daß Sie das etwas angeht.«

Er stülpte die Lippen auf. Ich vermute, daß noch nie jemand in dieser Weise mit ihm gesprochen hatte.

»Haben Sie meine Frau besucht?«

»An Ihrer Stelle würde ich sie selbst fragen, wenn Sie das interessiert. War das alles, weshalb Sie mich sprechen wollten? Wenn ja, muß ich jetzt weiter. Ich muß meinen Lebensunterhalt verdienen, und die Zeit drängt.«

Er studierte mich ein paar Sekunden lang, nahm dann einen spitzen Brieföffner und betrachtete ihn mit hochgezogenen Brauen, als hätte er ihn noch nie gesehen.

»Ich habe Nachforschungen nach Ihrer Agentur anstellen lassen«, begann er, ohne mich anzusehen. »Ich habe erfahren, daß Ihr Unternehmen solvent ist, daß es einen angemessenen Gewinn abwirft und Ihr Betriebsvermögen mit dreitausend Dollar zu Buche steht.«

»Es ist mehr wert als das«, sagte ich lächelnd. »Das ist nur der Wert auf dem Papier. Persönlichkeit und Goodwill sind für ein Unternehmen meiner Art das Rückgrat. Ich besitze den Goodwill und pflege meine Persönlichkeit. Dreitausend Dollar sind kein angemessener Betrag.«

»Ich bin daran interessiert, ein gutgehendes Unternehmen zu kaufen«, sagte Creedy und starrte mich an. Seine Blicke fuhren durch mich hindurch wie zwei Kugeln durch Chiffon. »Ich bin bereit, Ihre Agentur zu übernehmen. Wollen wir zehntausend Dollar sagen, um den Goodwill und das, was an Persönlichkeit vorhanden ist, zu berücksichtigen?«

»Und was wird aus mir, wenn ich das Unternehmen verkauft habe?« fragte ich.

»Sie führen es selbstverständlich meinen Anweisungen gemäß weiter.«

»Ich bin nicht so leicht anzuweisen, Mr. Creedy. Nicht, wenn nur zehntausend Dollar geboten werden.«

»Ich könnte mich bereit finden, den Kaufpreis auf fünfzehntausend Dollar zu erhöhen«, antwortete er und begann mit dem Brieföffner Löcher in den schneeweißen Löschkarton zu bohren.

»Ich nehme an, daß ich nicht ermutigt würde, den Tod meines Partners aufzuklären.«

Er stülpte wieder die Lippen vor und fügte dem Karton weitere Beschädigungen zu.

»Das ist eine Sache der Polizei, Mr. Brandon. Sie werden nicht dafür bezahlt, den Tod Ihres Partners zu untersuchen. Ich denke, es wäre berechtigt, von Ihnen zu erwarten, daß Sie Ihre Gaben auf Dinge richten, die einen Gewinn abwerfen, wenn ich Ihr Unternehmen kaufe.«

»Ja.« Ich strich mir über den Nacken. »Tut mir leid. Ich danke für Ihr Angebot. Ich weiß es zu schätzen, aber ich werde diesen Fall klären, ob er einen Gewinn abwirft oder nicht.«

Er legte den Brieföffner hin, drückte seine Fingerspitzen gegeneinander und stützte sein Kinn darauf. Auf diese Weise betrachtete er mich wie eine Spinne, die ihr Opfer belauert.

»Ich beabsichtige, Ihr Unternehmen zu kaufen, Mr. Brandon. Vielleicht wollen Sie mir Ihren Preis nennen, Mr. Brandon.«

»Aufgrund der Behauptung, daß jedermann zu kaufen ist, vorausgesetzt, der angebotene Preis sei hoch genug?«

»Das ist eine anerkannte Tatsache. Jeder hat seinen Preis. Wir wollen keine Zeit vergeuden. Ich habe heute viel zu tun. Wie hoch ist der Preis?«

»Für mein Unternehmen oder dafür, daß ich meine Ermittlungen nicht fortsetze?«

»Für Ihr Unternehmen.«

»Das kommt doch auf dasselbe heraus.«

»Wie hoch ist Ihr Preis?«

»Ich verkaufe nicht«, antwortete ich und stand auf. »Ich führe diese Ermittlungen weiter, und niemand wird mich daran hindern.«

Er lehnte sich in seinem Sessel zurück und begann mit den Fingerspitzen leise auf die Schreibtischplatte zu trommeln.

»Seien Sie nicht voreilig«, sagte er. »Ich habe auch über Ihren

Partner Ermittlungen erheben lassen. Man hat mir mitgeteilt, er sei ein völlig wertloser Mensch gewesen. Und, daß Ihr Unternehmen nicht sehr lange bestanden hätte, wenn Sie nicht mitgearbeitet hätten. Sheppey sei ein Weiberheld gewesen, wenn ich diesen Ausdruck benutzen darf. Er war nicht mal ein guter Ermittler. Zweifellos werden Sie eine sehr günstige Gelegenheit nicht wegen eines solchen Mannes in den Wind schlagen. Ich möchte Ihr Unternehmen kaufen, Mr. Brandon. Ich biete Ihnen fünfzigtausend Dollar dafür!«

Ich starrte ihn an, glaubte nicht richtig gehört zu haben.

»Nein«, sagte ich schließlich, »ich verkaufe nicht.«

»Hunderttausend.«

»Nein«, antwortete ich und fühlte meine Handflächen feucht werden.

»Hundertfünfzigtausend.«

»Sparen Sie sich die Mühe.« Ich legte meine Hände auf seine Schreibtischplatte, beugte mich vor und blickte in seine ausdruckslosen Augen. »Ihr Angebot ist zu billig, Mr. Creedy. Hundertfünfzigtausend Dollar sind nicht viel, um Ihren Namen aus dem größten Skandal herauszuhalten, den es an der Westküste gab. Eine Million käme eher hin. Aber bieten Sie mir die nicht an, denn ich würde sie nicht nehmen. Ich führe diese Ermittlungen zu Ende, und weder Sie noch Ihr Geld können mich davon abhalten. Wenn Ihnen so viel daran liegt, mich daran zu hindern, die Wahrheit ausfindig zu machen, warum drücken Sie Ihrem Lakaien Hertz nicht ein paar hundert Dollar in die Hand, und befehlen Sie ihm, mich fertigzumachen? Er täte es wahrscheinlich für weniger. Sheppey war mein Partner. Es ist völlig gleichgültig, ob er ein guter oder ein schlechter Partner war. Niemand kann den Partner eines Detektivs umbringen und erwarten, daß er unbehelligt bleibt. Wir empfinden das gleiche wie ein Polizist, wenn einer seiner Kollegen umgebracht wird. Versuchen Sie, das in Ihren geldverseuchten Verstand hineinzubekommen, und geben Sie sich keine weitere Mühe, mich zu kaufen.«

Ich drehte mich um und machte mich auf den langen Weg zur Tür. Die Stille, die ich hinter mir ließ, war fast schmerzhaft.

Als ich zu dem Bungalow zurückfuhr, hatte ich über allerhand nachzudenken. Ich stellte den Wagen in die Garage, um ihn aus der heißen Sonne zu schaffen, schloß die Tür zu dem Bungalow auf und ging in das Schlafzimmer.

Ich riß mir die Kleider vom Leib, zog meine Badehose an, schnappte mir ein Handtuch und ging zum Meer hinunter.

Nachdem ich 20 Minuten geschwommen hatte, kehrte ich in den Bungalow zurück und ließ mich im Schatten der Veranda, die Füße auf die Balustrade gestützt, nieder und überdachte die verschiedenen Punkte, die sich herauskristallisiert hatten.

Ich mußte zu einer Entscheidung kommen, ob Thrisby oder Bridgette Creedy gelogen hatte. Thrisbys Version klang mir glaubwürdig, und Bridgette hatte allen Grund zu lügen. Aber ich war mir nicht vollkommen sicher, ob sie gelogen hatte.

Worüber ich mir klarwerden mußte, war: wurde mir Thelma Cousins vor die Nase gehalten, um meine Aufmerksamkeit von etwas anderem abzulenken?

Ich war überzeugt, daß die Streichhölzer Bridgette überhaupt nichts sagten, Thrisby dagegen sehr viel.

Ob es sich wohl lohnte, noch einmal zu seinem Haus zu gehen, dort zu warten, bis er es verließ und es dann zu durchsuchen? Ich konnte vielleicht etwas finden, das mir den Schlüssel zu dem Geheimnis lieferte. Ich hielt es für angebracht, am selben Abend noch einmal dort hinzufahren.

Gerade als ich mir eine Zigarette anzündete, hörte ich das Telefon klingeln. Ich stand auf, ging ins Haus, nahm den Hörer ab und meldete mich:

»Hallo.«

»Bist du es, Lew?«

Margots Stimme.

»Wie schön. Ich hatte nicht erwartet, so bald von dir zu hören«, sagte ich. »Wo bist du?«

»In meinem Apartment. Ich habe über diese Streichhölzer nachgedacht.«

Ich ließ mich auf der Armlehne eines Sessels nieder und stellte den Telefonapparat auf meine Knie.

»Ich bin fest überzeugt, daß sie Jacques Thrisby gehören«, fuhr sie fort.

Ich erwähnte nicht, daß du auch meiner Ansicht sei.

»Wie kommst du darauf, Margot?« fragte ich statt dessen.

»Er saß mir am Tisch gegenüber. Ich erinnere mich jetzt daran, wie er sein Zigarettenetui aus der Tasche zog. Es ist mit einem Feuerzeug kombiniert, aber das funktionierte nicht. Dann zog er diese

Streichhölzer aus der Tasche, aber ein Kellner kam ihm zuvor und reichte mir Feuer. Thrisby ließ die Streichhölzer und sein Zigarettenetui auf dem Tisch vor sich liegen und steckte sie auch nicht ein, als er mit Doris tanzte. Ich bin ganz sicher, daß ich die Streichhölzer an mich nahm, um mir eine Zigarette anzuzünden. Es ist durchaus möglich, daß ich sie dann in Gedanken in meine Tasche steckte. Das kann ich nicht mit Bestimmtheit sagen, aber ich weiß ganz genau, daß Jacques ein Streichholzbriefchen auf den Tisch legte.«

»Das paßt alles zusammen«, sagte ich. »Als ich heute nachmittag bei ihm war, ließ ich ihn die Streichhölzer sehen. Er reagierte wie jemand, der von einer Wespe gestochen wird.«

»Hast du mit ihm gesprochen, Lew?«

»Bridgette war bei ihm. Ich kam gerade in dem dramatischen Moment an, als sie ihn erschießen wollte.«

»Erschießen?« Margots Stimme wurde schrill. »Aber Lew, wie kann das sein?«

»Vielleicht wollte sie ihn nur einschüchtern, aber in diesem Augenblick hatte ich den Eindruck, als hätte sie ihre Selbstbeherrschung verloren. Er hatte ihr gerade in sehr brutaler Weise erklärt, er habe genug von ihr.«

»Sie muß von Sinnen gewesen sein. Was willst du in der Angelegenheit tun, Lew? Du hast doch nicht die Polizei benachrichtigt?«

»Nein. Ich bezweifle, ob Thrisby zugeben würde, daß sie ihn erschießen wollte. Ich würde mir nur noch mehr Ärger auf den Hals geladen haben und kann mir nicht vorstellen, daß die Polizei Anzeige gegen sie erstattet hätte. Wußtest du, daß sie eine Waffe besitzt?«

»Nein.«

»Ich glaube, sie hat Jack Sheppey engagiert. Thrisby sagte das. Heute nachmittag habe ich auch mit ihr gesprochen, aber sie behauptet, daß Thrisby lüge. Er gab mir gegenüber zu, daß er es auf Thelma Cousins abgesehen hatte. Das ist das Mädchen, das ermordet wurde. Bridgette kam dahinter und beauftragte Sheppey, ihn zu observieren. Das ist seine Darstellung, aber sie streitet es ab.«

»Das ist unglaublich. Wird die Polizei die Geschichte erfahren?«

»Es könnte sein. Darauf mußt du dich gefaßt machen, Margot. Es geht hier um Mord.«

»Meinst du, daß Bridgette mit Sheppeys Tod etwas zu tun hat?«

»Ich weiß im Moment nicht, was ich denken soll.«

»Was willst du jetzt unternehmen?«

Ich konnte die Beunruhigung aus ihrer Stimme heraushören.

»Es noch mal bei Thrisby versuchen. Weißt du, ob er Personal im Hause hat, Margot?«

»Ja, einen Filipino, aber er schläft nicht dort. Er kommt vormittags und bleibt bis acht Uhr abends.«

»Ich will heute abend noch einmal hin und mich in dem Haus umsehen.«

»Und was glaubst du dort zu finden, Lew?«

»Keine Ahnung, aber es ist überraschend, was man alles ausgräbt, wenn man sich die Mühe macht, zu suchen. Wann sehe ich dich wieder, Margot?«

»Möchtest du mich denn wiedersehen?«

»Was für eine Frage. Willst du nicht nach halb elf hier herauskommen? Ich könnte dir dann erzählen, was ich bei Thrisby gefunden habe.«

Sie zögerte, ehe sie sagte: »Vielleicht kann ich es einrichten.«

Der Gedanke, sie am selben Abend wiederzusehen, versetzte mich in Erregung.

»Dann erwarte ich dich gegen halb elf.«

»Also gut. Sei vorsichtig, Lew. Gehe nicht in das Haus, solange du dich nicht überzeugt hast, daß er fort ist. Vergiß nicht, was ich dir gesagt habe. Er ist gefährlich und rücksichtslos.«

Ich versprach, es nicht zu vergessen, und sie legte auf.

Ich blieb noch eine Weile sitzen und überlegte, rief dann das Headquarters der Polizei von St. Raphael City an. Als ich die Verbindung hatte, verlangte ich Inspektor Rankin zu sprechen.

Nach einer kurzen Pause meldete sich Rankin.

»Was wollen Sie?« knurrte er, als ich meinen Namen genannt hatte.

»Haben Sie schon herausgefunden, woher der Eispicker stammt?« fragte ich.

»Wofür halten Sie mich? Einen Zauberer? Diesen Eispicker kann man überall in der Stadt kaufen. Sie müssen zu Hunderten vorhanden sein.«

»Das klingt nicht so, als ob Sie große Fortschritte gemacht hätten.«

»Habe ich auch nicht. Aber es ist auch noch sehr früh. Der Fall ist nicht schnell zu klären. Haben Sie etwas herausgefunden?«

»Nur Dinge, die Ihnen Ärger machen«, antwortete ich. »Mir

scheint es beinahe so, als ob nicht Creedy Sheppey engagiert hätte, sondern seine Frau.«

»Wie kommen Sie darauf?«

»Aus dem Gerede, das ich aufgegriffen habe. Wissen Sie, ob sie einen Waffenschein besitzt?«

»Was haben Sie vor, Brandon?« Sein Ton nahm an Schärfe zu. »Wissen Sie nicht, daß Sie Dynamit anfassen, wenn Sie sich mit den Creedys abgeben?«

»Natürlich, aber vor Dynamit habe ich keine Angst. Hat sie einen Waffenschein oder nicht? Das ist ein wichtiger Punkt, Inspektor.«

Er bat mich, zu warten. Nach einer Weile meldete er sich wieder.

»Sie hat eine Lizenz für eine achtunddreißiger Pistole mit der Nummer 4557993. Die Lizenz wurde ihr vor drei Jahren erteilt«, sagte er.

Ich griff nach einem Notizblock und kritzelte die Zahl hin.

»Danke, Inspektor. Noch eins. Haben Sie irgend etwas über Thelma Cousins' Lebenswandel feststellen können?«

»Nein. Wir haben herumgefragt. Hahn scheint recht zu haben. Sie ließ sich nicht mit Männern ein. Es ist mir ein Rätsel, wie Sheppey an sie herankam.«

»Haben Sie ihre Adresse, Inspektor?«

»Sie hatte ein Zimmer in Maryland Road 379. Die Wirtin ist eine Mrs. Beecham. Von ihr werden Sie nichts erfahren. Candy hat sich stundenlang mit ihr abgegeben. Sie konnte ihm nichts berichten.«

»Danke«, sagte ich. »Wenn sich etwas Neues ergibt, rufe ich Sie an.«

Damit beendete ich das Gespräch.

Ich ging ins Schlafzimmer, zog mich an, schob meine Achtunddreißiger ins Schulterhalfter und verließ den Bungalow, schloß die Tür hinter mir ab und holte den Buick aus der Garage.

Es war viertel nach fünf und immer noch sehr heiß. Als ich die Promenade entlangfuhr, konnte ich den dicht bevölkerten Strand sehen. Ich hielt bei einem Cap an, der seine müden Füße am Rand des Bürgersteiges ausruhte, und fragte ihn, wo die Maryland Road lag. Er erklärte mir den Weg. Die Straße lag auf der anderen Seite der Stadt, und ich mußte mich 20 Minuten lang durch den Verkehr durchwühlen, um sie zu erreichen.

Mrs. Beecham war eine dicke, ältere Person mit einem freundlichen Lächeln und der Neigung, zu klatschen.

Ich sagte ihr, daß ich für den *St. Raphael Courier* arbeite, und fragte, ob sie mir etwas über Thelma Cousins erzählen könnte.

Sie forderte mich auf, in einen Raum voller Plüschmöbel, mit einem Kanarienvogel in einem Käfig, drei Katzen und einer Sammlung Fotos, die aussahen, als ob sie über 50 Jahre alt wären, einzutreten.

Als wir uns gesetzt hatten, erzählte ich ihr, ich wollte einen Artikel über Thelma schreiben, und möchte gern wissen, ob sie einen Freund gehabt hatte.

Mrs. Beechams volles Gesicht verdunkelte sich.

»Das hat der Polizeibeamte schon gefragt. Sie hatte keinen. Ich habe ihr oft geraten, sie solle sich einen netten jungen Mann suchen, aber sie ging so völlig in der Kirche auf, daß . . .«

»Glauben Sie nicht, daß sie im geheimen einen Freund hatte, Mrs. Beecham?« fragte ich. »Sie kennen doch die Welt. Manche Mädchen sind schüchtern und sprechen nicht gern über solche Dinge.«

Nachdrücklich schüttelte Mrs. Beecham ihren Kopf.

»Ich kannte Thelma seit fünf Jahren. Wenn sie einen Freund gehabt hätte, dann hätte sie es mir bestimmt erzählt. Außerdem ging sie nur sehr selten aus. Nur dienstags und freitags, wenn sie von der Arbeit zurückgekommen war. Und an den Tagen ging sie in die Kirche, um Pater Matthews zu helfen.«

»Vielleicht hat sie Ihnen nur gesagt, sie ginge in die Kirche, und traf sich in Wirklichkeit mit einem Freund. Das ist doch möglich, oder nicht?«

»Nein«, erklärte Mrs. Beecham und sah mich empört an. »So war Thelma nicht. Das hätte sie niemals getan.«

»Kamen je Besucher zu ihr, Mrs. Beecham?«

»Hin und wieder kamen Freundinnen. Zwei Mädchen von der Schule für Keramik und ein anderes, mit dem sie zusammen in der Kirche arbeitete.«

»Keine Männer?«

»Nie.«

»Ist jemals ein Mann hergekommen, der sie besuchen wollte?«

»Nein. Das hätte ich auch nicht geduldet. Ich halte es nicht für klug, wenn junge Mädchen in ihren Zimmern Herrenbesuch empfangen. Außerdem hätte Thelma das nicht getan.«

Ich zog meine Brieftasche und nahm ein Foto von Jack Sheppey heraus.

»Hat dieser Mann hier je nach Miss Cousins gefragt?«

Sie betrachtete das Bild und schüttelte dann den Kopf.

»Ich habe ihn nie gesehen.«

»War mal eine blonde, elegant angezogene Frau hier und fragte nach ihr, eine Frau von etwa sechsunddreißig, eine reich wirkende Frau?«

Die Frage schien sie zu überraschen.

»Aber nein. Es kamen nur ihre drei Freundinnen und Pater Matthews. Sonst niemand.«

Danach sah es so aus, als hätte Thrisby gelogen, als er behauptet hatte, daß sowohl Sheppey als auch Bridgette in Thelmas Wohnung gegangen wären.

»Geschah irgend etwas Ungewöhnliches an dem Tag, als sie starb? Kam jemand hierher? Oder bekam sie einen Brief? Oder wurde sie angerufen?«

»Das hat auch schon der Polizist gefragt. Es ist aber nichts Ungewöhnliches passiert. Sie ging wie üblich um halb neun fort, um um neun Uhr in der Schule zu sein. Zum Mittagessen kam sie immer nach Hause. Als sie nicht wie gewöhnlich zurückkam, war ich besorgt. Als sie auch zu der üblichen Zeit nach ihrer Arbeit nicht nach Hause kam, rief ich zuerst Pater Matthews und dann die Polizei an.«

Rankin hatte recht. Es war, als ob man in Beton graben wollte. Ich bedankte mich bei der alten Frau, und verabschiedete mich.

Als ich zu dem Buick ging, war ich etwas deprimiert. Ich erkannte, daß ich nicht in dem Maße weiterkam, wie ich gehofft hatte. Allerdings erschien es mir als ziemlich sicher, daß Thrisby log.

*

Gegen neun fuhr ich zum White Chateau. Die Dämmerung war hereingebrochen, als ich die Bergstraße erreichte, und die sinkende Sonne überzog Himmel und Meer mit einem Orangerot. Von der Höhe der Straße bot St. Raphael einen prachtvollen Anblick.

Meine Stimmung war nicht sonderlich dazu angetan, die Aussicht zu genießen. Ich hatte zuviel im Kopf und mußte immer wieder daran denken, daß ich in anderthalb Stunden Margot für mich allein in der Einsamkeit des Bungalow hatte.

Ich fuhr schnell und blendete meine Scheinwerfer auf, um den entgegenkommenden Verkehr auf mich aufmerksam zu machen.

Kurz nach halb zehn erreichte ich den Seitenweg zum White Chateau. Ich ließ den Buick am Straßenrand stehen und ging den Pfad zu dem Holztor hinunter. Ich stieß es auf, bewegte mich leise. Die Sonne war inzwischen untergegangen, und es war schnell dunkel geworden.

Ich hatte eine Taschenlampe und ein paar Werkzeuge bei mir, um notfalls ein Fenster oder eine Schublade gewaltsam öffnen zu können. Am Rasenrand blieb ich stehen, um das Haus zu betrachten.

Ich überquerte den Rasen und schlich um das Gebäude. Nirgends war ein Licht zu sehen, aber ehe ich versuchte, in das Haus einzudringen, ging ich noch zur Garage und versuchte, eine der Türen zu öffnen. Sie gab unter meinem Druck nach, und zu meiner Überraschung fand ich einen Packard Clipper darin.

Ich faßte den Kühler an und stellte fest, daß er kalt war. Offensichtlich war er den ganzen Tag nicht gefahren worden.

Noch vorsichtiger überquerte ich wieder den Rasen und näherte mich der Terrasse. Dann ging ich zur Haustür und zog an der Glokke.

Drei Minuten lang wartete ich. Nichts geschah. Während ich zu der Fenstertür schlich, erschien plötzlich aus der Dunkelheit der Siamkater und kam mit mir. Vor der Fenstertür blieb ich stehen, drückte auf die Klinke, fand sie aber verschlossen. Der Kater benutzte diese Gelegenheit, mir um die Beine zu streichen. Ich bückte mich, um seinen Kopf zu kraulen, aber er schoß schnell von mir fort, sprang auf die Balustrade der Terrasse und beobachtete mich argwöhnisch.

Ich nahm ein flaches Stemmeisen aus der Tasche, schob es zwischen die Fenstertür, benutzte es als Hebel, während ich gleichzeitig gegen die Tür drückte. Mit einem Klicken gab sie nach und schwang auf.

Vorsichtig schob ich die Tür noch weiter nach innen, blieb lauschend stehen, konnte aber nichts hören. Der Raum lag im Dunkeln. Ich knipste die Taschenlampe an und ließ ihren Strahl durch das Zimmer wandern.

Mir war etwas unbehaglich, weil der Packard in der Garage stand. Es konnte sein, daß sich Thrisby im Haus befand.

Warum aber war alles dunkel?

Wahrscheinlich hatte ihn jemand mit dem Wagen abgeholt, und der Packard war deshalb in der Garage geblieben.

Ich trat in den Raum, ging zum Lichtschalter hinüber und knipste an.

Dann traf mich ein Schock.

In einer Ecke des großen Raumes stand ein Schreibtisch. Alle Schubladen waren aufgezogen, und ein Haufen Papiere, Briefe, alter Rechnungen lag auf der Platte und um den Schreibtisch auf dem Boden verstreut. Auf der anderen Seite des Raumes stand eine Kommode. Auch ihre Schubladen waren aufgezogen, und ringsum lagen Papiere.

Es sah aus, als wäre mir jemand zuvorgekommen. Mit unterdrückter Stimme fluchte ich.

Ich ging durch den Raum zur Tür, öffnete sie und trat in eine große Halle. Mir gegenüber führte eine Treppe zu den oberen Zimmern. Auf der anderen Seite befanden sich zwei weitere Türen. Ich öffnete die eine und sah in ein ziemlich großes Eßzimmer. Auch hier waren alle Schubladen herausgerissen und die Bestecke auf den Boden geworfen worden.

Ich versuchte die nächste Tür und blickte in eine luxuriös eingerichtete Küche, in der nichts angetastet worden zu sein schien.

Ich kehrte in die Halle zurück, blieb am Fuße der Treppe stehen, ließ den Strahl der Taschenlampe hinauffallen, während ich lauschte. Irgendwo im Hause tickte eine Uhr, aber sonst herrschte bedrückendes Schweigen.

Während ich dort stand, fragte ich mich, wonach der Eindringling gesucht haben mochte, und was er wohl gefunden hatte. Ich fragte mich auch, wie Thrisby sich verhalten mochte, wenn er zurückkam und die Unordnung vorfand. Und ob er die Polizei anrief oder gar nichts unternahm.

Ich wäre in eine fatale Lage geraten, wenn er mich plötzlich überrascht hätte. Ich zögerte deshalb einen Augenblick, die Treppe hinaufzugehen. Ich war völlig überzeugt, falls es etwas in diesem Haus gegeben hatte, das mich interessieren konnte, war es schon weggeholt worden.

Schließlich entschied ich mich aber, einen Blick in den übrigen Teil des Hauses zu werfen und dann schnell zu verschwinden. Ich nahm immer zwei Stufen auf einmal und erreichte einen breiten, dunklen Absatz.

Dann bekam ich einen Schreck, daß ich fast hinterrücks die Treppe heruntergefallen wäre.

Als ich den Strahl der Taschenlampe umherwandern ließ, sah ich in der hintersten Ecke des Treppenabsatzes die Gestalt eines zusammengeduckten Mannes. Er sah aus, als hätte er mich anspringen wollen.

Mein Herz schlug schneller. Ich sprang zurück, dabei fiel mir die Taschenlampe aus der Hand. Sie rollte über den Boden und hüpfte dann über die Stufen die Treppen hinunter. Ihr heller Strahl strich über die Wände, die Decke, das Geländer, bis die Lampe unten in der Halle landete und mich in völliger Dunkelheit zurückließ.

Ich stand wie angewurzelt, versuchte mühsam lautlos zu atmen, während mein Herz gegen die Rippen hämmerte.

Nichts geschah. Die Uhr unten tickte weiter und verursachte in der Grabesstille des Hauses ein fast dröhnendes Geräusch.

Ich schob die Rechte unter meine Jacke, und meine Finger schlossen sich um den Griff der Achtunddreißiger. Ich zog sie aus dem Halfter, und mein Daumen drückte den Sicherungshebel zurück.

»Wer ist da?« zischte ich, und es ärgerte mich, daß sich meine Stimme wie die einer verstörten alten Jungfer anhörte, die einen Mann unter ihrem Bett entdeckt.

Das Schweigen lastete nach wie vor auf mir. Ich lauschte, stand reglos da, versuchte, mit meinen Blicken die Dunkelheit um mich herum zu durchdringen, wo ich den geduckt dastehenden Mann wahrgenommen hatte.

Kroch er auf mich zu? Wollte er über mich herfallen und mit seinen Fingern meine Kehle umklammern?

Plötzlich erinnerte ich mich, wie Sheppey gestorben war, dem ein Eispicker in den Körper gestoßen wurde.

Stand mir Sheppeys Mörder gegenüber? Hatte er wieder einen Eispicker in der Hand?

Dann strich mir etwas an den Beinen entlang. Ich zuckte unwillkürlich zusammen. Meine Pistole entlud sich mit einem Knall, daß die Türen klapperten. Ich sprang zurück. Schweiß bedeckte meinen Körper.

Ich hörte einen leisen, knurrenden Laut und ein Rascheln und erkannte, daß der Kater mir im Dunkel gefolgt und wieder um die Beine gestrichen war. Ich stand still, den Rücken gegen das Treppengeländer gepreßt, in kalten Schweiß gebadet, mit pochendem Herzen.

Ich steckte die Hand in die Tasche und zog mein Feuerzeug.

»Nicht von der Stelle«, zischelte ich in die Dunkelheit. »Eine Bewegung, und ich schieße!«

Die Waffe im Anschlag, hob ich meine linke Hand über den Kopf und knipste das Feuerzeug an.

Die winzige Flamme spuckte genug Licht, daß ich erkennen konnte: der Mann in der Ecke hatte sich nicht bewegt. Er hockte noch dort auf seinen Hacken, ein kleiner Mann mit einem braunen, runzligen Gesicht, geschlitzten Augen und einen zu einer Grimasse verzerrten Mund.

Er war in einer Weise still, die mich erschaudern ließ. Niemand kann so vollkommen still sein, wenn er nicht tot ist.

Die Flamme des Feuerzeugs erlosch langsam.

Ich trat zur Treppe zurück, ging die Stufen hinunter zu der Stelle, an der meine Taschenlampe lag. Ihr Strahl fiel quer durch die Halle zur Eingangstür.

Ich hob sie auf, drehte mich um und zwang mich, die Treppe wieder hinaufzugehen. Als ich oben ankam, richtete ich den Schein der Lampe auf den Mann.

Ich tippte auf Thrisbys Diener. Jemand hatte ihn in die Brust geschossen. Er war in die Ecke gekrochen und gestorben.

Zu seinen Füßen schimmerte eine Blutlache, und auf seiner schwarzen Leinenjacke befand sich ein großer Blutfleck.

Während ich langsam auf ihn zuging, schob ich die Waffe ins Halfter. Mit den Fingerspitzen berührte ich sein Gesicht. Die Kälte der Haut und die erstarrten Muskeln darunter verrieten, daß er schon seit Stunden tot war.

Ich seufzte. Der Strahl der Lampe wurde von zwei Augen reflektiert, als er auf den Kater fiel, der oben an der Treppe knurrte, wie Siamkatzen es tun, wenn ihnen etwas mißfällt.

Ich beobachtete die Katze, wie sie den Absatz überquerte. Mit langsamen, geschmeidigen Bewegungen, gesenktem Kopf und hängendem Schweif schlich sie fort.

Ohne den Filipino zu beachten, glitt sie an ihm vorbei, setzte sich dann vor einer Tür nieder und sah mich an. Sie richtete sich auf den Hinterpfoten hoch, schlug mit der Vorderpfote nach dem Türgriff. Sie schlug dreimal, stieß dann ein klagendes Miauen aus und schlug wieder danach.

Ich ging zu ihr, drückte auf die Klinke und gab der Tür einen leichten Stoß.

Sie schwang weit auf.

Im Zimmer Dunkelheit und Schweigen. Der Kater stand auf der Schwelle, mit gespitzten Ohren, den Kopf leicht zur Seite geneigt. Dann tippelte er hinein.

Ich blieb stehen. Mein Herz klopfte, mein Mund war trocken.

Mit dem Strahl der Taschenlampe verfolgte ich den Kater. Der scharf gezeichnete Lichtkreis begleitete ihn durch das Zimmer bis zum Fuß des Bettes.

Das Tier sprang auf das Bett.

Ich ließ den Lichtkreis weiterwandern, und mein Herz setzte für einen Schlag aus.

Thrisby lag quer über dem Bett. Er trug noch sein weißes Trikothemd, dunkelrote Shorts und Sandalen.

Der Kater näherte sich ihm und schnüffelte an seinem Gesicht.

Im Strahl der Taschenlampe konnte ich die entsetzte, starre Maske seines Gesichts erkennen, die verkrampften Hände und das Blut auf der Bettdecke.

Auf dem weißen Trikothemd war kein Zeichen einer Wunde oder eine Blutspur zu sehen. Aber ich war sicher, die Wunde zu finden, wenn ich ihn umdrehte.

Jemand hatte ihn in den Rücken geschossen, als er versuchte zu fliehen. Er war auf das Bett gefallen und dort gestorben.

*

Im Schein der Taschenlampe suchte ich den Lichtschalter und knipste die Beleuchtung an.

Dann wandte ich mich wieder dem Bett zu.

Der Kater schlich langsam um Thrisbys Kopf herum, geduckt, mit ausgestrecktem Schwanz und zurückgelegten Ohren. Gereizt starrte er mich über das Gesicht des toten Mannes hinweg an.

Ich sah mich in dem Zimmer um.

Es befand sich in Unordnung.

Die Schranktüren standen offen, Kleidungsstücke lagen auf dem Boden. Die Kommodenschubladen waren aufgezogen, Hemden, Socken, Krawatten und Schals waren herausgezerrt worden.

Mit steifen Beinen ging ich zu dem Bett.

Das Tier fauchte mich an, als ich mich näherte, duckte sich zusammen, die Augen weit aufgerissen. Ich streckte eine Hand aus und berührte Thrisbys Arm. Er war kalt. Vermutlich war er seit fünf oder sechs Stunden tot.

Als ich mich über ihn beugte, stieß ich mit dem Fuß gegen etwas, das vorn unter dem Bett lag, etwas Hartes. Ich bückte mich, hob das Laken hoch und sah eine .38er Pistole vor mir liegen.

Es war die Waffe, die ich Bridgette Creedy zurückgegeben hatte. Ich war davon überzeugt, aber um mich restlos zu vergewissern, überprüfte ich die Nummer. Ich fand sie unter dem Lauf: 4557993.

Ich zog das Magazin heraus. Vier Schüsse waren abgefeuert worden. Mindestens zwei von ihnen waren tödlich gewesen.

Ich blieb sekundenlang stehen und dachte nach. Das Ganze war alles etwas zu einfach, um wahr zu sein.

Warum lag die Waffe dort, wo die Polizei sie finden mußte?

Ich überlegte. Bridgette mußte wissen, daß bei der Polizei die Nummer der Waffe eingetragen war. Mit gerunzelter Stirn hob ich die Pistole auf. Das war zu auffällig. Dann folgte ich einer plötzlichen Eingebung, steckte die Pistole in meine Tasche, schaltete das Licht aus und ging die Treppe hinunter.

Ich durchquerte den Wohnraum zu der Bar, wo das Telefon stand, und wählte Creedys Nummer.

Während ich auf die Verbindung wartete, blickte ich auf meine Uhr.

Es war inzwischen Viertel vor zehn.

Hilton meldete sich.

»Hier ist Mr. Creedys Butler.«

»Verbinden Sie mich mit Mrs. Creedy.«

»Einen Augenblick, ich stelle zu ihrer Sekretärin durch, Sir.«

Es knackte ein paarmal, dann fragte die kühle, sachliche Stimme, die ich schon kannte: »Wer ist dort bitte?«

»Lew Brandon. Ist Mrs. Creedy zu Hause?«

»Ja, ich glaube aber nicht, daß sie für Sie zu sprechen ist, Mr. Brandon.«

»Sie muß mit mir sprechen«, verlangte ich, »das ist kein Scherz. Verbinden Sie mich mit ihr!«

»Das kann ich nicht. Warten Sie bitte. Ich werde sie fragen, ob sie an den Apparat kommen will.«

Noch ehe ich sie aufhalten konnte, war sie fort. Ich wartete und preßte den Hörer unnötig fest gegen mein Ohr.

Nach einer langen Pause meldete sie sich wieder.

»Es tut mir leid, Mr. Brandon, aber Mrsk Creedy wünscht nicht mit Ihnen zu sprechen.«

Ich verzog meinen Mund zu einem grimmigen Lächeln.

»Sie wünscht vielleicht nicht, aber sie muß. Sagen Sie ihr, ein alter Freund von ihr sei gerade gestorben. Jemand hat ihn in den Rücken geschossen, und es kann sein, daß die Polizei schon auf dem Weg zu ihr ist, um sich mit ihr darüber zu unterhalten.«

Ich hörte durch den Apparat, wie die Sekretärin einen spitzen Laut ausstieß.

»Wie war das bitte?«

»Holen Sie Mrs. Creedy! Sie kann es sich nicht leisten, nicht mit mir zu sprechen.«

Wieder folgte eine lange Pause, dann knackte es in der Leitung, und Bridgette Creedy sagte: »Wenn Sie mich noch weiter belästigen, werde ich mit meinem Mann sprechen.«

»Ausgezeichnet. Das wird ihm gefallen. Aber wenn das wirklich Ihre Absicht ist, tun Sie es gleich, denn Ihnen steht allerlei Ärger bevor, für den ich nicht verantwortlich bin. In diesem Augenblick liegt Jacques Thrisby auf seinem Bett, mit einem achtunddreißiger Geschoß im Rücken. Er ist so tot wie Ihre Steuererklärung vom vergangenen Jahr. Und Ihre Pistole liegt neben ihm!«

Ich hörte, wie sie tief und mühsam atmete.

»Sie lügen.«

»Schön, wenn Sie meinen, daß ich lüge, dann warten Sie getrost, bis Ihnen die Polizei auf den Pelz rückt. Mir kann es völlig egal sein. Ich riskiere meinen Hals, daß ich Sie anrufe. Ich sollte die Polizei verständigen.«

Schweigen. Ich lauschte auf das Surren in der Leitung und ihr hastiges Atmen, bis sie fragte: »Ist er wirklich tot?«

»Ja. Und nun hören Sie zu. Wo waren Sie zwischen fünf und sechs heute nachmittag?«

»In meinem Zimmer.«

»Hat Sie jemand gesehen?«

»Nein, ich war allein.«

»War Ihre Sekretärin denn nicht da?«

»Sie war in der Stadt.«

»Was haben Sie mit der Waffe gemacht, die ich Ihnen zurückgebracht habe?«

»Ich legte sie in eine Schublade in meinem Schlafzimmer.«

»Wer kann an sie herangekommen sein?«

»Ich weiß nicht. Jeder, der wollte. Ich legte sie einfach dort hinein.«

»Haben Sie Besuch?«

»Nein.«

Ich starrte die Wand an, runzelte die Stirn und sagte dann: »Ich weiß nicht, warum ich das für Sie tue, aber ich nehme die Waffe mit. Vielleicht kann die Polizei Sie durch die Kugeln identifizieren. Falls ja, werden Sie Schwierigkeiten bekommen, aber vielleicht haben Sie auch Glück. Ich vermute, daß Ihnen jemand den Mord an Thrisby anhängen will, doch ich kann mich irren. Warten Sie ab und beten Sie.«

Ehe sie reagieren konnte, legte ich den Hörer auf die Gabel.

Dann schaltete ich das Licht in dem Raum aus, suchte mir mit der Taschenlampe den Weg durch die Fenstertür, zog sie hinter mir zu, lief schnell durch den Garten und das Tor, über den Nebenweg zur Straße, wo ich meinen Buick gelassen hatte.

Kein Wagen kam an mir vorbei, während ich die Gebirgsstraße hinunterfuhr. In jeder Kurve tauchten die hellen Lichter von St. Raphael City vor mir auf. Der Anblick war bezaubernd schön.

Es war Viertel nach zehn, als ich den im Dunkeln liegenden Bungalow erreichte. Als ich ausstieg, sah ich ein Cadillac Cabriolet mit ausgeschalteten Lichtern unter den Palmen stehen. Ich starrte es einen Augenblick an, ging dann die Stufen zur Eingangstür des Bungalows hinauf, zog den Schlüssel aus der Tasche, versuchte aber zuerst auf eine Eingebung hin die Klinke. Die Tür ging auf, und ich trat in das dunkle Haus.

Ohne das Licht einzuschalten, blieb ich, die Hand am Griff meiner Waffe, lauschend stehen.

Für eine Weile war alles still, dann sagte Margot aus der Dunkelheit: »Bist du es, Lew?«

»Was tust du hier?« fragte ich und setzte mich in Bewegung.

Es war gerade hell genug, daß ich ihre Umrisse erkennen konnte. Sie lag auf der Wandbank unter dem Fenster. Ihr Kopf hob sich vom monderhellten Himmel ab.

»Ich kam schon früher«, antwortete sie. »Ich liege gern im Mondlicht. Mach kein Licht, Lew.«

Ich machte einen weiteren Schritt in den Raum und zog die beiden Waffen, ließ sie in die Schublade eines Tischchens neben der Tür gleiten, nahm meinen Hut ab und ließ ihn darauf fallen.

Dann suchte ich mir meinen Weg zwischen den Sesseln und Möbelstücken, bis ich Margot erreichte.

Soviel ich erkennen konnte, trug sie nur einen Morgenmantel aus dunkler Seide. wo er auseinanderklaffte, konnte ich ihre Knie schimmern sehen. Sie streckte die Hand aus.

»Komm, setz dich zu mir«, sagte sie. »Es ist so schön, hier auf das Meer und die Wellen im Mondlicht zu blicken.«

Ohne ihre Hand zu nehmen, setzte ich mich. Thrisbys totes Gesicht verfolgte mich noch. Es verdarb mir die Stimmung für Zärtlichkeiten.

Das spürte sie sofort. »Was hast du, Liebling? Ist etwas geschehen?«

»Margot . . .« Nach einer Pause fuhr ich fort: »Du warst auch einmal in Thrisby verliebt, nicht wahr?«

Ich merkte, wie sie erstarrte. Ihre Hand senkte sich.

»Ja«, sagte sie nach einigem Zögern. »Früher einmal. Es war eines dieser unerklärlichen Dinge. Ich glaube, seine Vitalität und ungeheure Sicherheit hatten mich geblendet. Gott sei Dank dauerte es nicht lange. Ich werde mir nie vergeben, daß ich so töricht war.«

»Wir tun alle einmal etwas, was wir nachher bedauern«, sagte ich, tastete nach einer Zigarette und zündete sie an. Im Schein meines Feuerzeugs sah ich, daß sie den Kopf erhoben hatte und mich mit aufgerissenen Augen anstarrte.

»Was ist geschehen? Bist du dort gewesen? Ist Jacques etwas zugestoßen?«

»Ja. Er ist tot. Jemand hat ihn erschossen.«

Sie sank in die Polster zurück und bedeckte ihr Gesicht mit den Händen.

»Tot?« Margot stöhnte unterdrückt. »Oh, Lew, ich weiß, er hat mich schamlos behandelt, aber er hatte etwas an sich . . .« Sie lag regungslos, atmete schnell, während ich aus dem Fenster sah. Das einzige Licht im Raum kam von der Glut meiner Zigarette. Dann sagte sie: »Natürlich war es Bridgette.«

»Ich weiß nicht, wer es war.«

Sie setzte sich plötzlich auf.

»Selbstverständlich war es Bridgette. Sie versuchte doch schon heute nachmittag, ihn zu erschießen. Wenn du es nicht verhindert hättest, hätte sie ihn getötet. Das hast du selbst gesagt. Hast du ihr die Waffe zurückgegeben?«

Sie schwang ihre Beine von der Polsterbank.

»Sie fuhr zu ihm und hat ihn ermordet. Diesmal kommt sie nicht ungeschoren davon.«

»Was willst du denn tun?«

»Ich werde es natürlich meinem Vater sagen. Er wird die Wahrheit aus ihr herausbekommen.«

»Angenommen, es gelingt ihm, was dann?«

Sie wandte den Kopf mir zu. Obwohl ich ihr Gesicht nicht sehen konnte, wußte ich, daß sie mich anstarrte.

»Nun, er wird sie hinauswerfen, sich von ihr scheiden lassen.«

»Ich dachte, du wolltest die Polizei raushalten?«

»Aber selbstverständlich, die darf es nicht erfahren. Daddy wird die Polizei nicht rufen. Er wird sie hinauswerfen und sich scheiden lassen.«

Durch das Fenster sah ich, daß sich auf der Strandstraße die Scheinwerfer eines Wagens schnell näherten. Über ihnen funkelte glühend das rote Licht eines Streifenwagens.

»Vielleicht kannst du die Polizei nicht mehr raushalten, Margot.« Sie stand auf. »Da kommt sie schon.«

*

Im grellen Mondlicht sah ich Inspektor Rankin, gefolgt von Sergeant Candy, aus dem Polizeiwagen steigen. Der uniformierte Fahrer blieb hinter dem Lenkrad sitzen.

Ich ging ihnen über die Veranda entgegen, bis zu den Stufen.

Ich stellte mich Rankin breit in den Weg, so daß er unterhalb von mir auf der Treppe stehenbleiben mußte.

»Ich habe mit Ihnen zu sprechen«, sagte er. »Wir gehen hinein.«

»Sehen Sie sich um, Inspektor«, sagte ich leise, damit Candy es nicht hören konnte, »dann werden Sie sich das überlegen.«

Er drehte den Kopf und erblickte das Cadillac Cabriolet. Er drehte sich noch weiter nach rechts und sah meinen Buick. Dann wandte er sich mir wieder zu und fixierte mich.

»Hat das etwas zu bedeuten?«

»Dreimal können Sie raten, wem der Caddy gehört«, sagte ich. »Sie haben Ihre Beförderung noch nicht in der Tasche, Inspektor. Wenn Sie hier eindringen, gehe ich jede Wette ein, daß nichts daraus wird.«

Er nahm seinen Hut ab, blickte hinein, strich sich ungeduldig mit den Fingern durch das Haar, setzte den Hut wieder auf und trat drei Stufen zurück.

»Kommen Sie«, sagte er, »wir können im Wagen sprechen. Wir fahren zu Thrisbys Haus.«

»Fahren Sie nur, Inspektor, ich habe zu tun«, sagte ich. »Thrisby interessiert mich nicht so besonders. Ich habe Besuch von einem Cadillac-Besitzer, um den ich mich kümmern muß.«

»Kommen Sie freiwillig, oder muß ich Sie zwingen?« sagte er mit einer ungewöhnlichen Schärfe im Ton.

Candy trat näher und schob eine Hand unter die Jacke.

»Also schön, wenn Sie unbedingt wollen«, sagte ich und ging die Stufen hinunter. »Was haben Sie denn für Sorgen, Inspektor?«

»Sparen Sie sich diesen Unsinn«, entgegnete Rankin wütend. »Sie sind doch gerade erst von Thrisbys Haus gekommen.«

»Das dürfte sich schwer nachweisen lassen«, sagte ich und stieg hinten in den Polizeiwagen ein. Rankin folgte mir, und Candy setzte sich neben den Fahrer.

»Los geht's!« befahl der Inspektor.

Der Wagen fuhr ab.

Ich sah zu dem Bungalow zurück und fragte mich, was Margot wohl denken mochte. Ich konnte nichts von ihr entdecken. In ein paar Minuten war sie bestimmt angezogen, um den Bungalow zu verlassen. Ich wünschte, ich wäre nicht zum White Chateau gefahren.

»Geben Sie mir Ihre Waffe«, sagte Rankin plötzlich.

»Ich habe sie nicht bei mir.«

Der Fahrer mußte anhalten. Während der Wagen bremste, fragte er: »Wo ist sie?«

»In dem Bungalow?«

»Zurück also«, sagte Rankin ungeduldig.

Der Fahrer wendete und fuhr über die Seitenstraße schnell in Richtung Bungalow.

»Gehen Sie mit ihm«, befahl Rankin dem Sergeant. »Ich will seine Waffe haben.«

Ich stieg aus und ging, Candy dicht auf meinen Fersen, die Stufen hinauf und in den Bungalow hinein, schaltete das Licht an und ging zu dem Tischchen hinüber.

Ich versuchte, Candy von der Schublade fernzuhalten, aber er stieß mich beiseite, öffnete sie und nahm meine Achtunddreißiger an sich.

»Ist sie das?« fragte er.

»Ja.«

Ich sah die leere Schublade vor mir und bekam eine Gänsehaut. Bridgettes Pistole war verschwunden.

Candy blinzelte in den Lauf der Waffe. Dann schnüffelte er daran, grunzte und versenkte sie in seine Tasche.

»Wem gehört der Caddy da draußen?«

»Fragen Sie doch den Inspektor«, riet ich ihm.

Er sah mich an, schnitt eine Grimasse.»Also gehen wir.«

»Was soll das alles bedeuten?« fragte ich, und hätte gern gewußt, ob Margot zuhörte.

»Glauben Sie, Sie könnten uns etwas vormachen?« antwortete er ungehalten. »Wir sahen, wie Sie in Thrisbys Haus eindrangen, und wir sahen, wie Sie rauskamen.«

»Wirklich? Warum haben Sie mich dann nicht festgenommen, Sergeant?«

»Dazu hatten wir keinen Befehl«, erwiderte Candy, »aber jetzt haben wir ihn.«

»Von wem?«

»Von dem Captain.«

»Weiß Holding das?«

Candy wälzte den Kaugummi von der einen Seite auf die andere.

»Von Holding brauchen Sie sich nichts mehr zu versprechen. Bei uns ändert sich die Situation von Stunde zu Stunde. Kommen Sie, wir wollen den Captain nicht warten lassen.«

Wir gingen zu dem Wagen zurück.

Als wir einstiegen, fragte Rankin: »Haben Sie die Waffe?«

»Ja.« Candy reichte Rankin meine Achtunddreißiger. »Wurde kürzlich damit geschossen?«

»Das kann ich erklären«, sagte ich. »Sie versuchen doch nicht, mir anzuhängen, daß ich die beiden erschossen habe?«

»Ich versuche keinem etwas anzuhängen«, erwiderte Rankin mit müder Stimme. »Und jetzt halten Sie den Mund. Ich habe Befehl, Sie zu holen, und ich hole Sie.«

»Was heißt das mit Holding?«

»Das werden Sie noch erfahren.« Der Inspektor ließ sich in die Ecke des Sitzes sinken. »Warten Sie es ab.«

Während der schnellen Fahrt die Bergstraße hinauf schwiegen wir uns aus.

Unterwegs dachte ich angestrengt nach. Dann begriff ich plötzlich, daß ich vielleicht den Schlüssel zu dem ganzen Fall besaß. Ich war noch nicht völlig sicher, aber auf einmal ergaben die einzelnen Stücke des Puzzlespiels ein Bild, hatten sie Bedeutung. Es war einer dieser plötzlichen Eingebungen, die man hat, wenn man noch einmal alle Teile und Bruchstücke in Gedanken vor sich ablaufen läßt, und dann unerwartet ein Bindeglied sieht, dessen Bedeutung man vorher nicht erkannt hatte. Ich hatte keine Zeit, über meine Entdeckung in Aufregung zu geraten, weil wir gerade bei dem White Chateau ankamen.

Wir stiegen aus.

Rankin sagte zu Candy: »Fahren Sie mit dem Wagen zurück zu dem Bungalow! Nehmen Sie Jackson mit, durchsuchen Sie das Haus und bringen Sie alles, was Sie finden, hierher! Beeilen Sie sich!«

Der Sergeant sah ihn überrascht an, stieg aber in den Wagen, und der Fahrer nahm wieder hinter dem Steuer Platz.

»Glauben Sie, daß Sie jetzt fort ist?« fragte Rankin, als der Polizeiwagen abgefahren war.

»Ja. Was ist mit Holding passiert?«

»Sie sitzen auf dem trockenen, Brandon. Creedy hat Richter Harrison für sich gekauft. Holding steht wieder auf der Seite der Verwaltung. Gegenwärtig gibt es hier keine Opposition.«

Das war wirklich ein vernichtender Schlag.

»Kommen Sie«, sagte Rankin. »Wir wollen den Captain nicht warten lassen. Machen Sie keine Schwierigkeiten. Man hat Ihnen gesagt, Sie sollen Ihre Finger davon lassen. Sie können also nicht behaupten, Sie seien nicht gewarnt worden.«

»Holding sagte mir, ich solle weitermachen.«

»Haben Sie denn nicht erkannt, was der für eine Ratte ist? Kommen Sie!«

Wir gingen den Gartenweg entlang, über den Rasen, zum Haus. Alle Lichter waren eingeschaltet. Drei Polizisten in Uniform patrouillierten auf der Terrasse auf und ab.

Wir traten durch die offene Fenstertür in den Wohnraum. Fingerabdruckspezialisten und Fotografen waren bei der Arbeit. Keiner nahm sich die Mühe, sich nach mir umzudrehen.

Rankin fragte einen von ihnen: »Ist der Captain hier?«

»Oben, Inspektor«, antwortete der Beamte und musterte einen Print, den er an der Kante eines der Cocktailtische entdeckt hatte.

Wir gingen in die Halle.

Zwei Männer in weißen Kitteln brachten eine Bahre die Treppe herunter, auf der eine mit einem weißen Tuch verhüllte Gestalt lag. Der Größe nach, vermutete ich, war es der Filipino.

Wir traten beiseite und blickten den beiden Männern nach, die ihre Last durch die Halle und die offene Fenstertür auf die Terrasse trugen.

»Weiter«, sagte Rankin. »Gehen Sie vor!«

Ich stieg die Treppe hinauf und ging auf sein Zeichen in Thrisbys Schlafzimmer.

Thrisby lag noch quer über dem Bett. Vor dem Fenster stand die riesige Gestalt Captain Katchens und blickte hinaus. Zwei Beamte in Zivil durchsuchten die verschiedenen Schubladen in dem Zimmer. Von dem Siamkater war nichts zu entdecken.

Vor dem Fußende des Bettes blieb ich stehen. Ich vermied es, in Thrisbys Gesicht zu sehen.

Rankin lehnte sich an den Türrahmen, die Hände in den Taschen und sah Katchens breiten Rücken an.

Katchen drehte sich nicht um. Er starrte weiter aus dem Fenster. Zigarrenrauch quoll aus seinem Mund und zog in einer kleinen, grauen Wolke durch das Zimmer dicht an mir vorbei. Er roch unangenehm und scharf.

Für zwei ungemütliche Minuten geschah nichts. Dann fragte Katchen: »Haben Sie seine Waffe?« Er kehrte mir immer noch den Rücken zu. Es war die alte Technik, Nerven unerträglich anzuspannen und die Widerstandskraft zu zermürben.

Rankin verließ seinen Platz an der Tür, und einer der Beamten in Zivil trat an seine Stelle. Es war ein Hinweis, daß sie nicht riskieren wollten, mich durch einen plötzlichen Fluchtversuch entkommen zu lassen.

Der Inspektor legte meine Waffe in Katchens Hand. Die war so groß, daß die .38er wie ein Spielzeug darin wirkte. Er nahm sie, schnüffelte an der Mündung, hielt sie gegen das Licht und blickte in den Lauf. Dann nahm er das Magazin heraus und zählte die Patronen. Er hob seine massiven Schultern und hielt Rankin die Waffe hin.

Als Rankin sie wieder an sich nahm, fragte Katchen: »Ist er gefesselt?«

Ich sah, wie Rankins Gesichtsmuskeln sich anspannten.

»Nein, Captain.«

»Warum nicht?« Die Gehässigkeit in seiner Stimme hätte jedem das Blut gerinnen lassen. Meins wurde nicht wärmer dadurch.

»Ich dachte, es sei nicht notwendig.«

»Sie werden nicht dafür bezahlt, zu denken. Fesseln Sie ihn!«

Rankin zog Handschellen aus seiner Hüfttasche und trat zu mir. Seine Miene war ausdruckslos. Ich hielt ihm meine Handgelenke hin, und er legte mir die Fesseln an.

»Ist geschehen, Captain«, sagte er und zog sich von mir zurück.

Langsam drehte Katchen sich um. Sein brutales Gesicht war rot vor verhaltener Wut. Die kleinen Augen waren ruhelos.

»Sie bildeten sich also ein, Sie kämen damit durch, Schnüffler«, sagte er und starrte mich an. »Sie glaubten, Ihr Freund Holding könne mich Ihnen vom Hals halten. Nun, ich will Ihnen zeigen, wie sehr Sie sich geirrt haben.« Während er sprach, kam er langsam auf mich zu, und ich konnte kleine, rote Flecken in seinen Augen erkennen. »Ich habe auf diese Unterhaltung mit Ihnen gewartet, Schnüffler«, fuhr er fort, »aber daß ich Sie als Doppelmörder festnageln könnte, darauf hatte ich nicht gehofft.«

»Sie können mir das nicht anhängen«, protestierte ich und beobachtete ihn scharf. »Die beiden sind seit fünf oder sechs Stunden tot, das wissen Sie genau.«

Für einen Mann seiner Größe war er zweifellos flink beim Zuschlagen. Ich sah seine Linke auf meinen Kopf zuschießen und zuckte gerade rechtzeitig zur Seite. Sein eisenharter Knöchel streifte mein Ohr, aber ich hatte keine Möglichkeit, seine Rechte mit meinen gefesselten Händen abzuwehren. Seine Faust traf mich wie der Tritt eines Maultiers gegen den Magen.

Ich stürzte zu Boden, lag mit angezogenen Beinen da und versuchte wieder zu Atem zu kommen. Eine lange Minute stöhnte ich. Dann hörte ich Katchen knurren: »Richtet ihn auf!«

Einer der Beamten packte mich und zerrte mich auf die Füße. Ich taumelte gegen ihn, krümmte mich zusammen. Er stieß mich von sich und trat zurück.

Ein drückendes Schweigen lag in dem Zimmer, während ich um mein Gleichgewicht kämpfte. Nach einer Weile gelang es mir, mich aufzurichten. Katchen stand vor mir und grinste höhnisch.

»Sie kommen mit zum Headquarters«, zischte er. »Dort werden Sie in eine Zelle gesperrt, aber Sie bekommen Gesellschaft. Ich habe drei oder vier junge Leute, die Ungeziefer wie Sie weichkriegen können. Wenn die mit Ihnen fertig sind, werden Sie froh sein, vier Morde gestehen zu dürfen und nicht nur zwei.«

Ich wußte, wenn ich etwas sagte, hätte er wieder zugeschlagen, und noch einen Hieb von ihm einzustecken, das war das letzte, was ich mir wünschte. Ich stand nur da und sah ihn an.

»Und wenn ich Ihnen die Morde nicht nachweisen kann, Schnüffler«, fuhr er fort, »sind Sie wegen Einbruchs dran. Das bringt Ihnen drei Monate. Und jeden Tag dieser drei Monate wird einer meiner Jungs mit Ihnen exerzieren. Ich habe Ihnen gesagt, Sie sollten Ihre Nase nicht hineinstecken, und jetzt wird's Ihnen leid tun, daß Sie es doch taten.«

Er drehte sich zu Rankin um. »Bringen Sie ihn ins Headquarters, und liefern Sie ihn unter der Anklage des Mordes an Thrisby und dem Filipino ein! Das genügt, um ihn festzuhalten, bis ich die Beweise beisammen habe. Wir sollten in der Lage sein, ihn darauf festzunageln.«

Rankin faßte mich am Arm.

»Kommen Sie«, sagte er.

Katchen trat vor mich und bohrte mir einen Finger im Format einer Banane in die Brust.

»Sie werden sich noch wünschen, tot zu sein, Sie Ungeziefer«, knurrte er, zog seine Hand zurück und schlug sie mir flach ins Gesicht, daß ich gegen Rankin taumelte. »Schaffen Sie mir den Lumpen aus den Augen, und stecken Sie ihn in eine Zelle!«

Rankin zerrte mich aus dem Zimmer. Zusammen gingen wir die Treppe hinunter, auf die Terrasse hinaus, über den Rasen vor das Tor, wo drei Polizeiautos parkten. Keiner von uns sagte ein Wort. Als wir durch das Tor kamen, bog der Streifenwagen, der mich aus dem Bungalow geholt hatte, gerade von der Hauptstraße ab und hielt auf uns zu.

Candy stieg aus und kam herüber.

»Etwas gefunden?« fragte der Inspektor.

»Noch eine Waffe. Kürzlich abgeschossen, und vier Patronen fehlen aus dem Magazin«, sagte Candy und zog Bridgettes Pistole aus seiner Tasche.

»Wo haben Sie die gefunden?« fragte ich.

»Unter Ihrem Bett, wo Sie sie versteckt hatten.«

Ich schüttelte den Kopf.

»Ich habe sie dort nicht versteckt. Aber das werden Sie mir doch nicht glauben.«

Rankin sah mich stirnrunzelnd an.

»Ich bringe ihn zum Headquarters«, sagte er. »Ich lasse die Waffe überprüfen. War sonst etwas da?«

»Nein, nichts.«

»Nehmen Sie einen der anderen Wagen, und fahren Sie nach Hause«, sagte Rankin. »Der Captain hat genügend Leute hier.«

»Gut. Begleiten Sie Brandon allein?«

»Ja.«

Sie sahen sich an. Mir schien, daß Candy mit dem linken Auge blinzelte, aber ich konnte mich irren. Er verschwand in der Dunkelheit.

Rankin deutete auf einen Polizeiwagen.

»Sie fahren!«

»Wie war das?« fragte ich überrascht.

»Sie fahren.«

»Gefesselt?«

Er zog seinen Schlüssel aus der Tasche und nahm mir die Handschellen ab.

Ich setzte mich hinter das Lenkrad und startete den Motor. Er setzte sich neben mich, zog eine Zigarettenpackung aus der Tasche und zündete sich eine an.

»Fahren Sie los!« sagte er.

Während ich zur Bergstraße hinauffuhr, sagte ich: »Seien Sie vorsichtig mit der Waffe, Inspektor.« Ich verlangsamte das Tempo und sah nach rechts und links, bog dann in die Straße ein. »Sie gehört Mrs. Creedy.«

»Ich werde aufpassen.«

»Was soll das bedeuten, daß Sie mich auf diese Weise zum Headquarters bringen?« fragte ich. »Es ist bestimmt das erste Mal, daß ein Gefangener sich selbst ins Gefängnis fährt und neben ihm ein Polizist sitzt, der raucht.«

»Ich bringe Sie nicht ins Gefängnis«, antwortete Rankin. »Aber Katchen hält das für schlau. Er glaubt, er habe Sie jetzt so eingeschüchtert, daß Sie ein für allemal aus der Stadt verschwinden. Ich soll Ihnen die Möglichkeit geben, zu entfliehen.«

Ich war so überrascht, daß ich während der nächsten 200 Yards keine Worte fand. Dann begann ich nachzudenken und lachte plötzlich laut auf.

»Eingeschüchtert hat er mich fraglos«, gab ich zu, »aber doch nicht genug, damit ich abhaue. Sollten Sie mir das alles sagen?«

»Ich soll wegsehen, während Sie türmen«, antwortete Rankin mürrisch. »Ich hatte gleich den Verdacht, daß Sie nicht fortlaufen würden.«

»Würde ich auch nicht tun. Ich riskiere keine Kugel in den Rükken. Natürlich ist das Creedys Idee. Nachdem er erst versucht hat, mich mit hundertfünfzigtausend Dollar zu kaufen, versucht er jetzt, mir Angst zu machen, um mich zu verscheuchen. Woher wußten Sie, daß ich in Thrisbys Haus gewesen bin?«

»Eines von Creedys Subjekten beobachtete das Haus«, erklärte Rankin. »Der Aufpasser rief ihn an und sagte ihm, er hätte Sie hineingehen sehen. Creedy rief Katchen an und befahl ihm, Ihnen einen Einbruch anzuhängen und Sie festzunehmen. Er befahl ihm, Sie einzuschüchtern und Sie aus der Stadt zu vertreiben. Wir erwischten Sie aber nicht mehr und fanden dann Thrisby. Darauf entschloß sich Katchen, Ihnen mit der Mordbeschuldigung Angst zu machen.«

»Und es ist ihm völlig gleichgültig, wer Thrisby wirklich ermordet hat?«

Rankin zuckte mit den Achseln.

»Oh, er wird sich zur gegebenen Zeit schon darum kümmern«, antwortete er gleichgültig.

»Hat der Aufpasser nicht den Mörder gesehen?«

»Nein, er ist nur nachts auf seinem Posten.« Er zog Bridgettes Waffe aus der Tasche und drehte sie in seinen Händen. »Wurde Thrisby mit dieser Pistole erschossen?«

»Ja.«

»Hat sie es getan?«

»Das müssen Sie sie selbst fragen. Ich würde nein sagen.«

»Man stellt Creedys Frau nicht derartige Fragen. Man stellt Creedys Frau überhaupt keine Fragen, wenn man in unserer Stadt seine Stellung behalten will.«

»Kein Mensch sollte so viel Macht haben. Und Creedy hat mit Richter Harrison also ein Geschäft gemacht.«

»Ja. Es war nicht so schwer. Der Richter besitzt keinen Nickel eigenes Vermögen, dafür aber eine extravagante Frau. Creedy hat ihn bezahlt, und jetzt ist Harrison bereit, die Politik aufzugeben. Es wird morgen in den Zeitungen stehen.«

»Das wird dem *Courier* gefallen.«

»Die können auch nichts dagegen machen. Sie können jetzt zum

Bungalow zurückfahren. Dann packen Sie am besten, nehmen Ihren Wagen und verschwinden.«

»Ich bin noch nicht so weit«, sagte ich und bog von der Bergstraße in den Franklyn Boulevard ein. »Ich gehe, wenn ich Sheppeys Tod aufgeklärt habe, vorher nicht.«

»Für Sie ist es besser, Sie verschwinden heute nacht, Brandon. Katchen hat Ihretwegen Befehl gegeben. Wenn Sie nicht innerhalb von zwei Stunden aus der Stadt verschwunden sind, geht's Ihnen an den Kragen. Die Fahrer von Katchens Streifenwagen sind Fachleute bei der Herbeiführung von Verkehrsunfällen. Die können einen Zusammenstoß fabrizieren, der Sie ein Bein kosten kann.«

Ich starrte ihn ungläubig an.

»Das ist doch ein Witz?«

»Ich habe nie ernster gesprochen«, antwortete er nüchtern. »Wenn Sie nicht innerhalb von zwei Stunden St. Raphael City verlassen haben, landen Sie im Krankenhaus. Dagegen können Sie gar nichts machen. Diese Jungs überraschen Sie verdammt schnell. Wir haben dreißig Streifenwagen hier, und alle sind auf Sie angesetzt. Machen Sie sich nichts vor. Sie haben keine Chance, ihnen zu entkommen. Sie können sich glücklich preisen, wenn Sie am Leben bleiben. Diese Kerle sind darin Experten.«

Ich dachte eine Weile darüber nach, während wir über die unebene Straße holperten, die zu dem Bungalow führte.

Als ich anhielt und ausstieg, fragte ich: »Brauchen Sie Bridgettes Pistole, Inspektor? Ich könnte vielleicht etwas damit anfangen. Für Sie ist das ganz unmöglich.«

»Sind Sie immer noch hinter Creedy her?« fragte Rankin zurück.

»Ich bin hinter Sheppeys Mörder her. Die Waffe kann damit in Zusammenhang stehen. Sie bekommen sie von mir zurück.«

Er zögerte, zuckte mit den Achseln.

»Also schön. Mir nutzt sie doch nichts. Katchen läßt sie verschwinden, sobald er erfährt, daß sie Mrs. Creedy gehört.«

»Danke, Inspektor. Sie waren sehr anständig zu mir. Ich wünsche Ihnen, daß Sie Ihre Beförderung noch bekommen«, sagte ich und streckte ihm meine Hand hin.

Er nahm sie, gab mir dann die Waffe und setzte sich ans Steuer.

*

Als ich in Richtung Bungalow marschierte, sah ich die Scheinwerfer eines Autos, das schnell über die holprige Straße kam. Rankins Wagen wich aus, und der andere fuhr vorbei und kam auf mich zu.

»Mr. Brandon?«

»Ja.«

»Ich bin Frank Hepple vom *Courier.* Mr. Troy sagte mir, ich sollte Sie aufsuchen. Ist es Ihnen schon zu spät für eine Unterhaltung?«

Es war zu spät, und mir war nicht nach einer Unterhaltung zumute, aber Troy hatte gesagt, daß dieser Mann gut wäre, und ich brauchte Hilfe. Darum forderte ich ihn auf, mit hineinzukommen.

»Woher wissen Sie, daß ich hier bin?« fragte ich, während wir über den Sand zu dem Bungalow schritten.

»Heute nachmittag rief ich Inspektor Rankin an, und ich erfuhr es von ihm«, antwortete Hepple. »Ich habe etwas für Sie. Ich hielt es für das beste, zu Ihnen hier herauszukommen und es Ihnen sofort mitzuteilen.«

Der Bungalow lag still da und löste in mir ein Gefühl der Leere aus. Ich konnte Margots Parfüm wahrnehmen, das noch in der warmen, dumpfen Luft hing. Ich drehte den Schalter und ging in den Wohnraum voraus.

Die Uhr auf dem Kaminsims zeigte auf zwanzig nach elf. Verbittert dachte ich daran, daß ich in Margots Armen hätte liegen können, wenn Rankin nicht gekommen wäre, um mich zu Thrisbys Haus zu holen.

Ich ging zu der Bar, fand eine volle Flasche Vat 69 und mixte zwei große Highballs. Ich brachte die Drinks zu einem Tisch und stellte sie dort ab.

Hepple stand mit dem Rücken zu dem Kamin und beobachtete mich. Er war um die dreißig, mit einem angenehmen Gesicht, klugen Augen und einem kräftigen Kinn. Er sah wie ein Mann aus, der nicht so leicht von einer Sache abzubringen war, wenn er erst einmal angefangen hatte.

»Bedienen Sie sich«, forderte ich ihn auf und deutete auf die Gläser. Dann legte ich die Hände auf meinen schmerzenden Magen und versuchte mich zu entspannen.

Er kam herüber, nahm eines der Gläser, trank einen großen Schluck und sagte, als ich auch nach meinem Glas griff: »Mr. Troy hat mich beauftragt, mich um Hahn zu kümmern. Ich habe in seiner Vergangenheit nachgegraben und bin dabei auf Gold gestoßen.«

»In welcher Weise?«

»Ich fuhr zu seinem Haus hinaus und bat ihn, mir ein Interview zu geben«, erzählte Hepple. »Er nahm die Chance einer kostenlosen Reklame begeistert wahr. Schätzen Sie diesen Mann nicht falsch ein. Er ist ein Künstler, der etwas kann. Ich überredete ihn, mir eine flüchtige Tonskizze zu machen, die ich mitnehmen durfte. Es ist nichts Besonderes, aber sie trug prima Abdrücke von all seinen Fingern.« Hepple grinste, über seine eigene Raffinesse entzückt. »Heute morgen brachte ich sie zum FBI Headquarters nach Los Angeles. Sie verglichen die Prints, und damit kam die ganze Geschichte heraus.« Er nahm sein Glas, trank wieder einen Schluck. »Hahns wirklicher Name ist Jack Bradshaw. Er wurde 1941 mit zwei Jahren für Rauschgiftschmuggel bestraft. Als er aus dem Gefängnis kam, ging er nach Mexiko, und das FBI verlor ihn aus den Augen. Vier Jahre später tauchte er wieder auf und wurde dabei geschnappt, wie er zwei Koffer Heroin über die Grenze schmuggelte. Dieses Mal bekam er acht Jahre. Als er entlassen wurde, beobachtete ihn das FBI genau. Aber nunmehr schien er genug zu haben und die Finger davon zu lassen. Seine Schule für Keramik ist ihnen genau bekannt, und sie haben sie scharf unter die Lupe genommen, sind aber der Meinung, daß dort nichts Gesetzwidriges geschieht.« Er beugte sich vor und deutete mit dem Finger auf mich. »Aber jetzt kommt das, was Sie interessieren wird. Während Hahn seine letzte Strafe verbüßte, freundete er sich mit einem Burschen namens Juan Tuarmez an, der auch ein Rauschgiftschmuggler war. Zusammen kamen sie aus dem Gefängnis. Dieser Tuarmez brachte mich auf einen Einfall, und ich ließ mir beim FBI sein Bild zeigen. Raten Sie mal, wer er ist?«

»Cordez?«

Hepple nickte.

»Richtig. Cordez vom Musketeer Club. Was sagen Sie dazu?«

»Weiß das FBI, daß er dort ist?«

»Aber sicher. Doch sie können nichts gegen ihn unternehmen. Er hat seine Strafe verbüßt, und von außen gesehen betreibt er einen erfolgreichen Nachtklub. Hin und wieder tauchen sie bei ihm auf und sehen sich dort um, aber sie sind überzeugt, daß er seine alten Tricks aufgegeben hat.«

»Haben sie sich nicht gewundert, woher er das Geld bekam, um den Klub aufzumachen?«

»Darum haben Sie sich gekümmert. Cordez erklärte ihnen, daß er es von einer Finanzgruppe bekam.«

»Und Hahn?«

»Erzählte dieselbe Geschichte.«

»Haben Sie eine Ahnung, wer sie finanzierte?«

»Creedy natürlich.«

»Kommt es dem FBI nicht komisch vor, daß sich diese beiden Gefängnisbrüder ausgerechnet in St. Raphael City niedergelassen haben?«

»Sie wurden eine Zeitlang beschattet. Cordez kommt nie zu der Keramikschule, und Hahn ist nie in dem Klub erschienen. Seit sie in St. Raphael City sind, sind sie noch nie zusammengetroffen.«

Ich überlegte einen Augenblick und sagte dann: »Ich habe gehört, Richter Harrison hat sich von der Politik zurückgezogen.«

Hepple schnitt eine Grimasse.

»Die alte Schlange. Creedy hat ihn gekauft.«

»Werden Sie das drucken?«

»Im Leben nicht. Wir haben keine Beweise, wissen es aber trotzdem. Es wird eine Weile dauern, bis sich jemand findet, der an seine Stelle tritt. Inzwischen gibt es keine Opposition, und die herrschende Clique bleibt an ihrem alten Platz. Es sieht aus, als ginge die Gangsterherrschaft bei uns weiter.«

»Vielleicht, vielleicht auch nicht. Hörten Sie von der Schießerei draußen im White Chateau?«

Hepple nickte.

»Aber das hat doch nichts mit Cordez und Hahn zu tun, oder doch?«

»Das weiß ich noch nicht, will es aber herausfinden. Haben Sie einen guten Panzerschrank in Ihrem Büro?«

»Gewiß.« Hepples Gesicht verriet Überraschung.

»Ich habe etwas, das Sie bitte sicher aufbewahren wollen«, sagte ich und zog Bridgettes Waffe aus meinem Halfter. »Wollen Sie das Ding in Ihren Tresor legen und dort aufbewahren, bis ich wieder danach frage?«

»Selbstverständlich.«

Er nahm die Pistole, betrachtete sie, hielt den Lauf an die Nase und schnüffelte daran. Dann fixierte er mich scharf. »Soll das die Waffe sein, mit der Thrisby erschossen wurde?«

»Möglich. Das will ich noch feststellen. Ich möchte sie nicht verlieren und glaube, daß Ihr Panzerschrank der richtige Platz dafür ist.«

»Sollte man sie nicht der Polizei übergeben?«

Ich schüttelte den Kopf.
»Nein. Dort könnte sie verlorengehen.«
Er warf die Waffe von einer Hand in die andere, als er fragte: »Sie wissen nicht, wem sie gehört?«
»Ich habe eine Vermutung, aber das bedeutet noch nicht, daß der Besitzer Thrisby erschossen hat.«
Er schob die Pistole in seine Tasche. »Also gut. Ich hoffe, Sie wissen, was Sie tun.«
»Deswegen brauchen Sie sich nicht zu sorgen. Wenn ich ein bißchen Glück habe, bekommen Sie morgen eine Story von mir. Die Waffe spielt vielleicht eine Hautprolle darin.«
»Kann ich sonst noch etwas für Sie tun?«
»Bleiben Sie morgen den ganzen Tag in Ihrem Büro. Vielleicht brauche ich Sie sehr schnell. Und ich will wissen, wo ich Sie finden kann.«
Er sah mich ernst und besorgt an.
»Mir scheint, daß Sie mehr von der Angelegenheit wissen, als Sie mir sagen. Brandon, Sie haben vielleicht sehr dünnes Eis unter den Füßen. Wie wäre es, wenn Sie mir alles sagten, was Sie wissen, damit wir beide gemeinsam daran arbeiten können?«
Ich winkte ab.
»Soweit bin ich noch nicht. Ich habe eine Handvoll Theorien, aber keine Fakten.«
»Warum erklären Sie mir nicht Ihre Theorien? Angenommen, es stößt Ihnen etwas zu, ehe Sie soweit sind, daß Sie reden wollen. Bei uns kann einem Mann, der lästige Fragen stellt, auf vielerlei Weise etwas zustoßen. Angenommen, man bringt Sie zum Schweigen, ehe Sie zum Reden kommen. Damit ist uns auch nicht geholfen.«
Ich war versucht, ihm zu erzählen, was mir im Kopf herumging, aber ich wußte, daß es noch nicht soweit war. Wenn ich Creedy den Boden unter den Füßen wegziehen wollte, mußte ich meiner Sache absolut sicher sein.
»Ich werde Sie morgen anrufen«, versprach ich. »Das ist alles, was ich tun kann.«
»Wie Sie wollen. Aber bleiben Sie heute nacht nicht hier allein. Bis zum nächsten Nachbarn ist es in jeder Richtung mindestens eine Meile. Hier draußen kann alles passieren, und niemand würde jemals etwas davon erfahren. Warum kommen Sie für heute nacht nicht mit zu mir? Sie können auf meinem Sofa schlafen.«
Ich schüttelte den Kopf.

»Sorgen Sie sich nicht um mich. Ich bin hier gut aufgehoben. Bis morgen wird mir nichts geschehen. Bis dann hoffe ich, ist es zu spät, daß mir noch was passieren kann.«

»Wie Sie wollen. Aber mir scheint, Sie riskieren verdammt viel.« Er zog seine Brieftasche, nahm eine Karte heraus und gab sie mir. »Hier ist meine private Telefonnummer. Wenn Sie mich brauchen, ich bin dort bis acht Uhr morgen früh zu erreichen und von da an in meiner Redaktion.«

»Passen Sie gut auf die Waffe auf.«

»Ich bringe sie sofort in unseren Safe. Ich höre von Ihnen.«

»Irgendwann morgen.«

»Und passen Sie auf.«

»Verlassen Sie sich darauf.«

Ich sah ihm nach, wie er die Stufen hinunterschritt und über den Sand zu seinem Wagen ging. Er drehte sich um und winkte. Dann stieg er ein und fuhr los.

Ich blieb auf der Veranda stehen und blickte den roten Schlußlichtern nach, bis sie außer Sicht waren.

*

Ich drehte mich um und ging in den Wohnraum, schloß die Fenstertür, drehte den Schlüssel im Schloß, nahm die beiden Gläser, aus denen Hepple und ich getrunken hatten, und brachte sie zu der Bar.

Ich sah mich überall um, um mich zu vergewissern, daß keine Zigaretten mehr in den Aschenbechern glimmten, und ging dann zu dem Schalter neben der Tür. Als ich die Hand danach ausstreckte, nahm ich ein sehr schwaches Geräusch wahr, daß mir sofort verriet, daß ich mich nicht mehr allein in dem Bungalow befand.

Eine volle Sekunde blieb ich reglos, war mir bewußt, daß ich mich fürchtete, und mein Mund war plötzlich ausgedörrt. Mir fiel ein, daß ich keine Waffe besaß. Rankin hatte meine behalten, und Bridgettes Pistole hatte ich Hepple gegeben. Dessen Worte fielen mir ein:»Sie sind eine gute Meile von jedem Nachbarn in allen Richtungen entfernt. Hier draußen kann alles passieren, und niemals würde jemand etwas davon erfahren.«

Das Geräusch war aus dem Schlafzimmer gekommen. Das deutliche Knarren von einem Fuß auf einer lockeren Diele, von jemandem, der vorsichtig schlich.

Ich drehte an dem Schalter, und der Raum lag im Dunkeln.

Durch das große Fenster konnte ich den Mond sehen. Sein Licht warf auf der anderen Seite des Raumes einen großen, hellen Fleck auf den Teppich. Aber wo ich stand, herrschte undurchdringliche Finsternis.

Ich stand gespannt, lauschte mit klopfendem Herzen.

Wieder hörte ich die Bewegung, noch im Schlafzimmer, und dann nahm ich das leise Knarren der Tür wahr, als sie geöffnet wurde.

»Keine Bewegung mehr«, stieß ich in drohendem Ton aus, »oder ich schieße!«

Kaum hatte ich die Worte ausgesprochen, ließ ich mich auf ein Knie fallen und erwartete, eine Waffe aufblitzen zu sehen. Statt dessen hörte ich nur ein schnelles Keuchen.

»Lew?«

Margots Stimme.

»Du bist das?« entfuhr es mir.

Ich richtete mich auf und schaltete das Licht an.

Margot stand an der Schlafzimmertür, mit bleichem Gesicht und weit aufgerissenen, verängstigten Augen.

Sie trug ein Nylonnachthemd, das so durchsichtig wie klares Glas war. Sie sah mehr als schön aus. Sie sah aus, als wäre sie aus einer anderen Welt gekommen.

»Oh, Lew, wie hast du mich erschreckt.«

»Ich dich? Was glaubst du, wie erschrocken ich war. Ich bekam fast einen Herzschlag. Margot, was tust du hier?«

»Ich bin zurückgekommen. Ich hatte solche Angst um dich, Liebling. Ich wußte nicht, was ich tun sollte. Ich fuhr mit dem Wagen bis zur Promenade und ging dann zu Fuß weiter. Ich habe draußen im Dunkeln gewartet. Dann kam die Polizei und fuhr wieder weg. Mir wurde kalt, darum ging ich hinein, um auf dich zu warten. Ich bin gerade erst aufgewacht.«

Ich zog mein Taschentuch und wischte mir über das Gesicht.

»Es tut mir leid, daß ich dich erschreckt habe«, sagte ich. »Aber mein Schreck war bestimmt nicht geringer. Ich glaubte, mein letzter Augenblick sei gekommen.«

»Entschuldige, bitte. Ich habe geschlafen. Ich wachte gerade auf, als das Licht ausging. Ich hoffte, du wärst es, wagte aber nicht zu rufen, weil es auch jemand anderes sein konnte. Darum schlich ich mich zur Tür, um zu lauschen. Als du mich dann mit dieser schrecklichen Stimme anriefst, war ich furchtbar erschrocken.«

»Dann waren wir es beide.«

Sie trat schnell auf mich zu und schlang ihre Arme um meinen Hals. Ihr weicher, anschmiegsamer Körper ließ mein Herz schneller schlagen. Ich strich mit den Händen über ihren Rücken und ihre Hüften und zog sie dicht an mich.

»Küß mich, Lew.«

Unsere Lippen trafen sich, und sie seufzte leise, preßte sich an mich.

»Oh, Liebling . . .«

Ich bedurfte meiner ganzen Willenskraft, um mich von ihr zu lösen.

»Geh ins Bett, Margot«, sagte ich, »du wirst dich erkälten.«

Sie legte ihren Kopf auf die Seite, als sie mich ansah. Ihr Gesicht war leicht gerötet, der Mund etwas geöffnet, und in ihren Augen lag ein Blick, den ich schon vorher an ihr wahrgenommen hatte. Sie war die verführerischste und begehrenswerteste Frau in der Welt.

»Ich werde mich nicht erkälten, aber ich gehe wieder ins Bett. Und du?«

»Keine Sorge. Laß mich schnell duschen, dann komme ich gleich.«

»Oh, Lew, du hast mir noch gar nichts erzählt. Was ist geschehen? Warum hat die Polizei . . .«

Ich hob sie hoch und trug sie ins Schlafzimmer.

Auf dem Kopfkissen war der Abdruck zu sehen, wo ihr Kopf gelegen hatte, und die Decke war zurückgeworfen. Ich legte sie auf das Bett, deckte sie zu und sah auf sie herab. Wie schön war sie doch.

»Die Polizei? Ich habe Befehl, sofort aus der Stadt zu verschwinden«, antwortete ich. »Sie fürchten, daß ich Sheppeys Mörder zu dicht auf den Fersen bin, Margot.«

Ihre dunklen Augen öffneten sich weit. Sie streckte eine Hand aus und strich mir über die Wangen.

»Gehst du fort, Lew?«

»Was bleibt mir anderes übrig? Es wäre lebensgefährlich, wenn ich bliebe, aber vorher werde ich wenigstens einem Gangstergeschäft hier das Handwerk legen. Ich bin dahintergekommen, was die Streichhölzer bedeuten.«

»Wirklich? Was denn?«

Ich setzte mich auf den Bettrand und nahm ihre Hand.

»Die Streichhölzer sind Bons für Rauschgift.«

»Wie meinst du das?«

Verwundert sah sie mich an.

»Es ist ganz einfach. Cordez und Hahn sind Rauschgifthändler. Sie sind der Rauschgiftabteilung des FBI gut bekannt und werden ständig observiert. Beide wurden für Rauschgiftschmuggel schon vorbestraft und wissen genau, das nächste Mal bekommen sie lebenslänglich. Sie haben sich zusammengetan und eine Methode ausgearbeitet, die ihnen sicher zu sein schien. Sie ließen sich in einer der reichtsten Städte in den Vereinigten Staaten nieder, bekamen die Mittel, einen Klub und eine keramische Werkstatt zu eröffnen. Das sind beides gesetzlich einwandfreie Unternehmen. Die Rauschgiftabteilung hat sie genau überprüft, aber nichts Verdächtiges bei ihnen gefunden. Hahn und Cordez wurden auch beobachtet, aber sie kamen nie zusammen, und es schien keinerlei Verbindung zwischen ihnen zu bestehen. Trotzdem handelten sie natürlich noch zusammen mit Rauschgift, und zwar auf folgende Weise. Hahn beschaffte die Drogen und Cordez die Kunden. Viele reiche Leute kamen in Cordez' Klub. Manche von ihnen wollten Drogen kaufen. Cordez verkaufte ihnen Streichholzbriefchen. Damit gingen sie zu Hahn – das war völlig sicher, denn dort gehen ständig viele Leute ein und aus –, und gegen ein Streichholz erhielt der Kunde eine bestimmte Menge Rauschgift. Hahn schickte die Streichhölzer an Cordez zurück, der ihm dafür seinen Anteil auszahlte. Auf diese Weise war es sicher, und alle waren zufrieden. Cordez bekam Geld, seine Kunden hatten ihre ständige Quelle für Rauschgift, und Hahn wurde dafür bezahlt, daß er die Drogen lieferte.«

»Das ist phantastisch, Lew.«

»Ganz und gar nicht. Rauschgifthandel ist ein gefährliches Geschäft, Margot. Die Rauschgiftabteilung kennt so gut wie alle Methoden. Ein erfolgreicher Rauschgifthändler muß ihr immer um einen Schritt voraus sein, und das ist Cordez und Hahn bis jetzt gelungen. Hahns Schule für Keramik ist geradezu ideal gelegen, um Stoff in Empfang zu nehmen. Nachts kann ein Boot bei ihm landen, ohne daß jemand es jemals bemerkt. Das ist es also. Ich setze meinen letzten Dollar darauf, daß hierin das Geheimnis der Streichhölzer liegt.« Ich griff in meine Tasche und zog das Briefchen heraus. »Jeder Kunde erhält vermutlich Streichhölzer mit anderen Zahlen, damit er oder sie identifiziert werden kann. Wenn ein

Streichholzbriefchen verlorengeht, kann kein anderer es verwenden. Es ist wie ein Freifahrschein zur Hölle. Sheppey kam in den Besitz eines dieser Streichholzbriefchen. Darum wurde er ermordet, und deshalb wurde sein und mein Zimmer durchsucht.«

»Dann war Jacques also süchtig?« fragte Margot und starrte mich an.

»Das ist möglich. Jedenfalls wußte er über die Streichhölzer Bescheid. Als ich eins davon anzündete, hätte er sich fast verraten. Er wußte, daß ich damit eine bestimmte Menge Rauschgift fortwarf.« Ich steckte die Streichhölzer wieder ein. »Nun, morgen ist alles zu Ende. Ich übergebe die Streichhölzer der Rauschgiftabteilung in Los Angeles, und sie wird den Rest besorgen.«

»Und dann wirst du fortgehen?« fragte sie, und ihre Hand schloß sich um meine. »Ich möchte nicht, daß du gehst, Lew.«

Ich lächelte ihr zu.

»Ich kann hier nicht bleiben. Ich habe meine Arbeit in San Franzisko. Dort bin ich zu Hause. Aber was hält dich davon ab, nach San Franzisko zu kommen?«

»Daddy natürlich. Er würde es nicht zulassen.«

Ich stand auf.

»Du weißt sicher selbst, was es dir unmöglich macht. Du willst dein Vergnügen und deine Dollars. Überlege es dir. Für dich wäre es vielleicht gar nicht so schlecht, deinen Vater zu vergessen und zu lernen, wie es ist, wenn man sich seinen Lebensunterhalt verdienen muß.«

Sie lehnte sich zurück, schloß die Augen halb und schien nachzudenken. Und dann bemerkte ich etwas, das mir einen kalten Schauer über den Rücken jagte.

Sie machte eine Bewegung, die mir den letzten Zweifel nahm, daß mein Verdacht richtig war – ein Verdacht, den ich für mich selbst noch nicht gewagt hatte, in Worte zu kleiden, weil ich mich vor seiner Bestätigung fürchtete.

Margot tippte mit den Fingern ihrer rechten Hand auf die Bettdecke, zweimal nur, ganz kurz, dort, wo ihr Oberschenkel lag, wie man auf dem Klavier eine Tonleiter anschlägt – die Bewegung, die Greaves bei dem Mädchen beobachtet hatte, das Sheppey aus dem Hotel abgeholt hatte.

Sie hob ihren Blick zu mir. Ihre Augen leuchteten verlockend.

»Ich könnte es versuchen, Liebling. Aber du wolltest doch jetzt duschen.«

»Ich bin gleich damit fertig.«

War es mir gelungen, meine Erregung zu verbergen?

Ich zog mein Jackett aus, streifte Hose und Hemd ab, ließ sie auf einen Stuhl fallen und ging dann, nur mit der Unterhose bekleidet, ins Badezimmer.

Ich schloß die Tür, drehte die Dusche an, trat dann wieder mit klopfendem Herzen zur Tür zurück.

So wartete ich vielleicht zehn Sekunden. Dann griff ich nach der Klinke und drückte sie sehr behutsam herunter. Ich zog die Tür einen Spalt auf, damit ich in das Schlafzimmer sehen konnte.

Margot war vom Bett aufgestanden und neben den Stuhl getreten, auf den ich meine Hose geworfen hatte. Ihre Hand war in der Hüfttasche, und ich beobachtete, wie sie das Streichholzbriefchen herauszog. Auf ihrem Gesicht lag ein Ausdruck des Schreckens und der Erleichterung, der mich entsetzte.

Ich beugte mich zurück, drehte die Dusche ab, öffnete die Tür weit und trat in das Schlafzimmer.

Margot fuhr mit aufgerissenen Augen herum und stieß einen unterdrückten Schreckensschrei aus.

Ich sah nicht einmal zu ihr hin. Ich ging zu dem Bett hinüber, faßte das Kissen, das noch den Abdruck ihres Kopfes zeigte, und riß es hoch.

Unter dem Kissen verborgen lag auf dem Laken ein Eispicker mit gelbem Griff.

*

Unter einem Schweigen, das ich fast greifen konnte, drehte ich mich zu Margot um, die wie versteinert, die Streichhölzer in der Hand, an der gleichen Stelle stand.

»Hast du wirklich geglaubt, du könntest damit durchkommen, Margot?« fragte ich. »Hast du dir eingebildet, du hättest auch beim drittenmal Glück damit?«

Ihre Lippen bewegten sich, aber kein Wort wurde hörbar.

Ich griff nach dem Eispicker und drehte ihn zwischen den Fingern. Der Stahl war zu einer nadelscharfen Spitze gefeilt worden. Wieder schlich ein kalter Schauer über meinen Rücken, als ich erkannte, wie knapp ich davongekommen war.

»Du hast das gut gemacht, doch nicht gut genug«, sagte ich und beobachtete sie. »Als Schauspielerin warst du ausgezeichnet, aber du bist nur eine Lügnerin zweiter Klasse. Es ging alles ganz glatt, bis du mir einzureden versuchtest, daß Thrisby der Eigentümer der Streichhölzer war. Das Abendessen, das du mir beschrieben hast, hat nicht stattgefunden. An diesem Abend war Thrisby mit einer neuen Freundin unterwegs, und Bridgette versuchte, ihn oben in seinem Haus zu finden. Das war eine plumpe Lüge, Margot, und sie führte mich direkt auf deine Spur.«

Sie setzte sich und schlug die Hände vors Gesicht.

»Ich wunderte mich darüber, warum du mir hier den Bungalow überließest«, fuhr ich fort. »Es war so vollkommen unerklärlich, aber jetzt durchschaue ich, daß es eine Vorsichtsmaßnahme war. Falls ich gefährlich werden sollte, mußte ich beseitigt werden. Das Haus liegt außerordentlich günstig, um einen Mann ohne Aufsehen zu ermorden, nicht wahr?« Da blickte sie auf. Ihr Gesicht war kalkweiß, und ihre Augen funkelten. Sie war immer noch schön, aber es war eine gefährliche Schönheit.

»Und du hattest dies hier unter dem Kissen«, sagte ich und hielt den Eispicker hoch. »Das erklärt, weshalb der Mord an Sheppey so fachmännisch und der an Thelma Cousins so dilettantisch erschien. Wenn du einen Mann in den Armen hältst, Margot, ist es leicht, unter das Kissen zu greifen und ihm den Eispicker von hinten in den Hals zu stoßen, nicht wahr? Das wolltest du auch mit mir tun, oder nicht? Thelma dagegen stand aufrecht, als du sie erstachest, und in dieser Stellung ist es schwieriger, jemanden zu töten.« Ich sah sie an. »Sag doch etwas. Du hast Jack getötet, oder etwa nicht?«

Sie schüttelte den Kopf.

»Du verstehst es nicht«, antwortete sie, und ihre Worte überstürzten sich. »Er erpreßte mich, fand die Streichhölzer und nahm sie mir weg. Er sagte, er würde sie mir nicht zurückgeben, wenn ich ihm nicht zu Willen wäre. Er versuchte mich zu zwingen. Ich habe ihn aus Notwehr getötet.«

»Du mußt dir bessere Lügen ausdenken als die, Margot. Sheppey war kein Erpresser. Er hatte viele Fehler, aber so niederträchtig war er nicht. Es liegt alles viel komplizierter. Ich will dir sagen, was meiner Meinung nach geschah«, sagte ich und setzte mich auf die Bettkante. »Thrisby und dir fehlte Geld. Du warst in ihn verliebt, und er schien in dich verliebt zu sein. Er preßte aus Bridgette Geld heraus, und ihr zwei habt es zusammen ausgegeben. Aber Bridgette war nicht dumm. Sie schöpfte Verdacht. Wahrscheinlich überredete sie jemanden wie Hammerschult, Sheppey zu engagieren, um dich zu bewachen. Es muß Jack Spaß gemacht haben, eine Frau wie dich zu beobachten. Ich wette, daß er viel schneller auf dich hereinfiel als ich. Du überredetest ihn, Bridgette zu hintergehen und ihr nicht zu sagen, daß du Thrisbys Geliebte warst. Ich bin fest überzeugt, daß du ihn dafür belohnt hast. Zu seinem Unglück stolperte er über das Rauschgiftgeschäft mit den Streichhölzern. Er bekam dein Streichholzbriefchen in Besitz. Du mußtest es zurückhaben. Du kannst ohne Drogen nicht mehr leben. Stimmt's? Deshalb entschlossest du dich, ihn zu töten.«

»Nein«, rief sie aus und schlug die Fäuste gegeneinander, »so war es nicht! Er überfiel mich . . .«

»Und du hattest einen Eispicker zur Hand? Du hast es geplant, Margot.«

»Das habe ich nicht, du mußt mir glauben.«

»Warum gingst du dann in dieser kunstvollen Verkleidung in sein Hotel? Die schwarze Perücke, die Sonnenbrille und dein Kostüm hieltest du für eine sichere Tarnung, als du Sheppey in die Badekabine locktest. Du mußtest dich vergewissern, daß dich keiner im Hotel wiedererkennen konnte. Der Hoteldetektiv war schlau genug, um deine Verkleidung zu durchschauen. Aber ich war zu eingebildet, um auf ihn zu hören. Weil Sheppey Bridgette hinterging, akzeptierte er deine Verkleidung. Du brauchtest ihm bloß zu erklären, daß Bridgette euch zwei nicht zusammen sehen dürfe, und er war mit der Perücke und der Sonnenbrille einverstanden. Auf jeden Fall hast du ihm wahrscheinlich die gleichen einladenden Blicke zugeworfen wie mir. Ihm war es gleichgültig, welche Haarfarbe du hattest, wenn du diese Einladung nur wahr machtest. Du führtest ihn in die Strandhütte und tötetest ihn dort. Als du feststelltest, daß er die Streichhölzer nicht bei sich hatte, nahmst du seinen Zimmerschlüssel an dich, gingst in das Hotel und durchwühltest dort alles nach den Streichhölzern, aber fandest sie nicht.«

Sie kreuzte die Arme über der Brust und schauderte.

»Ich will nichts mehr davon hören. Es ist nicht wahr.«

»Selbstverständlich ist es wahr. Und ich will dir noch etwas sagen. Du kamst dahinter, daß Thrisby ein Auge auf Thelma Cousins geworfen hatte. Du fingst an, ihn zu langweilen, und ein unschuldiges Mädchen wie Thelma war das richtige Wild für ihn. Du wußtest, daß die Polizei nach dem Mädchen suchen würde, das mit Sheppey gesehen worden war. Du sahst deine Chance, die Ermittlungen irrezuführen und gleichzeitig eine Rivalin zu beseitigen. Du gingst regelmäßig zu Hahn, um deine Drogen in Empfang zu nehmen. Folglich mußt du Thelma gekannt haben. Es kann für dich nicht schwer gewesen sein, sie zu überreden, mit dir schwimmen zu gehen. Wahrscheinlich hast du ihr gesagt, du wolltest mit ihr über Thrisby sprechen. Du brachtest sie zu der Badeanstalt, wo du Sheppey ermordet hattest. Die Polizei hatte die Anstalt geschlossen, und dadurch ward ihr beide dort allein. Du stachest sie nieder und ließest sie als tot zurück. Du hattest gerade noch Zeit, in dein Apartment zurückzukommen und dich umzuziehen, ehe ich dich aufsuchte. Du hast deinen Schreck sehr gut überspielt, Margot. Aber als ich wieder fort war, begannst du dich zu fragen, wieviel ich wußte. Darum riefst du mich an, um mir zu sagen, daß Sheppey nicht im Musketeer Club gewesen war, und ich war dumm genug, dir zu sagen, daß ich die Streichhölzer besaß. Dann gingst du in mein Hotel und fandest sie und warst auch noch gerissen genug, sie durch ein gewöhnliches Briefchen zu ersetzen, in der Hoffnung, daß ich den Unterschied nicht bemerken würde.«

Sie schüttelte wild den Kopf.

»Nein, Lew, du irrst. Ich schwöre dir, ich habe nicht . . .«

»Thrisby wußte, daß du süchtig warst«, fuhr ich erbarmungslos fort. »Er wußte auch, daß es für dich ein Motiv gab, Thelma zu beseitigen. Du erkanntest, daß er dich vielleicht verraten würde. Als ich dir sagte, daß Bridgette gedroht hatte, ihn zu töten, sahst du deine Chance, ihn zum Schweigen zu bringen und auch Bridgette loszuwerden. Das muß ich dir zugestehen, Margot, du wußtest die Gelegenheiten zu nutzen, die sich dir boten. Es war leicht, dir Bridgettes Waffe zu beschaffen. Du fuhrst zu Thrisbys Haus und erschossest ihn. Ich weiß nicht, was du empfunden hast, als du feststelltest, daß du deine Tasche hiergelassen hattest und deine Streichhölzer wieder in meinem Besitz waren. Aber du mußt ziemlich verzweifelt gewesen sein. Das war der Punkt, an dem du beschlossen hast, auch mich zu beseitigen. Stimmt's?«

Sie hob ihren Kopf und starrte mich haßerfüllt an.

»Du kannst nichts davon beweisen«, zischelte sie. »Ich fürchte mich nicht vor dir.«

»Doch, Margot, du fürchtest dich. Die Schuldigen fürchten sich immer.«

Sie stand auf.

»Du kannst mir nichts anhaben. Du wirst es nicht wagen, mir etwas zu tun.«

»Bedaure, Margot, aber darüber kann man nicht schweigen. Vier Menschen kamen deinetwegen ums Leben.«

»Mein Vater wird nicht zulassen, daß du etwas gegen mich unternimmst«, sagte sie atemlos.

»Dein Vater kann gar nichts für dich tun«, entgegnete ich. »Ich werde es Rankin mitteilen. Selbst die korrumpierte Verwaltung in eurer Stadt kann vier Morde nicht vertuschen.«

Während ich sprach, war sie langsam zurückgewichen, bis sie eine Kommode erreichte. Dann drehte sie sich rasch um, riß eine Schublade auf und griff hinein, als ich auf sie losgehen wollte. Ich blieb auf der Stelle stehen, als sie sich mit einer Pistole Kaliber .25 in der Hand umdrehte.

»Jetzt«, sagte sie mit funkelnden Augen, »werde ich dir zeigen, daß ich mich nicht fürchte.«

Eine weiche, feminine Stimme sagte von der Tür: »Benimm dich nicht albern, Margot!«

Mit einem leichten Aufschrei wirbelte sie herum.

Ich blickte über die Schulter zurück.

An der Tür stand Lee Creedy. Er trug einen Smoking, eine weiße Kamelie im Knopfloch. Seine Hornbrille lag auf seiner Stirn. Zwischen seinen Lippen brannte eine dünne Zigarre.

»Gib mir die Waffe«, sagte er und streckte die Hand aus.

Ohne zu zögern ging sie zu ihm und reichte ihm die Pistole. Ihr Gesicht war kalkweiß, und sie zitterte.

»Zieh dir was an«, befahl er. »In dem Fetzen siehst du wie eine Hure aus.«

Sie trat schnell vor einen der Schränke, riß die Tür auf, packte ein Kleid, lief dann ins Badezimmer und schlug die Tür hinter sich zu.

Creedy fixierte mich.

»Ziehen Sie sich auch an«, sagte er. »Ich warte im Wohnraum.«

Er verließ das Schlafzimmer.

Ich kleidete mich schnell an. Als ich meine Jacke überzog, kam Margot aus dem Badezimmer und strich das Kleid über ihren Hüften glatt.

»Er wird nicht zulassen, daß du mir etwas tust«, zischelte sie atemlos. »Das weiß ich genau.«

Sie lief an mir vorbei in den Wohnraum, und ich folgte ihr.

Creedy ging dort auf und ab. Er hielt die Waffe noch in der Hand. Sein Gesicht war völlig ausdruckslos.

»Setz dich!« befahl er Margot und deutete auf einen Sessel. Dann sah er mich an und sagte: »Setzen Sie sich auch!«

Wir folgten der Aufforderung.

Er schritt ein paar Sekunden lang auf und ab und sagte dann, ohne sein Hin und Her zu unterbrechen: »Bridgette berichtete mir, daß du einen Mann hier hast. Ich hielt es für richtig, herzukommen, und zu sehen, wer es war. Du bist eine Enttäuschung für mich, Margot. Aber die meisten Kinder enttäuschen ihre Eltern. Ich gestehe, daß ich dir kein besonders guter Vater war, und deine Mutter war eine durch und durch schlechte Frau. Aber das entschuldigt dich nicht vollkommen.« Er blieb vor ihr stehen. »Ich habe gehört, was Brandon zu dir sagte. Ist es wahr?«

»Nein, natürlich nicht«, antwortete sie und schloß und öffnete ihre Hände. »Er lügt.«

»Dann erkläre mir, wie der Eispicker unter dein Kissen kam.«

Sie wollte etwas sagen, aber schwieg doch. Plötzlich verlor sie ihre Schönheit. Sie sah alt, geschlagen und völlig verkommen aus.

»Darauf weißt du offenbar keine Antwort«, sagte er. »Nun höre mir zu, Margot. Ich habe diese Stadt in der Hand. Die Polizei tut, was ich ihr sage. Brandon bedeutet hier nichts. Von ihm hast du nichts zu befürchten. Ich will von dir nur die Wahrheit wissen, damit ich in der Lage bin, mit der Situation fertig zu werden. Hast du diesen Sheppey getötet?«

Sie sah zu ihm auf. In ihrem Blick lag plötzlich Vertrauen.

»Ich mußte es tun, Daddy. Es blieb mir keine andere Wahl.«

Sein Mund preßte sich zusammen.

»Was heißt das: es blieb dir keine andere Wahl?«

»Er wollte Cordez bei der Polizei anzeigen«, sagte sie. »Das konnte ich nicht dulden.«

»Warum nicht?«

Sie machte eine hilflose Bewegung.

»Das würdest du nicht verstehen.«

»Willst du damit sagen, daß du rauschgiftsüchtig bist? Ist das der Grund?«

»Ja«, antwortete sie.

Er nahm mit der freien Hand seine Brille ab, betrachtete sie, setzte sie wieder auf und schob sie dann in die Stirn.

»Diese Thelma Cousins.« Er nahm sein Hin und Her wieder auf. »Hast du sie auch erstochen, wie er behauptet?«

»Ich mußte es tun, Daddy.«

»Und Thrisby?«

Sie schloß ihre Augen und preßte die Hände gegen die Brust. »Ja.«

»Du scheinst aus deinem Leben ein heilloses Debakel gemacht zu haben, Margot«, sagte er, ohne sie anzusehen.

Sie rührte sich nicht, saß mit zusammengekrampften Händen da.

»Also gut«, fuhr er fort, »jeder hat das Recht, das Leben zu führen, das ihm behagt.« Er ging zu einem Sessel und setzte sich. »Weißt du, es fällt mir schwer, zu glauben, Margot, daß du das alles getan hast. Und es wird auch nicht leicht sein, dich aus dieser Situation herauszubekommen.«

Sie beugte sich vor. Sie hatte ihre Hände so fest zusammengepreßt, daß die Knöchel unter ihrer Haut weiß schimmerten.

»Du wirst mich doch nicht ins Gefängnis bringen lassen?«

»Nein, das werde ich nicht zulassen.«

Er saß still da, starrte aus dem Fenster, während er nachdachte. Außer ihrem schnellen, verängstigten Atem herrschte in dem Raum völlige Stille. Ohne mich zu rühren, beobachtete ich sie. Die Waffe in Creedys Hand veranlaßte mich zur Vorsicht.

Nach etwa einer Minute sagte er: »Jetzt hör mir genau zu, Margot. Du mußt St. Raphael City sofort verlassen.« Er nahm ein flaches Päckchen Banknoten aus seiner Tasche und warf es ihr zu, so daß es genau auf ihrem Schoß landete. »Du wirst Geld brauchen. Fahr zu deiner Tante, bleibe dort und versuche, dich anständig zu benehmen. Ich werde hier für die notwendigen Maßnahmen sorgen. Fahr mit Brandons Wagen. Er steht draußen, also nimm ihn. Ich wünsche, daß du so schnell wie möglich zu deiner Tante fährst. Hast du verstanden?«

»Einen Augenblick . . .«, begann ich, schwieg aber, als Creedy die Waffe hob und auf mich richtete.

»Halten Sie Ihren Mund!« fauchte er. »Es bedarf nur eines geringen Anlasses für mich, um Sie niederzuschießen. Meine Aufgabe wäre erheblich leichter, wenn Sie tot wären. Geben Sie mir also keinen Vorwand.« Immer noch die Waffe auf mich gerichtet, sah er Margot wieder an. »Hast du verstanden?«

Sie nickte.

»Ja.«

»Dann geh jetzt!«

»Du wirst alles für mich in Ordnung bringen?«

»Natürlich. Geh! Nimm Brandons Wagen. Ich werde dafür sorgen, daß er entschädigt wird.« Als sie schnell aufstand, fügte er hinzu: »Ich hoffe, daß du in dem neuen Leben glücklicher sein wirst als in deinem alten.«

Sie hörte ihn nicht. Sie sah mich an, umklammerte mit ihrer Hand fest das Geld. Ihre Augen leuchteten triumphierend. Dann lief sie aus dem Wohnraum die Verandastufen hinunter, und Sekunden später hörte ich, wie der Buick angelassen wurde.

»Sie können sie vielleicht täuschen, aber mich nicht«, sagte ich zu Creedy. »Das ist unmenschlich. Kein Schwurgericht würde sie je in die Gaskammer schicken. Sie können ihr das nicht antun.«

»Niemals wird meine Tochter im Gefängnis verfaulen«, entgegnete er kurz und stand auf. Er schob die Waffe in seine Tasche und trat zum Fenster, um den Schlußlichtern des Buicks nachzusehen, die über die holprige Straße zur Promenade hin verschwanden.

Ich sprang auf und lief aus dem Bungalow. Creedy war allein in einem schwarzen Cadillac gekommen. Er stand unter den Palmen. Die Lichter brannten noch. Ich lief darauf zu, setzte mich hinter das Steuer und ließ den Motor an, wendete und jagte im Renntempo hinter dem Buick her.

*

Margot hatte einen großen Vorsprung. Ich konnte die Rücklichter des Buicks noch sehen, als sie von der Seitenstraße in die Promenade einbog. Der Abstand betrug über 500 Yards.

Ich hetzte den Cadillac über die holprige Straße. Er stieß und schaukelte bei der hohen Geschwindigkeit bei jedem Schlagloch. Als ich die Promenade erreichte, erhaschte ich gerade noch einen Blick eines Buicks, als Margot in den Ranklin Boulevard einbog.

Wollte sie erst noch in ihr Apartment, um ihre Kleider zu holen, ehe sie die Stadt verließ?

Das gab mir Hoffnung.

Ich fürchtete mich, zu schnell zu fahren. Rankin hatte gesagt, daß sich 30 Streifenwagen im Einsatz befanden. Wenn ich wegen Überschreitung der Höchstgeschwindigkeit angehalten wurde, war jede Aussicht, sie noch einzuholen, zerstört.

Ich bekam den Buick wieder in Sicht, wie er den Franklyn Boulevard hinaufraste, und ich fluchte halblaut, als er an den Franklyn Arms vorbeifuhr. Sie ging also nicht mehr in ihr Apartment.

Ich erkannte, daß sie die Richtung zu der Gebirgsstraße eingeschlagen hatte. Dann bog plötzlich ein großer Streifenwagen aus einer Seitenstraße und setzte sich zwischen mich und den Buick. Wenn ich nicht scharf gebremst hätte, wäre ich von hinten in ihn hineingerast. Der Buick kam mir außer Sicht, als Margot in die kurvenreiche Gebirgsstraße einbog, und ich das Tempo des Cadillac verlangsamen mußte. Der Streifenwagen vor mir raste weiter, nahm mit quietschenden Reifen die erste Kurve bei der Verfolgung des Buicks.

Meine Befürchtungen waren eingetroffen. Rankin hatte die Wahrheit gesagt. Der Befehl, mich festzunageln und einen Unfall zu fabrizieren war gegeben worden. Die beiden Polizisten in dem Streifenwagen hatten meinen Buick entdeckt und führten den Befehl aus. Es war zu dunkel, als daß sie erkennen konnten, wer in dem Wagen am Steuer saß. Natürlich mußten sie annehmen, daß ich es war, der die Stadt verließ.

Nun war ich überzeugt, daß der Befehl, einen Zusammenstoß herbeizuführen, von Creedy gegeben worden war. Er hatte gewußt, daß Katchens Streifenwagen Auftrag hatten, den Buick zu rammen, sobald sie ihn sahen. Er hatte Margot veranlaßt, sich in den Buick zu setzen und die Gebirgsstraße hinaufzufahren. Er wußte, daß Margot versuchen würde, zu entkommen, sobald sie einen Polizeiwagen hinter sich bemerkte. Das war sein Ausweg. Kein öffentliches Aufsehen, kein Prozeß und eine wertlose, degenerierte Tochter war aus dem Weg geschafft.

Ich hatte keine Möglichkeit, es noch aufzuhalten, aber ich fuhr weiter, jagte den Cadillac mit dröhnendem Motor die Bergstraße hinauf, mit aufgeblendeten Scheinwerfern, um jeden entgegenkommenden Wagen vor mir zu warnen.

Ich hörte das langgezogene Jaulen der Polizeisirene vor mir. Die Kurven verhinderten, daß ich die beiden Wagen sah, aber hin und wieder sah ich ihre grell blendenden Scheinwerfer aufleuchten.

Dann bemerkte ich sie plötzlich auf einem höhergelegenen Stück der Straße, auf das ich freie Sicht hatte, und trat auf die Bremse. Es schien mir kaum glaublich, daß Margot so schnell gefahren war, denn sie war über eine Meile vor mir.

Der Wagen hielt, und ich sprang heraus, blieb auf dem Grasstreifen neben der Straße stehen und starrte hinauf. Die Straße wand sich den Berg hinauf, weite Strecken waren zu übersehen.

Der Streifenwagen lag kaum noch 20 Yards hinter dem Buick. Seine Scheinwerfer beleuchteten die Stoßstange, die Sirene heulte.

Niemand konnte auf dieser Straße dieses Tempo lange beibehalten. Kurz vor ihnen erkannte ich die erste Haarnadelkurve. Auch Margot mußte sie gesehen haben.

Der Fahrer des Streifenwagens wußte, daß die Kurve vor ihnen lag, und hatte das Tempo schon erheblich vermindert. Der Abstand zwischen den beiden Wagen hatte sich vergrößert. Margot mußte im 60 Meilen-Tempo fahren, als sie die Kurve erreichte. Ich hörte das grelle Quietschen der gequälten Reifen, als sie mit aller Macht bremste. Die langen weißen Finger der Strahlen ihrer Scheinwerfer stachen in die schwarze Leere, wie die Fühler eines Rieseninsekts, das Gefahr witterte.

Als der Buick von der Straße abkam und ins Nichts schoß, blieb mir das Herz fast stehen. Einen kurzen, unglaubwürdigen Augenblick lang schien er durch die Luft zu fahren. In der Stille glaubte ich Margots Entsetzensschrei zu hören, ein Laut, der mir das Blut erstarren ließ. Dann überschlug sich der Buick, prallte gleich darauf auf einen riesigen Felsen, rutschte in einer Staubwolke zwischen entwurzelten kleinen Bäumen und losgerissenen Steinbrocken dröhnend den steilen Abhang hinunter. Mit einem dumpfen Geräusch blieb er 200 Yards von der Stelle, an der ich stand, liegen.

Ich lief wie noch nie in meinem Leben. Mein einziger Gedanke war, sie aus dem Wrack zu befreien, ehe es Feuer fing. Der Wagen lag auf der Seite, zwischen Felsvorsprüngen festgekeilt.

Als ich das kurze Stück zu ihm hinaufkletterte, roch ich den Benzindunst. Ich erreichte den Wagen. Es war zu dunkel, um etwas im Innern zu erkennen. Mit zitternder Hand zog ich meine Taschenlampe und ließ ihren Strahl in den Wagen fallen.

Margot lag gekrümmt auf dem Fahrersitz. Ein feiner Blutstreifen lief ihr aus dem Mund über das Kinn hinunter. Ihr blondes, seidiges Haar verbarg den größten Teil ihres Gesichts. Ich sah, wie sie ihre Finger bewegte, sie langsam zur Faust schloß, dann wieder streckte.

Ich griff vor und schob das weiche, goldene Haar sanft zur Seite. Ihre Augen waren geschlossen, aber unter der Berührung meiner Finger öffnete sie sie, und wir sahen uns an.

Sie versuchte zu sprechen, ihre Lippen bewegten sich.

»Ich verlasse dich nicht«, sagte ich. »Wir holen dich heraus, ohne dir weh zu tun.«

Leere Worte, aber ich wußte nicht, was ich sagen sollte.

Sie bewegte leicht ihren Kopf, dann erstarrte ihr Gesicht. Sie versuchte noch einmal, etwas zu sagen, versuchte vergeblich, zu lächeln – und war tot.

Als ich zurücktrat, fegten die Scheinwerfer eines Wagens die Straße herauf. Ein Lincoln hielt, Frank Hepple sprang heraus und kam auf mich zugelaufen.

»Ich habe gesehen, daß Sie sie verfolgten und kam hinter Ihnen her«, sagte er. »Ist sie tot?«

»Ja.«

Er ging zu dem zerschmetterten Buick hinüber, zog eine Taschenlampe und blickte in den Wagen. Ich setzte mich auf einen Stein, nahm eine Zigarette aus der Tasche und zündete sie an. Ich fühlte mich hundeelend. Gewiß, sie hatte Sheppey ermordet, aber das war vorüber, und dafür hatte sie gebüßt.

Hepple kam zurück. Er ging zu seinem Wagen, nahm eine Kamera und ein Blitzlichtgerät vom Rücksitz, kletterte wieder zu dem Buick und machte ein paar Aufnahmen. Schließlich kam er zu mir.

»Kommen Sie«, sagte er, »ich nehme Sie mit zurück. Jetzt sind Sie ja wohl bereit zu reden.«

Ich sah die Bergstraße hinauf. Der Streifenwagen hatte gewendet und kam schnell über die kurvenreiche Straße zurück. Ich stieg zu Hepple in den Wagen.

Creedy entging nun doch nicht dem öffentlichen Aufsehen, das er fürchtete, sagte ich mir. Der *Courier* hatte die Waffe, mit der Thrisby erschossen worden war. Das konnte die Polizei nicht mehr vertuschen. Hepple war in der Lage zu beweisen, daß Cordez und Hahn mit Creedys Geld finanziert worden waren. Wenn die Geschichte mit dem Rauschgifthandel in Verbindung mit Creedys Namen bekannt wurde, dann war er in St. Raphael City erledigt.

Ich atmete tief den Rauch meiner Zigarette ein und lehnte mich zurück.

»Ja«, sagte ich schließlich, »jetzt bin ich bereit, zu reden.«

– E N D E –